# 正義の申し子

染井為人

角川文庫
22776

# 目次

# 1

びちゃびちゃと音を立てて廊下を進み、脱衣所で濡《ぬ》れたTシャツとズボン、靴下を脱いで洗濯機の中に放り込む。踵《きびす》を返し脱衣所を出ようとしたところで、ふと鏡の前で足を止め、映し出された裸体を眺めた。我ながら貧相な体つきをしている。肋《あばら》がくっきり浮き出ていて、どことなく骨の人体模型を想起させる。

まあいい。これは仮の姿だ。

パンツ一丁のまま階段を上がると、ちょうど上から降りてきた妹の蘭子《らんこ》と視線がぶつかった。互いにピタッと立ち止まる。

蘭子は頭の悪そうな派手なメイクをその顔面に施し、嫌悪の眼差《まなざ》しで兄を見ている。幅の狭い階段を互いに肌が触れないよう距離をはかってすれ違う。瞬間、微《かす》かに舌打ちが聞こえた。

自身の部屋のドアの前に立ち、鍵を使って施錠を解除する。このT字形レバーハンドル錠は三ヶ月前に自分で取り付けたものである。こんなことをしなくても家の人間は誰も部屋には入らないだろう。

ではなぜこんなにも警戒しているのかというと、実のところ理由は特にない。見られて困るようなものはないのである。爆弾を作ってるわけでもなければ、エログッズだってない。ただ誰も部屋に入れたくない。ただの一歩も。

ドアを開けるとひんやりした冷気に包まれた。エアコンは四六時中付けっ放しだ。ベッドに腰掛け、ふーっ、と息を吐く。じわじわと神経が弛緩《しかん》し、佐藤純《さとうじゅん》の口元は自然とゆるんだ。この八畳間の空間こそ純の聖域だ。

耳をすますと微かに戸外の雨音が聞こえた。先月インターネットで買った防音材を四方の壁に張り巡らせているが、安物なのでまったく用を成していない。今朝方見たネットニュースによるとどうやら関東は本日梅雨入りをしたらしい。それなのに純は傘を持たずに外出をしてしまった。出発時は雨は降っておらず、すぐに帰ってくるつもりだったのでそれまでは持ってくれるだろうと思ったのだが誤算だった。近所のコンビニで用を済ませ外に出たところで、純を待ち構えていたように空が泣き出したのである。ビニール傘を買おうかとも思ったが、少し悩んでやめた。自分への戒めと、単純に金がもったいないからだ。もっとも、金などいくらでもあるのだが。

ほどなくして玄関のドアの開閉する音を鼓膜が捉《とら》えた。どうやらたった今、妹が外出をしたらしい。この雨の中どこに行くのか知らないが、そのまま永遠に帰って来なけりゃいいと思う。

妹の蘭子は十九歳の純とは四つ歳の離れた高校一年生だ。中学の卒業式を終えると、突然髪の毛を金色に染め、耳に穴を開けた。高校の入学式までには元に戻すのだろうと思っていたがそうではなかった。むしろ日に日に蘭子の外見は派手になっている。気の弱い母親は娘を咎《とが》めることもできず、子供にハナから興味のない父親は無視を決め込んでいる。唯一学校側からは警告を受けているようだが、蘭子は聞く耳を持たない。そこそこ偏差値の高い私立高校に通っているのでいつか退学になるのではないかと純はひそかに思っている。もっともそうなったとしても自分にはなんら関係のないことだ。

佐藤家の家族構成は、商事会社に勤める父と、駅前の学習塾でパート事務をしている母、薄汚い高校一年生の妹、そして純の四人だ。金はあるので一人暮らしを想像することもあるが、それはいつだって現実感に乏しく空想の域を出ない。家事、雑事をこなす人間がいないのは都合が悪いからである。そんなことに自分の貴重な時間を使うのはもったいない。時は金なり。誰が言ったか知らないがけだし名言だ。

壁掛けの時計に視線を転じた。十四時半。そろそろ始めるか。純はひとつ伸びをすると反動をつけてベッドから立ち上がった。そのままデスクトップパソコンの前に陣取り、電源を入れた。次に抽斗《ひきだし》からタイガーデザインのマスクを取り出し、前髪を巻き込まないようにしてそれを被《かぶ》った。その上にさらにヘッドマイクを装着する。マウスとキーボードを操り、ユーチューブにログインし、カメラアングルを微調整した。すでにディスプレイにはタイガーマスクを被った勇ましい男の姿が映し出されている。

純の全身の細胞の粒が熱を帯び、ふつふつと動き出した。徐々に気分が高揚し、やがて得もいわれぬ陶酔が舞い降りてくる。まるで麻薬のようだと思う。

準備が整ったところで放送を開始すると、すぐさま視聴者たちからのコメントが流れ出した。

《いよっ、ジョン待ってました！》《今日は何すんの｜？》《いい暇つぶしがやってきたｗｗ》

視聴者の数が瞬く間に増える。あっという間に千人を超えた。平日のこの時間にユーチューブライブなんかを視聴しているのだから大半は暇人どもだ。とはいえ彼らが自分の生計の源なのであまり蔑《さげす》むことはできない。

純はネット世界の表現者だ。俗にいう、ユーチューバーである。ハンドルネームはジョン。顔は公開しておらず、《いい加減顔晒《さら》せよカス》などといった中傷コメントも結構もらう。

ちなみにここで生配信した動画は後ほど軽い編集を加えてアーカイブ化する。たったこれだけでウソのような大金が手に入る。

「ジョジョジョジョジョーン。笑いを愛し、笑いに愛された正義の申し子、ジョン様の登場だっ。今日もおまえらにジャスティスなショーをお届けするぜーっ」

純が毎度お決まりの登場文句をハイテンションで口にする。ジョンになっているときは人格が別人のように変わる。人の目を見て話すことにすら難儀する純とはちがい、ジョンはどこまでもハッピーで、ユーモラスで、そして過激な人間だ。

「さあ早速、恒例の悪者退治を始めるぜ。今回のターゲットはここだ。ほれ、まずはこのメールを見てみてくれ」ジョンがパソコンのカメラにスマホを近づけ、画面を映し出す。「軽く読み上げるとだな——」

会員番号：M67392様
(株)コスパ総合調査　担当の森口《もりぐち》と申します。

この度、『マジカルハッピー』サイト運営会社様より弊社が依頼を受けまして、お客様にご連絡をさせていただきました。

お客様がご使用中の携帯電話の端末認証記録により、『マジカルハッピー』内《着メロ・天気・懸賞・ニュース・ギャンブル・出会い・アダルト動画》等のコンテンツの利用登録があり、登録料等の長期滞納が続いている状態にあると報告を受けております。

今後は個体識別番号から追跡し、身元調査を行い、損害賠償等を求める民事裁判（民事訴訟）となります。

通信記録という証拠を提出したうえでの裁判であるため、誤っての登録であっても支払い命令が下されます。訴訟差し止め、退会処理希望の方は本日中に大至急ご連絡下さい。

　(株)コスパ総合調査

TEL 06-×××-××××
担当 森口
代表取締役 山田 昭二
認可番号：249905
受付時間
平日 9時～17時迄《まで》
土曜 日曜 祝日は定休となります。
※メールでのご連絡には対応できませんので、ご了承下さい。

「とまあ、こんな感じなわけだ。ま、もうおまえらもお察しの通り、このマジカルハッピーってサイトはエロ系の動画サイトで、このコスパなんちゃらって会社はこうやって架空請求メールをばらまいて金儲《かねもう》けしてるわけだ。今時こんなのひっかかるヤツいるわけって思うだろ？ だけどこれが不思議なことにわんさかいるらしいんだな」

すると、《あ、おれのところにも似たようなメールきた》《いるいる。救いようのない情弱がwww》とすぐに反応があった。

「今、コメントで情弱って言葉が出たけどな、なんか情報弱者はカモられても自業自得みたいな空気あんだろ。でも、オレ様は騙《だま》す方が百パー悪いと思うぞ。だからこういう汚い商売してる奴らってマジで許せないっていうか、反吐《へど》が出るわけよ。ってなわけで今回はこのコスパなんちゃらってケツ毛野郎どもを懲らしめてやるぜ」

ジョンは異常なほど正義感が強く、潔癖な人間だ。ただし、ただの好青年ではない。怒らせると冷酷になり、きっちり報復を行わないと気が済まない。いつのまにかこういう人格が形成されていた。たまに自分は二重人格なのではないかと思うときがある。

いや、おそらくは本当に二重人格なのだろう。この肉体には純とジョンの二人の意識が存在しているのだ。

純が主人格のときはジョンが、ジョンが主人格のときは純が心のどこかにある薄暗い牢屋に幽閉されている――いうなればそんなイメージだ。

だがここ最近、気のせいだろうか、ジョンが牢屋の鉄格子をこっそりこじ開けようとしている気配がある。

そんなジョンが生まれたのは一年と半年前だ。当時、高校三年生だった純は周囲と同様、受験勉強に追われる日々を過ごしていた。そんな純の唯一の息抜きが就寝前にユーチューブで動画を視聴することだった。

発信側に回ったきっかけは些細《ささい》なものだった。スマホのとあるゲームアプリのガチャでレアアイテムが当たったので、どうしても誰かにそれを知らせたくて思いきってネット上に動画をアップしたのだ。さほど熱中していたゲームではない。月に数回、気まぐれにログインしていたもので、実際純は一円も金を落とさない無課金ユーザーだった。

そんな自分がガチャで、重課金ユーザーたちが血眼になって欲している超レアアイテムを手に入れたのである。

人気のあるゲームアプリだったのでたちまち反応があった。《スゲー》とか《羨《うらや》ましすぎる》といったものから《無課金って絶対ウソ。死ぬほど課金してんだろ》と純を疑うコメントも散見された。そのどれもが純はうれしかった。

自分に対して世間が反応を示している。たくさんの見知らぬ人間が自分という存在を認め、そこにレスポンスを投下している。

その快感を忘れられなかった。数日後、純は再び動画を投稿することを決めた。ネタは純の唯一の特技であるペン回しだ。ペン回しというのはシャーペンでもボールペンでも構わないのだが、とにかく指を器用に使い、クルクルとただペンを回すだけの遊びである。パンチが弱いかなと思ったが、これが意外にもウケた。タイガーマスクがひたすらペンをこねくり回している映像がシュールでおもしろいと評判になったのだ。《ジワる》＝ジワジワと笑える、といったコメントが多数寄せられ再生回数がぐんぐん伸びていった。

以来、純はネット世界の発信の虜《とりこ》になった。ハンドルネームを自分の名前からもじってジョンとし、タイガーマスクをそのままトレードマークにすることに決めた。もともとアニメのタイガーマスクのファンだった。正義のヒールというところが一番のお気に入りポイントだ。

今では素顔を隠していることから様々な憶測が生まれている。ジョンの正体は中学生ではないのか、いやいや中年のおっさんだろう、イケメンorブサイク？　2ちゃんねるでジョン専用スレッドが立つほどの人気者になったのである。ちなみにユーチューブのチャンネル登録者数は六十万人いて、これは鳥取県の人口よりも多い。ツイッターのフォロワー数は先日五十万人を突破した。

「お、電話が繋《つな》がった」スマホはデスク上に置き、スピーカーモードにしてしっかりと音声が視聴者たちにも聞こえるようにしてある。「さあ、おまえら笑う準備はいいか。ここからはアカデミー俳優も真っ青なジョン様の名演技に注目してろよ」

　こうして悪徳業者とのやりとりを実況中継するのが、ここ最近のジョンの配信スタイルだった。物珍しいものを探してもそう簡単に見つからないし、思いつくネタは他のユーチューバーたちが散々やり尽くしているので二番煎《せん》じもいいところだ。もちろん悪徳業者をターゲットにした動画も多数存在しているが、こういったものに新しい、古いはない。流行《はや》り廃りのないスポーツと同じなのである。とくにこうした勧善懲悪ものは普遍的な人気があり、なによりリアルで生臭いやりとりはネット民のもっとも好むものだ。

〈お電話ありがとうございます。株式会社コスパ総合調査、担当藤崎《ふじさき》でございます〉

　まず電話口に出たのは若い女だった。はきはきとしていて感じは悪くない。あんた一般企業でも十分勤まるだろう。純は愛想のいい悪徳業者と話すたびにそんなことを思う。

「あ、あのう、ぼく、朝におたくの会社からメールをもらった者なんですけど……」

設定は田舎者で気の弱い情報弱者。コツはおずおずとした口調でしゃべることだ。

〈はい。ではお客様の会員番号を教えていただけますでしょうか〉

「えーと、M67392、と書いてあるんですけど……それと森口さんという方の名前がメールに書いてありました」

〈森口でございますね。少々お待ちください〉

電話が保留になる。カーペンターズのイエスタデイ・ワンス・モアだった。パソコンのディスプレイには視聴者たちのコメントが次々と押し寄せている。《いよいよだね》《つか女の声エロくね？》《ここまではふつーの会社っぽい感じだな》《ジョンのしゃべり方うますぎwww》《逆に金恵んでくださいって頼んでみろよ》

〈お電話代わりました。森口でございます〉森口は男だった。こちらも若い感じだ。

〈では早速お支払いの手続きについて説明させていただきます〉

森口は自分とさほど変わらない年齢なのではないか。口調は社会人然としているが、どこか声にまだあどけなさが残る。それとイントネーションが微妙におかしい。きっとふだんは標準語ではないのだ。

「あのう……ぼく、つい二日前に滞納していた家賃を二ヶ月分まとめて支払ってしまったので、今お金がまったくなくて」

〈なるほど。今すぐのお支払いが難しいということですね〉

「ちなみにいくらなんですか、支払いのお金」

〈ご登録された際の登録料が六万円、また、お支払い期限を過ぎて延滞金も発生してお

り、こちらの延滞金が三万七千円、合計九万七千円でございます〉

「九万……」絶句した、フリをする。

《タケーwww》《なんだよその金額www》視聴者たちは盛り上がっている。

「でも、たしか、サイトに無料と大きく書かれてあった気がするんですが」

〈当社はあくまで債権回収を委任された立場なので詳しいことはわかりかねますが、無料なのは会員登録後の動画視聴に関してであり、登録については費用が発生する旨の文面が、利用規約の中にしっかりと記載されているかと思われます〉

その説明は妙に機械然としていた。きっとマニュアル通りにしゃべっているのだろう。

「そうでしたっけ？　ちょっと見覚えが……」

〈もう一度サイトを確認していただければすぐにわかると思いますよ〉

きっと目立たぬところにおまけのように書かれているのだろう。だいいち利用規約などしっかり目を通す者はいない。

「はあ……でも、延滞金ってそんなに高くなってしまうものなんですか」

〈それにつきましてもクライアントであるマジカルハッピー様が定めた金額設定でありますので、当社はなんとも返答を致しかねます〉

ふざけたことを。延滞金の上限は年に十四・六パーセントと法律で決まっている。

〈つきましては、早急に指定の口座にお振込み頂くようお願いしたいのですが、いかがでしょうか〉

「ですから、ぼく、今本当にお金がないんですよ」

〈うーん。それは困りましたね〉

「なんとかならないですか」

〈そうですねえ〉電話の向こうで森口が呻吟《しんぎん》している。もちろん演技だろう。〈わかりました。では、わたしにできるだけのことはやってみたいと思います〉

「ほ、本当ですか」

〈ええ。ではまずお客様のお名前を教えていただけますでしょうか〉

純はためらっているフリをした。「えーと、どうして、名前が必要なんですか」

〈金銭のやり取りをするわけですからお客様のお名前は把握しておかないと……ご都合悪いでしょうか〉

「いえ、そんなことはないですけど……だけど……」

〈どちらにしろ調べればすぐにわかることなのですが、時間もかかりますし、教えていただけると手間が省けるのですが〉

ウソをつけ。わかるわけねえだろう。「わ、わかりました」

〈ではお名前をフルネームでお願い致します〉

「上原敦《うえはらあつし》、です」

適当な名前を告げた。とはいえ、上原敦という人間は実際に存在する。中学時代に純に『シャドー』というあだ名を命名した男だ。由来は話すのも嫌だ。

いる。小さな復讐《ふくしゅう》だ。

純はこうした偽名を使うときには過去に恨みのある人間の名前を使用することにして
〈ありがとうございます。上原敦、様でございますね。続けて電話番号と住所もお願い致します〉

意外とぐいぐいくるので驚いた。おそらくこうしたカモを逃さないように早いうちに個人情報を引き出しておこうという魂胆なのだろう。身元が割れてしまえばターゲットが逃げづらくなると踏んでいるのだ。《住所もかよｗｗｗ》《怪しさしかないｗｗｗ》《これで教える奴が存在するのが信じられねえ》視聴者たちのコメントにも勢いが出てきた。

純はここでヘッドマイクの集音部分を指で塞《ふさ》ぎ、電話番号を告げた。これは本当のものである。どちらにしろあちらのディスプレイに純の番号が表示されているだろうからだ。実際のところ電話番号など知られてもちっとも怖くはない。それにこの業者から二度と電話はかかってこないだろう。最後にはイタズラであることがバレるからだ。

「住所は埼玉県△△市□□町三丁目――」

これは純が嫌っていた中学時代の担任教師の住所だ。

〈ありがとうございます。ではここから具体的な返済プランの相談を始めたいのですが、現実的にいつ頃であれば入金可能でしょうか〉

「えーと、えーと、月末ならなんとか。アルバイト代が入るので」

〈うーん、それはさすがにちょっと厳しいですねえ。今日が六月五日ですから丸々一ヶ月先ってことになってしまいますよね。ちなみに上原さんは本日おいくらならお支払いいただけそうでしょうか〉

「今日ですか？　今日支払わないとダメですか？」

〈ええ。つまりこういうことです。上原さんが滞納されている金額は九万七千円で、一括で入金いただけるのであれば今週末までお待ちいたしますが、それは難しいんですよね？　それなら本日おいくらか入金いただき、残りを月末でということならわたしも上に話を通せるということです〉

おまえにそんな権限があるんかい。心の中でツッコむ。

「ちなみに今日どれくらい払えばいいんですか」

〈半額の五万ほど入金していただけると助かります〉

「ご、ご、五万ですか」大げさに動揺を示す。「とてもそんなには……」

〈これでもかなり譲歩しているつもりなのですが。上原さん、いいですか、通常であればこういうことはしないんですよ。ですが上原さんの状況に同情して、わたしのできる範囲の裁量でこうしたプランを提案してるんですね。どうかそれを忘れずに願います〉

「ご、ごめんなさい」数分電話しただけなのに同情してもらえるのか。まったくいい世の中だ。「でも、五万円なんてお金はちょっと……」

電話越しに森口のため息が漏れ聞こえた。

〈それなら、おいくらなら本日入金いただけそうですか〉

「……二千円ならなんとか」

〈はい？〉森口の間の抜けた声が返ってきた。

《wwwwwwwwwwwwwwww》《最高すぎかよwww》《ジョン、ナイス笑》《ニセンエンwww》《ヤベー腹いてー》《草生えまくり》

〈上原さん、わたしは真剣に相談に乗っているつもりなのですが〉

「え、ぼくだって真剣ですけど」

ここで一瞬間が空いた。

〈だったら二千円はないやろっ。どう考えたっておかしいやないか〉

いきなりの怒声が飛び込んできた。言葉もくだけ、関西弁になった。

……なんだこいつ。純は内心訝《いぶか》った。もちろん過去に対決した悪徳業者も段々と言葉が乱れ、化けの皮が剝《は》がれてくるのだが、それはもっと後半になってからのことだ。こんな序盤で、しかもここまでわかりやすく豹変《ひょうへん》する相手は初めてだ。

「でも、本当に今財布に二千円しかないんです」

〈ほんじゃあ銀行口座にはいくらあんねや〉

こうなるともう輩《やから》と変わらない。

「えーと、たぶん口座には三万円くらいあります」

〈だったらそこからまずは三万円支払えばええやないか〉

「え、三万円でいいんですか？」

〈何をいうとんねん。まずは今日三万、明日二万で五万。残りは月末ってことや〉

「でもさらに延滞金がついちゃうんじゃないですか」

〈本来であればつくけどな。けどあんたの懐事情を考えてそれは無しでもええわ〉

〈なんじゃそりゃあ。そんないい加減なルールがあるわけねえだろう。「ああ、助かります」

〈そうやろう、助かるやろう。最初の入金さえ確認取れれば延滞金もつかんし、会員登録もこっちで抹消したる。まあ、続けたいならそれでも構わんけどな。ほんじゃあ早速三万円を今すぐ――〉

「あ、だめだ」ここで一旦《いったん》、言葉を切る。「あの三万円は来週おばあちゃん家《ち》に帰省するための新幹線代だった」

〈知らんわっ〉またしても怒声。〈もう勘弁ならん。もう相談に乗らん〉

「ああちょっと待ってください。見捨てないでください。お願いします」

純がすがるように頼み込む。ディスプレイはコメントで溢《あふ》れかえっている。視聴者たちは盛大に沸き上がっていた。

〈ほんなら今すぐ指定の口座に入金してや。まずは三万円でええから〉

「でも、そうなるとぼくはどうやっておばあちゃん家に行けば――」

〈だから知らんいうとるやろっ〉

　純は腹にグッと力を込めて笑いを堪《こら》えた。この森口という男は逸材かもしれない。今までおちょくってきた連中の中でも取り分け単純で感情が表に出やすいタイプの人間だ。ふだんならここらが潮時で説教モードに入るのだが、純はこの男とのやりとりをもう少し引っ張ることにした。この得難いキャラクターにはもっと出演してもらわなくてはならない。伝説の動画が誕生するかもしれない。

「わ、わかりました。今からコンビニのＡＴＭに行ってきます」

〈ネットバンキングは使えへんのかい〉

「そういったものはやったことがなくて。でも、コンビニは家の近くにあるんですぐに入金できると思います」

　微かに舌打ちが聞こえた。〈コンビニに着いたらまた電話して。約束やで。いうとくけど逃げられんからな〉

「はい、すぐに電話します」

　通話を切ると純は盛大に笑い声をあげた。八畳間の隅々まで笑い声が響き渡る。

「いやーまいったまいった。おまえら聞いたかよおい。『だから知らんいうとるやろっ』だって。森口、こいつはちょっとやべーぞ。おもしろすぎるわ」

　こういった遊びが金になるのだから世の中ちょろいもんである。その仕組みは実に単純だ。ユーチューブパートナープログラムというものを利用して投稿した動画に三種類のアドセンス広告を表示させる。オーバーレイ広告とサイドバーのディスプレイ広告、また動画の頭・途中・最後のいずれかにインストリーム広告というCMを差し込む。その再生数やクリック数に応じて規定の金額が投稿主に支払われるというものだ。

ここでコメント欄に《あっちも薄々イタズラだって気づいてるんじゃね？》というコメントが流れてきた。

「いや、たぶんあいつはまだ気づいてない。オレ様が思うにあの森口って野郎は気の毒なくらい鈍感で、死ぬほど頭が悪い」

また、もう一歩踏み込んだ取り組みで企業とのタイアップ広告というものがある。これはあらかじめ企業側とユーチューバーが手を組み、商品紹介などを動画で行うことを指す。つまりテレビCMなどに起用されるタレントと同じで、ユーチューバーが広告塔として使われるのだ。実際に純のもとにもSNSを通じて企業側から様々なアプローチがあるが、すべて無視している。金は今以上に儲かるだろうが、そんなことをするとそのうち氏素性が世間に漏洩《ろうえい》してしまう可能性がある。それだけは絶対に避けたい。

「オレ様も今までいろんな奴らと戦ってきたけど、あそこまでの逸材は初めてだわ」

そして今年からスーパーチャットという新たなシステムが導入された。これはライブ配信を行う者に対し、視聴者が直接投げ銭をできるという素晴らしいものだ。要するにエンターティナーに対する客からのおひねりなのである。

「ああいう希少生物は大切にしねえとな。この出会いに感謝感激雨あられ」

これで本格的に稼ごうと思ったきっかけは第一志望の大学受験の失敗だった。レベルを落とすのは嫌で、一浪はもっと嫌だった。もっとも動画投稿にハマってしまったために受験勉強に身が入らなかったのも事実だ。

ビジネスとして本格的に始めて——純がもともと人気を得ていたからだろう——初月で三万円弱稼いだ。翌月は七万だった。うなぎのぼりで報酬は上がっていき、今では平均して九十万強の金を毎月稼いでいる。きっとこれからはもっと稼げるだろう。そうなるとむしろ大学なんぞに行かなくてよかったと心から思えるようになった。自分は勝ち組なのだ。

「さーて、そろそろ電話してみっかな。おまえら、また笑う準備しとけよ」

通話記録から再び電話をかけた。コール音が鳴る。すぐさま森口が出た。〈到着したんか〉客商売とは思えない第一声だった。最初の感じの良さはどこへいったのか。

「ようやくコンビニに到着しました。遅くなってすみません」急いだことを演出するため、わざと息荒くしゃべった。

〈ほんじゃあ早速、手続きしてや〉

「あ、でも、まだATMは別の客が利用してます。ぼくは今、コンビニの外で待ってるんです」

思いきり舌打ちが聞こえた。だったらATMが空いてから電話してこい。本当はそう言いたいのだろう。ぐっと怒りを堪えているのが手に取るようにわかる。

「ところで、ぼくみたいに滞納してる人って結構いるんですか」

そんなことを訊《たず》ねてみる。あくまで時間潰《つぶ》しといった体《てい》で。

〈大抵の奴はちゃんと支払うけどな、やっぱりそのまま滞納を続ける不良もおるな〉

「ずっと滞納し続けるとどうなるんですか」

〈悪質な場合は裁判所から自宅に通達がいくんや。そうなると当然、家族にも知れてしまうけどな。それも無視し続けると今度は財産差し押さえや。つまり、結局のところ支払う以外に方法はないっちゅうことや〉

「でも、どうやって客の住所とか調べるんですか。自分はさっき教えましたけど、人によっては名前も住所もいわない方もいるんじゃないですか」

〈そんなんは調べればすぐにわかるんや〉

「へえ。どうやってわかるんですか」

〈まあ、方法はあるんや、色々〉

歯切れが悪くなってきた。

「色々あるんですか。すごいなあ。世間ではこれだけ個人情報の保護が叫ばれているのに」

〈払うべきものを払ってないわけやからな、どこにおってもわかるもんなんや。まあ、税金と同じと考えたらええ。そんなことよりまだATM空かんのかい〉

説明になっていないのがおかしくて仕方ない。スマホの向こうで森口が苛立《いらだ》っている様子が目に浮かぶ。

「まだですね。使ってるのがおばあちゃんだからのろいんです。ところで森口さんっておいくつなんですか？」

〈……なんでそんなことを訊《き》くんや〉

「ただ待ってるのも暇なんで」

〈……三十五や〉

直感で嘘だと思った。おそらく二十歳前後、あまり純と変わらないはずだ。それと学もない。頭の悪さが言葉と態度に滲《にじ》み出ている。もっとも優秀な人間がこんな仕事をしているわけないが。

〈そんなことより上原さん、うしろ並んでなくてええんか。他の客に割り込まれるやろ〉

「大丈夫ですよ。店内に他にお客さんいないですし。森口さん、三十五歳にしては声がものすごく若いですね」

〈だったらなんや〉森口の声がひどく冷淡なものになった。

「いや、てっきりぼくと同じくらいなのかなあって。ちなみに森口さんって下の名前はなんていうんですか」

〈どうでもええやろ。ひとついうとくがあんたは債務者で、おれはそれを回収する業者や。友達やないんやから勘違いせんとけよ〉

「あ、ごめんなさい。森口さん、話しやすくて、いい人だからつい――気を付けます」

しおらしく謝罪し、ここで「ああっ」と叫ぶ。

〈どうしたんや〉

「少し目を離したスキに別の客に割り込まれちゃいました」

〈ああんもうっ。だからいうたやんか〉

純は口を手で塞ぎ、必死に笑いを堪えた。ガンッ。スマホの向こうで音が聞こえた。きっと椅子でも蹴飛ばしているのだろう。

「すみません。いつのまにかおばあちゃん、終えてたみたいです。で、今度はおじいちゃんが操作してます。おっかしいなあ、あのおじいちゃんいつ店に入ったんだろう」

〈あんた、しっかりせえや。近くに他のコンビニや銀行はないんかい〉

「田舎なもんで、他のコンビニはすごく離れてるんです」

森口のため息がスマホから漏れ聞こえた。相当苛立っているに違いない。

〈はよせんと十五時回ってしまうやろ。今、十四時五十分やで〉

「十五時になったらまずいんですか」

〈入金の確認が出来ないやないか〉

「ああそういうことか。でも、絶対今日じゃないといけないんですかね」

〈なあ上原さん〉森口の声のトーンが低くなった。〈ええ加減にしいや。こっちはあんたがかわいそうやと思って、本来なら一括で支払ってもらわないけんところを特別に分割にしてあげたわけやんか。延滞金に関しても一時止めることも約束してあげたわけやし、今日中に支払うのが誠意とちゃうんかい〉

この段になると最初の感じの良さは微塵《みじん》も残っておらず、ヤクザ者の恫喝《どうかつ》となんら変わらない。もうそろそろ潮時だろう。

「それなんですけど、よくよく考えたら、森口さんってすごいですよね」

〈なにがや〉

「だって、森口さんって、ただの債権回収の人でしょう。つまり、マジカルハッピーからの仕事を請け負っているだけの立場ですよね。いってしまえば外の人です。そんな人が、延滞金を一定期間止めてくれたり、会員登録を抹消してくれたり、どれだけ偉い人なんだろうって」

〈おまえに関係ないやろう〉刺々《とげとげ》しい返答があった。きっとこめかみには青筋が浮き出ているはずだ。〈人から受けた厚意は四の五のいわずに素直に受け取っておけばええんや。そんなことよりまだATM空かへんのかい〉

「ああ空きました空きました。話に夢中になってたらついつい。今、店内に入ります」

〈ったく〉思いきり舌打ちが聞こえた。〈ええか、まずは自分のキャッシュカード入れて——〉

「森口さん。子供じゃないんだからぼくだってそれくらいわかりますよ」

〈だったら早く操作しいやっ〉

「あれ？　どういうことだ？」ここで純は首をかしげる。自然とそうなっているのだから、案外自分は本当に役者に向いているのかもしれない。

〈なんやねんな今度は〉

「残高がまったくないんです。おっかしいな……あ、そうか。先週、銀座《ぎんざ》のおネエちゃんに回らないお寿司《すし》をごちそうしちゃったんだ。まいったまいった。アハハ」

〈……オイ、コラ〉森口が静かに言った。今までとは明らかに違う、低く、重い怒気を含んだ声色だった。〈きさま、最初からおちょくるつもりで電話してきたんか〉

どうやらバレてしまったらしい。ま、当然か。むしろここまでよく信じていたものだと感心する。

「おまえこそ、今頃気付いたのかマヌケ」

思いきり馬鹿にした口調で言ってやった。

〈ぶっ殺すぞクソガキ〉

「おお、おお、本性現しやがったな詐欺野郎が」

さあ、ここからが正義の申し子、ジョン様の本領発揮だ。

2

「ぶっ殺すぞクソガキ」

鉄平《てっぺい》は受話器に向かって怒鳴りつけ、拳《こぶし》をデスクに落とした。となりの席に座る沙織《さおり》が「キャ」と短く悲鳴を上げ、批難の目を向けてくる。

「ざけんじゃねえぞ。今すぐ家行ったるからな。首洗って待ってろや」

〈あはは。いいぞいいぞ、その脅し文句。マンガみたいじゃんかよ。ところでどうやってうちに来るんだ？　おまえに伝えた住所デタラメだぞ〉

「黙れボケがっ」

頭の血管がはち切れそうだった。身体中に激情が充満している。ダメだ。怒れば怒るほどこのクソガキの思うツボだ。鉄平は数秒目を閉じ、大きく息を吐き出した。

「ええかクサレが、よう聞けや。さっきもいうたけどな、住所なんてのは簡単に調べられるんや。ケータイの番号さえわかればな」

〈かっかっか。ケータイの番号だけで住所なんてわかるわけねーだろ。バカじゃねーのかおまえ〉

「どアホウ。そんなもん裏社会にはいくらでも調べるルートがあるんや。そんなことも知らんのか」

もっとも鉄平も知り合いから聞いた話である。本当にそんなことができるのかどうかは定かでない。

〈へえ、そりゃ楽しみだ。ま、本当にうちに来てくれたら二番茶くらい出してやるよ〉

このクソが――。唇がわなないてしまう。

沙織に肩を叩《たた》かれる。通話口を手で塞いで、「なんや」と睨《にら》みつけた。

「イタズラやったんやろ。そんなの相手にせんとはよ切りなって」

「すっこんでろや。このガキは許さん」

沙織が肩をすくめて見せた。鉄平は再び受話器を耳に当てた。

「おまえよォ、こんなことして楽しいんか。悪趣味やのう。実際おうたらションベンちびって土下座するんやろ。ケンカもできんガキがイキっとったらあかんで」

〈バーカ。おまえなんてジョン様のジャブ一発で地べたに這《は》いつくばらせてやるよ〉

「ジョン様？　誰やそれ？」

〈メールボックス開いてみろよ。送られてきたメアドにURLつけて返信してやったからよ、そこにアクセスしてみろ。おっもしれえ番組やってるぞ〉

嫌な予感がした。まさか――。ノートパソコンのメールボックスを確認すると、本当にメールが届いていた。鉄平は恐る恐る本文の中のURLをクリックした。

ジャンプしたページの先にはタイガーマスクを被った上半身裸の男が映し出されていた。「誰やこいつ」鉄平が思わず口にすると、数秒遅れて〈誰やこいつ〉とパソコンから自分の声が聞こえた。受話器の向こうでガキが高笑いしている。少し遅れて画面の中のタイガーマスクも高笑いを始めた。

鉄平は数秒目を閉じた。嫌な予感は的中した。自分は弄《もてあそ》ばれたのだ。

〈最初からぜーんぶ放送させてもらったぜ。おまえら、いっぱい笑わせてもらったんだから森口に感謝しとけよ〉

タイガーマスクが言うと、パソコンの画面に読み切れないほどのコメントが流れた。

《サンキュー森口ｗｗｗ》《悪徳業者死ね！！！！！》《腹痛い（笑）》《気づくの遅すす

ぎwww》

　受話器を持つ手がぷるぷると震えた。

〈さあ、ここからはお待ちかね説教ターイム〉受話器から軽やかな声が聞こえた。やはり少し遅れて画面の中のタイガーマスクも同じことを同じトーンで言う。〈いいか森口、よおく聞けよ。こんな汚ねえ商売して金稼いで恥ずかしくねえのか。罪悪感はねえのか。母ちゃんが泣くぞ。まあおまえみたいな息子がいるんじゃ親も親でろくでもねえんだろうけどな。大方腐れ売女《ばいた》の母親とそのバカ息子といったところか〉

　母親――。その単語が鼓膜に触れた瞬間、鉄平は手にしていた受話器を目の前のパソコンに向かって投げつけていた。ディスプレイが派手に割れたが音声はしぶとく続いている。

〈――クソみたいなおまえにも良心ってもんがあんなら今すぐ足を洗え。じゃねえとこのジョン様がまたお仕置きしちまうぞ。おっと、電話切って逃げるんじゃねえぞ。もう少しジョン様のありがたい説教を耳をかっぽじって聞いとけ。オレ様も鬼じゃねえ。おまえに死ねとはいわねえ。ただな、テメェみたいなゴミは善良な市民に迷惑かけないように社会の片隅でひっそりと暮ら――〉

　鉄平はパソコンを両手でつかみ、頭上まで高く持ち上げた。

〈――これに懲りて二度と悪さすんじゃねえぞ。おら、わかったら返事しろ。もう二度とやりませんから勘弁してくださいジョン様といえ。おい、聞こえねえのか。このタマ

キン野郎が〉

そのまま床に思いきり叩きつけた。狭い事務所にバンッと耳をつんざく音が響き、ようやく音声が途絶えた。

「てっちゃん、何しとるん。頭イカれてるんちゃう。考えられへん」

沙織が顔を歪《ゆが》めて言い、鉄平の投げつけた受話器をもとに戻した。その向こうの席にいる一つ年下の後輩、樋口《ひぐち》は顔を引き攣《つ》らせている。

「うっさい。今おれに話しかけるんじゃねえ」

叫んで鉄平は事務所を出て行こうとする。「どこ行くん」と沙織。「飯や。樋口、行くぞ」と後輩に声を掛ける。「これ、絶対西野《にしの》さんに怒られんで」背中の方で沙織のぼやきが聞こえた。

ビルを出て布施《ふ せ》柳通《やなぎ》りを歩いた。空を見上げる。今にも泣き出しそうな曇天だった。重苦しい灰色の雲が大阪の空を覆っている。空気はじめじめとしていて蒸し暑い。なぜ日本にこんな季節をあてがったのかと地球に文句をつけたくなる。

後ろから小走りで樋口がやってきた。樋口は本来お調子者で、口から生まれてきたような男だが、鉄平の機嫌が悪いのを知っているので、黙って少し後ろをついてくる。チビなので長身の鉄平とは凸凹コンビだ。

「おまえも飯まだやろ」

「いえ。自分はさっき弁当食いました」

「ほんならもっかい食え。余裕やろ」

この後輩はその背丈に見合わず、大食いの自分の倍食べる。

「何食いたい」

「なんでもええです」

「じゃあステーキな」

言うと、樋口が横目で見てきた。きっとまたパチンコで負けて金欠なのだろう。負けるのになぜやるのか。鉄平にはほとほと理解ができない。

「奢《おご》ったるわ」

病院を左に折れて、布施駅方面へと向かう。この地域はビルやマンションがうんざりするほど乱立している。ゆえに飲食店も多いが利用する店はだいたい決まっている。今向かっているステーキハウスは肉の質は良くないが安価で、ライスとスープがおかわり自由なので週に二回は通っている。

この街で働くようになってもうすぐ一年が経つ。それまで鉄平は梅田《うめだ》でホストをしていた。ルックスには自信があったが、売上は下から数えた方が早かった。生来飽きっぽく、がさつな性格の鉄平はマメに客に電話をしたり、メールを打ったりというケアができなかった。掛けが回収出来ず自腹を切ることも度々あった。それでも他にできる仕事もなかったため、店を転々としてホストを続けていたが、どこに移っても自分よりもブサイクで、ケンカの弱い連中にでかい顔をされるのが我慢ならず、一年前、二十一歳になったのを機に水商売に見切りをつけた。

木製のドアを開くとベルがカランカランと音を立て、顔見知りのウェイトレスが「いらっしゃいませ」と小走りで寄ってきた。昼時をだいぶ過ぎているからだろう、店内はガラガラだ。窓際の一番奥のテーブルに案内され、樋口と共にどっかと腰を下ろした。

「サーロイン三百グラム。ライス大盛り。肉はレアで。この前焼き過ぎてたから気ィ付けてな。それと灰皿持ってきて」

樋口も同じものを、ただ肉は「しっかり焼いて」と小声で告げていた。

鉄平がタバコを取り出し口にくわえるとすぐさま樋口が百円ライターで火をつけてくれた。深々吸い込んで紫煙を一気に吐き出す。

ああ、腹立つ——。鉄平の怒りは収まっていなかった。あんなクソガキに自分はコケにされたのだ。あんなクソガキに。脳裡《のうり》に刻印されたようにタイガーマスクの姿がこびりついて離れない。

ただし、さすがにパソコン破壊はやりすぎだったかと反省の気持ちも少しある。きっと新しいパソコンの購入費は給料から天引きされるだろう。そう考えると改めてジョンというガキに怒りが込み上げてきた。

「樋口、さっきのあれ見とったやろう」背もたれに身を預けて鉄平が言った。

「さっきのイタズラのやつですか」樋口は鉄平の顔を下から窺《うかが》うようにして見ている。

「そうや」

「あれ、ジョンってやつですわ。そこそこ有名なユーチューバーです」

「ほんまかい」鉄平が身を乗り出す。「おまえ知っとるんか」

「ぼくもたまに動画見てますもん。あのタイガーマスクがあいつのトレードマークなんすよ。だからさっき兄さんのパソコンの画面、横からチラッと見てむっちゃビビりましたわ」

「そんな有名なやつなんか……」鉄平が水の入ったコップに手を伸ばす。「あれ、日本中に流れたんかな」

「そうっすね。というかネットなんで世界中に流れてますわ」

「マジか……」一口のどを潤す。「ありえへん」

「兄さん、有名人やないですか」

「おまえ、おちょくっとんのか」

とはいえ正直なところ現実感は希薄だった。先ほどのやりとりが全世界に向けて発信されていようが知ったことではない。ただ、あんなガキに弄ばれたという事実だけが屈辱でならない。

「ところであいつ、歳はなんぼや」鉄平がタバコを灰皿に押し付けて訊いた。

「ジョンですか？　わかんないっすね。ジョンは正体不明なんですよ。きっとぼくらと同じくらいちゃいますか」

鉄平は二十一歳、樋口は二十歳だ。

「声からすると中坊みたいな感じがしたけどな。どこに住んどるん？　それもわからんのかい」

「言葉からすると関東の人間やと思いますけど」

「なんとか見つけ出してシバき上げたいんやけどな」

　冗談だと思ったのか、樋口が「ハハ」と透き歯を見せて笑い声を上げる。鉄平が睨みつけると慌てて神妙な顔を作った。

「だいたいユーチューバーって何者やねん」

　これは質問というよりぼやきに近かった。もちろん鉄平だってユーチューバーの存在は知っている。自作の動画を投稿することによって金を得ていることも。ただ、その心理がいまいちわからない。人気者になりたいという欲求もあるのだろうが、ネット世界で有名になったからといって何がうれしいのだろう。

「樋口、おまえ、ああいうのおもろいか」

　鉄平が訊くと樋口は小さく首をかしげた。

「せやから、ユーチューバーの動画見て笑えるんかって訊いとるんや」

「まあ、それなりにおもろいのもありますけど」樋口が遠慮がちに答える。

「そうか。奴らおまえみたいなアホを喰《く》い物にしとるんやな」

　実際鉄平もユーチューバーの動画をいくつか見たことがある。しかし、そのどれも力が抜けるほどくだらなかった。おもしろがって視聴する連中の気持ちが心底理解できない。テレビなんかよりもおもしろいと若者に受けているそうだが、鉄平に言わせればまだテレビの方がマシだ。だいたいあんな動画を晒して恥ずかしくないのだろうか。鉄平なら死んでも嫌だ。なぜあれで得意がれるのか。不思議でならない。

「ちなみになんぼほど稼げんねん」

「人にもよるんでしょうけど、トップのやつは一千万くらい稼ぐみたいですわ」

鉄平は鼻で笑った。「たいしたことないな」

強がりで言った。鉄平の年収の三倍以上ある。

「兄さん、ちゃいます。月ですよ、月」

身動きを止める。「ほんまかい」

「らしいですわ」

「……ありえへん」

さらに怒りが増幅した。あんなふざけた動画で月に一千万だと。すると年収は一億超えか？　冗談じゃない。

しかし、自分はそこに貢献してしまった。金を巻き上げるつもりの相手から、逆に飯の種にされた。カツアゲしようとした相手から金を取られたのだ。

「いや、ジョンがいくら稼いでんのかは知りませんよ。もっと有名なやつらもいっぱいおるし。でも、ジョンもそこそこは稼いでるんちゃいますか。結構ジョンには固定ファンが多いんですわ。ツイッターだって五十万人もフォロワーおるし」

「五十万人やと?」

「ええ。自分なんて二十人もおりません。それも相互フォローよろしくなんていうくだらないのばっかですわ」

「ちょっと待て。おまえもツイッターなんてやっとるんか。初耳やぞ」

「インスタもやっとりまっせ。どっちも放置プレイですけど。見とるのが二十人しかおらんのじゃ更新しても切ないですもん。自分もジョンみたいに五十万もおったら今日はどこそこで飯食ったとか、こんな場所行ったとか載せるんですけどね。いやーええですね、ジョンは。それにジョンはですね——」

「樋口。きさまジョンジョンジョンやかましいんじゃ。おまえ、もしかしてあのジョンなんちゅうユーチューバーのガキを尊敬しとるんちゃうやろな」

「あっはっは」樋口が笑いながら顔の前で手を振る。「自分はあんなの、なんとも思ってまへん」

そこへ先ほどのウェイトレスが両手に湯気を放つ鉄板を持ってやって来た。「お熱いのでお気を付けください」と目の前に置かれる。ジュージューという音と肉の香りが食欲をそそる。早速、肉の真ん中にナイフを入れ、焼き具合を確認する。いい感じだった。今回はしっかり赤身が残っている。ほんの少し機嫌が戻る。

だが、口に運んですぐに異変に気付き、鉄平はフォークを持つ手を止めた。冷たい。肉の中まで熱が行き渡っていないのだ。反射的に怒鳴り声をあげそうになったが、すんでのところで踏みとどまった。きっと今の自分はスイッチを入れたら止まれない。キッチンの中まで踏み込んでコックを半殺しにするまで暴れまわってしまいそうだ。

鉄平は意識的に深呼吸をしてどうにか気を鎮め、窓の外に視線を転じた。行き交う人々が傘を差していた。どうやら雨がぱらついてきたようだ。今度はため息が漏れた。


昼食を終えて事務所に戻ると、椅子に腰掛けた西野と沙織が向かい合って談笑していた。「おつかれさまです」樋口と共に頭を下げると、西野が太く短い腕をひょいと上げて応《こた》えた。巨体ではあるが、上にではなく横にだ。身長は樋口とさほど変わらず、サッカーボールに手と足が生えたような体型をしている。

「一件も取れてないらしいやんけ」

開口一番、西野が黒光りしたスーツの襟を正して言った。指にごつい指輪がいくつもはめられている。西野は広島生まれの大阪育ちで、鉄平よりも三つ年上だ。暴走族時代の先輩で、後輩の面倒見が良く、暇を持て余していた鉄平と樋口にこの架空請求の仕事をやらないかと持ちかけてくれたのも西野だった。

「すんません」

鉄平が首を折って言った。となりの樋口はうつむいたまま黙っている。二人は西野の前に直立姿勢で立っているので、職員室で説教をされる生徒と先生の構図だ。

「ここんところ数字良くないな。このままやと今月は過去最低記録更新してまうわ。気張ってやらんかい」

鉄平はまた鶏のように首を前に突き出す。

「けど」とポツリ、樋口が言った。「ここ最近、どうもかかりが悪いんです。折り電くる回数もめっきり減っとるし」

「そやったらかかってきた電話を死ぬ気で落としにかかるしかないやろうが」

「やっとるんですけど、みな、めっちゃ警戒しとるし」

「警戒されるのなんか当たり前やんか。そこをかいくぐって金につなげるんがプロの仕事とちゃうんかい」

「でも――」

「でもなんてわしの前でいうなや」西野がうんざりとした表情を作った。続いて大きくため息をつく。「ああ、嫌や嫌や。弱気な男っちゅうのは見てて気持ちのええもんやないなあ。ええか。おまえらのその弱気が電話の向こうの相手さんにも伝わっとるんや。だから取れへんのやで。営業マンは情熱や。何が何でもこいつから金ひっぱったろういう熱い思いが足りひんねん。それとな樋口、言い訳を口にした時点で負けや。こういう仕事や、不満は誰でもある。ストレスだって溜《た》まる。そやけども愚直にやるしかないんや。そうやろう」

西野は弁が立つ。たまに西野が現場に加わってくれればもっと業績が良くなるのではないかと鉄平は思うことがある。もちろん思うだけで口にはしない。

「わしはな、おまえらにもっとええ服着させて、もっとええもん食わしてやりたいんや。高級車にも乗って欲しいし、助手席にええ女も座らせてやりたい」

「ちょっと西野さん。てっちゃんにはすでにええ女がいてますー」沙織が口を尖《とが》らせて抗議する。

「ああ、そやったそやった。失敬」西野が大げさに笑って沙織に手刀を切る。「で、なんやったか。そうや、とにかくおまえらにええ暮らしをさせてやりたいんや。ほんでいつかは立派な家だって建てさせてやりたいと心から思っとる。わしらみたいなもんはローンは組めん。現金一括しか道はない。つまりごっつい金溜め込まなならん。ならどうするか。歯食いしばって汗流してがんばるしかないやろ。わしもがんばる。おまえらもがんばる。ちがうか」

「ちがいません」鉄平が即答する。となりの樋口の尻を後ろからつついた。「ちがいません」樋口も遅れて言った。ただし不貞腐《ふてくさ》れた言い方だ。

「わかってくれたらええ」西野が目尻を下げて椅子から立ち上がる。「ほな、気持ち入れ替えてこっからがんばろうや。わしはこのあと大事な商談がある。うまくいったらおまえらにも手伝《てつど》うてもらうからな」

西野は鉄平と樋口の肩にぽんと手を置いて、部屋を出ていった。ドアが閉まると同時に、「なにが商談や」と樋口が小さくこぼした。

「樋口、そういうのやめえや」鉄平が咎める。

「けど——」

「今いわれたばっかやろ。けどとか、でもとかがあかんねん」

樋口は不貞腐れた顔で近くの椅子に腰掛けると、タバコを取り出し、火をつけた。そして紫煙を吐き出すと同時にまた口を開いた。

「実際、兄さんは西野さんのことどう思ってはるんですか」

「どうって、何がや」

鉄平もタバコに火をつける。沙織が鉄平の前に灰皿を差し出してくれた。

「ぼくはぶっちゃけ、ちょっとおかしいんちゃうかなと思います。ぼくら完全歩合やないですか。売上の三割が兄さんとぼくで折半、けどなんで西野さんが残りの七割持ってくんですか。働いとるのはぼくらやないですか」

「アホ。七割いうても、そっからここの家賃や光熱費、あと沙織の給料だって払っとるのは西野さんやろう」

「こんなさびれた雑居ビルの狭い事務所、いくらもしませんわ」

「うちの給料も月十五万。働いて半年経つけど一円も上がってませーん」

沙織が冗談めかして口を挟んだ。ただし沙織は夜はキャバクラで働いていて、そちらは月に平均して五十万くらい稼いでいる。つまりこの三人の中で一番の金持ちは沙織だ。もっともその沙織と一緒に暮らしている鉄平が一番恩恵を受けている。生活費のほとんどは沙織が出してくれているからだ。

「しゃーないやろ。この仕事与えてくれたのも西野さんやし。ああ、それに上納金いうの納めてるっていうてたで西野さん」

　こういう商売を始めるには裏社会の人間の許可が必要なんだと西野は話していた。上納先は神戸《こうべ》にある三毛会《さんもう》の布佐《ふさ》総業だ。噂によるとここ最近、その布佐総業に西野は出入りしているらしい。ただ、まだ盃《さかずき》はもらっていないので西野は準構成員という立場だということだ。ちなみにこれは知り合い伝手《づて》に聞いた話で本当のところはよくわからない。西野にこの辺りの話を訊ねると、言いたくないのか口が重たくなるのだ。

「そんなん自分の点数稼ぎに決まっとりますわ」樋口が吐き捨てるように言った。

　鉄平が手にしていたタバコを投げつけると、樋口の顔に当たり、火花が散った。「わっ」と樋口が慌てて立ち上がる。

「樋口、調子こいとったらおれがシバき上げんぞ」鉄平はドスを利かせて睨みつけた。

　すると予想外なことに樋口は不服な様子で鉄平の顔を見た。口を尖らせているのだ。

「なんやその顔。きさま何ふてり腐っとるんや」

「いえ、別に」

「おいコラ、おまえ、おれとやるんか」

　鉄平が手前にあった灰皿を手でなぎ払い立ち上がった。タバコの灰が空間に舞う。

「ちょっとてっちゃん、やめてよ」沙織が慌てて鉄平の前に立った。

「おい、どうなんや」沙織を脇に押しのけて一歩踏み出すと、樋口は顔を引き攣らせて後ずさりをした。そして「すんません」としおらしく頭を下げてきた。

鉄平は舌打ちして、再び椅子に腰を下ろした。

「もう」と沙織が散らばった吸い殻を拾い集める。「自分がやりますんで」と樋口が沙織を制してかがみ込んだ。

「樋口くん、ここ最近愚痴っぽいで。女の子にモテへんよ」

沙織が腕を組んで上から樋口に言う。「愚痴らんでもモテません」と樋口。沙織は二十三歳で年上なので、樋口は沙織に対し敬語で話す。

「まったく。てっちゃんと勝負したって勝てるわけないやろ」

「まさか。勝負する気なんてこれっぽちもありませんわ。兄さんだけには逆立ちしてもかないませんもん」

けれど西野になら勝てる。鉄平にはそう聞こえた。

西野と樋口は暴走族時代にかぶっていた時期は数ヶ月もない。樋口が入ってからほどなくして西野の代が引退してしまったからだ。しかしその短い期間に鉄平は二度ほど、樋口が西野からヤキをいれられているのを見たことがある。ただそんなのは新入りがみな通る道で、それこそ鉄平は樋口の何倍も先輩たちにヤキをいれられてきた。気を失うほど殴られたこともある。二枚目で女にモテた鉄平は何もしていないのに、「色気付いとるんやないか」と因縁をつけられ、思いきり腹を蹴られたことだってある。理不尽だと思ったが、「ありがとうございます」と感謝の言葉を口にして耐えるしかなかった。

樋口だって下の代が入ってきてからは後輩に同じことをしていたはずだ。それこそすすんで手を出す役割を担っていたのではなかったか。微かにそんな記憶がある。

「ほんじゃあ、餌まき再開しますか」

掃除を終えた樋口が伸びをして言った。餌まきとはひたすらメールを送りつけることだ。そして食いついた客が電話をかけてくる。ちなみにメーリングリストはどこで仕入れているのか、毎週新しいものを西野が持ってきてくれる。これもどこかの名簿業者から買っているにちがいないので、本当に出費も多いのだろう。それでも、自分や樋口よりは西野の方が多く金を取っているのはまちがいないだろうが。

不満がないといえば嘘になる。ただし、鉄平に西野を批難するつもりはない。むしろ感謝している。ホストで食っていけず、やることがなかった鉄平に手を差し伸べてくれたのだから。暴走族時代にもたくさんの恩義がある。対立していたチームに拉致《らち》された鉄平を、西野は仲間とともに鉄パイプを振り回して助けに来てくれた。半殺しにされ、瀕死《ひんし》だった鉄平を病院に連れて行ってくれたのも西野で、入院中も何度も見舞いに来てくれた。

西野はそういう面倒見のいい、兄貴肌の男なのだ。樋口は西野との付き合いが浅いので、そういう面に接しておらず、だからあまり恩義を感じていないのだろう。西野との思い出はヤキを食らったことだけしかないのだ。

三人で黙々とメールを作っては送信していく。もっともＢｃｃでまとめて送信するだけなので脳は使わない。一回の送信につき、送り先は百件ほどだ。少し内容を変えて、また百件。これを続けて一日にだいたい一万件近くのメールを送信する。ちなみにそのうちの七分の一くらいはエラーで返ってくる。メールアドレスを変更されているのだ。そして使えないメールアドレスは一件ずつリストから削除する。実はこの仕分け作業の方がよっぽど面倒だった。実のところ、鉄平はパソコン操作が得意ではない。この仕事をするようになって初めて触ったのだ。

一万件メールを送って、折り返しの電話が掛かってくるのは平均して二十件。そしてその二十件の電話のうち、一・五件の割合で金につながる。金額はばらつきがあって、請求額をそのまま一括で支払ってくれるバカもいれば、分割で支払うアホもいる。ただし分割は最後まで支払われた例《ためし》がない。途中で詐欺だと気づかれてしまうのだ。

電話口での落とし込みはマニュアルに沿って行われるのだが、最終的にはセンスが問われる。正直、自分はこの仕事に向いていないと鉄平は思っている。お調子者で口がうまい樋口の方があきらかに成績がいいので、もしかしたらこの後輩は自分にも不満を抱いているのかもしれない。

ほどなくして電話が鳴り、沙織が受話器を持ち上げた。「お電話ありがとうございます。株式会社コスパ総合調査、担当藤崎でございます」沙織が淀《よど》みない口調で言う。もちろん藤崎なんてのは偽名で、沙織の名字は多田《ただ》である。ちなみに森口と名乗っている鉄平の本姓は栗山《くりやま》だ。

鉄平が電話を代わるのを待っていたら、沙織が鼻で一笑して受話器を元に戻した。

「どした」鉄平が訊くと、「誰が支払うかバーカ、やって」と沙織が無表情で言った。

こういった電話もたまにかかってくる。もう慣れっこだ。

ただし、ジョンにされたように公開生放送でおちょくられたのは今回が初めてだ。きっとこのあと動画はどんどん拡散され、再生数が上がっていくのだろう。自分はジョンに弄ばれたアホな悪徳業者として惨めな姿を世間に晒されるのだ。正確には声のみの出演だが、それでも屈辱感は変わらない。自分はカモにされた。考えれば考えるほど腹が立つ。

結局この日は一件も取れなかった。

翌日は電話が鳴り止まなかった。理由はすぐにわかった。昨夜、ジョンが鉄平とのやりとりの動画を改めてユーチューブに公開したせいだ。それによって生放送時よりも多くの人間が目にしたのであろう。嫌だったが無視することもできず、鉄平も動画を視聴してみた。するとあのクソガキは最後に電話番号を大々的に晒し、『みんなも暇つぶしにここに電話して森口と遊んでみれば』なんてことをほざいていやがった。おかげでこの日はまったく仕事にならず、西野に事情を説明し、電話番号を変更してもらってようやく電話が鳴り止んだ。

ジョンのことはよくわかった。ジョンが今まで投稿してきた動画の数々をしらみつぶしにチェックしたからだ。チュッパチャプスを何本口に入れられるか、コーラを一気飲みしてゲップをしないでいられるか。シャトルランのBGMに合わせてうまい棒をどれだけ食べられるか——。心底くだらなかった。これを視聴する人間の心理もよくわからない。いったい何が楽しいのか。本当におもしろいか？　一人一人膝《ひざ》を突き合わせて問いただしたい気分だ。

もっともジョンの動画の大半は、とくにここ最近は鉄平にしたように、悪徳業者に電話をかけて相手をおちょくるといったものだった。ヤクザ事務所に電話しているものもあった。どうやらあのガキに怖いものはないらしい。もっともそれはインターネットというフィルターがあるからだろうが。

そのまた翌日、事務所で仕事をしていると、昼下がりに本日三件目の電話が鳴った。まずは例のごとく沙織が出る。

保留にした沙織が、「さ、がんばって」と鉄平にウインクを飛ばしてきた。

鉄平は咳払《せきばら》いをして、一つ息を吸ってから受話器を取り上げ保留を解除した。

「お電話代わりました、コスパ総合調査、森口でございます」

努めて明るく声を発すると、〈ぎゃははは。出たな、森口〉と聞き覚えのある声が受話器から飛び込んできた。瞬時にカッと身体が熱くなった。声の主はジョンだった。

〈おいコラ、森口テメェ、なんでまだ営業してんだよ。足洗えっつっただろう。あ？〉

「なんじゃこの野郎。どうしてこの電話番号がわかったんや」いけないと思いつつ、鉄平は反応してしまう。

〈情報社会をなめたらいけないでしょう森口くん。電話番号なんて変えてもちょいと調べればすぐわかんだよボケナス〉

舌打ちする。「なんでまた電話してきよったんや」

〈いやーそれがよぉ、おまえの動画の反響がすげーんだわ。森口のキャラがいいってさ。オレ様とおまえで漫才でもやってみるか？――おまえらも見てみたいだろ？〉

おまえら？「おい、ちょっと待てや。きさま、また放送しとるんか」

〈たりめーだろ。どうして放送もしないでおまえと遊ばなきゃならねえんだよ〉

「ざけんじゃねえ。こっちはおまえに付き合っとるヒマなんてないんやっ」

受話器を叩きつけるように戻した。すぐさま沙織を睨みつける。

「誰やったん？」

「例のあのクサレがまた電話してきよったんや」

「またジョンやったんですか」樋口が首を伸ばして訊いてきた。若干目が輝いているように見える。

「そういうとるやろ。――沙織、なんでまたあのガキの電話をおれに繋いだんや。おまえのところで切れ」

「そんなんいわれてもあの段階じゃ誰だかわからんもん。あっちだって演技しとるし」

「見抜けや。ボケが」

「次から気をつけまーす」

鉄平は親指の爪を前歯でカリカリと噛《か》んだ。また西野に電話番号を変えてもらわないとならない。しかし、結局それもイタチごっこになってしまうのかもしれない。ということはこの架空請求ビジネスをあのクソガキに潰されるということだ。取り立てでこの仕事に未練も愛着もないが、自分の飯の種を奪われるということに変わりはない。そう考えたら屈辱の極致だった。

結局この日も、一件も取れなかった。


夕方を迎えて仕事に区切りをつけ、沙織と共に事務所を出て、帰路に就く。一本のビニール傘の下に腕を組んだ鉄平と沙織が収まっている。実のところ沙織は折り畳み傘を持っているので、満足に一本ずつ差せるのだが、どうしてもこうしたいらしいので仕方ない。外出時、沙織はいつだって鉄平の腕を取る。付き合いたての頃、鉄平は何度か抵抗を示したが、沙織は聞く耳を持たなかった。だから今はもう慣れた。

道中にあるスーパーで夕飯の買い出しをして、再び表に出ると雨が激しさを増していた。街灯の光の中に降り注ぐ雨の密度はシャワー並みに濃い。

「うわー。ついてへんわ。タクシー拾お」と沙織。

「アホ。三分の我慢や」

沙織との出会いは半年前だ。深夜、鉄平がひとり街中を歩いていると、千鳥足の沙織が突然声をかけてきたのだ。沙織はやや呂律《ろれつ》の回っていない口調で「あんた男前やん。一緒にうちに帰ろ」と鉄平を持ち帰ろうとした。鉄平は素直に従い付いていった。それ以来、一緒に暮らしている。そのことについて沙織は「ドラマやん。運命の赤い糸ってあるねんて」と大げさにいうが、どこにだって転がっている出会いの一つだと鉄平は思っている。単に暇な二人が身を寄せただけだ。

沙織は底抜けに明るい性格だった。愚痴は人並みにいうけれど、鉄平がそれを聞いていなくても怒らないので助かっている。嫌なことがあってたまに泣くこともあるが、寝たら忘れてくれる。そういうところが鉄平は好きだった。

マンションに到着し、エントランスをくぐり、共にエレベーターに乗り込む。十八階建てマンションの十二階に二人の巣は位置している。鍵《かぎ》を開け、電気を点《つ》けて居間に入ると早速、沙織が台所に立った。本日はミートソーススパゲティーだ。沙織は料理が好きで、レパートリーも豊富なのだが、どれも若干大味だ。もっとも鉄平は文句を口にしたことはない。

この1LDKのマンションの家賃は十六万だ。鉄平ひとりならとてもじゃないが住めない。家賃は全部沙織が出してくれている。元はといえば沙織の家なのだ。

「どう？　美味《うま》いやろ」と対面の沙織が顔を覗《のぞ》き込んでくる。

咀嚼《そしゃく》しながらうなずく。ちょっとケチャップの味が濃すぎる。

「あーあ。こんな雨の中、ほんま行きたくないわ」

食事を終えたあと、テーブルに立てた鏡の前で化粧直しをしている沙織がため息交じりに言った。

鉄平はソファに寝転がり、スマホをいじりながら、いつものように聞こえないフリをした。実際にさほど聞いていない。沙織はこのあと、梅田のキャバクラに出勤するのである。そして深夜、タクシーで自宅へと帰ってくる。それから三、四時間眠り、今度は鉄平とともに架空請求の仕事に出勤する。それについては素直に感心している。鉄平は六時間は眠らないと翌日が気だるくて仕方ない。

「あー、しんど。いっそのこと嵐になって臨時休業にでもなったらええのに」

スマホ画面にはジョンのユーチューブ動画が流れている。ここ数日鉄平は気がつけばジョンのユーチューブチャンネルをチェックしている。なぜ自分はこんなにもあの小僧にこだわっているのだろう。自分でも不思議だ。

「心の底から行きたくないわ」

めずらしくぼやきが止まらないので、鉄平は「なら休んだらええ」と一言反応しておいた。

「あかんねん。今日な、お客さん呼んでるねん。いつも高いお酒入れてくれる人やから相手せなあかんの。その人な、うちにガチ恋してるねんで」

「前もそれ聞いたわ」

「ちゃうって。前に話した人と別の人。アフターでホテルに誘われたこともあるんよ」

「ふうん」

スマホ画面いっぱいにジョンの憎たらしい顔が映し出されている。画面の中に手を突っ込んで首根っこをつかみ、この場に引き摺《ず》り出してやりたい。

「てっちゃん、心配やろ」

「せやな。貞操は守らなあかんで」

「もう。いっつもテキトーな返事して」

スマホ画面を消した。気分が悪い。どうにかしてあの小僧の居所をつかめないだろうか。それさえわかれば沖縄だろうがブラジルだろうがすぐに飛んで行くのに。

「ほんなら行ってくる」

沙織が憂鬱《ゆううつ》そうにそう言って腰を浮かせた。いつのまにかボディラインがくっきり浮き出た光沢のある薄ピンクのワンピースに着替えていた。そのまま玄関へと向かう。見送りに鉄平もその背中について行った。きゅっと上がった尻がリズミカルに上下している。

「寒いんちゃうか。そんな恰好《かっこう》で」

何気なく鉄平が口にすると、ヒールに足を通していた沙織が険しい目つきで睨んできた。

「なんや」

「てっちゃん、うちの恰好見てなんかいわないけんことあるんちゃう」

「だから今いうたやん。寒いんちゃうかって」

「そうやない。うち、このワンピース着んの初めてやで」

「ああ、そうなんか。似合《におう》うとるよ」

沙織は視線を落とし、ため息をついていた。続いて背中を向け、ドアノブに手を置いた沙織が、ふいに動きを止め、また振り返った。

「なあ、ムラムラせえへんの。この姿見て」

鉄平はつい首をかしげてしまった。

「てっちゃん、今からやろか？　ここで」

「何いうてんねん」鉄平は鼻で笑った。「仕事やろ」

「ええよ。今からエッチするなら仕事休むわ」

「アホなこというてんなや。はよ行けって」

鉄平は言い切る前に居間へと足が向かっていた。数秒後、背中の方からドアが開閉する音が聞こえて、鉄平は安堵《あんど》の吐息を漏らした。

沙織とはもう二ヶ月ほどセックスしていない。なぜか抱こうという気が起きない。性欲がないわけではない。正直なところマスターベーションなら毎日だってできる。ついこの間、沙織はゴミ箱からティッシュをつまみ上げて、目に涙を浮かべて憤っていた。それは数時間前に沙織の居ぬ間に鉄平がひとりで放出したものだった。沙織には「ここ最近性欲がないねん」と言い訳をして毎晩逃げていたのだ。

ただしこれは沙織に限った話ではなかった。鉄平が今まで付き合った女も皆同じだった。数ヶ月経つと身体を欲さなくなってしまうのだ。これについて西野からは、「たぶんおまえはマザコンなんや」と、そう言われていた。何気ない会話の中で「自分は女がとなりで眠ってくれるだけでいいんですわ」と鉄平が発言したからだ。

マザコン。そんなことはない。あんなろくでもない母親を慕う理由はどこにもない。

鉄平の母親は絵に描いたようなだらしない女だった。男を作っては度々家を空けた。一週間帰ってこないこともあった。鉄平は母親が置いていった金で一人で外食をする小学生だった。何度警察に補導されたかわからない。鉄平はアパートにいるとき、外廊下から人の歩く音がすると、弾《はじ》かれたように駆け出して、玄関のドアを開けるのが日課だった。それが母親ではないとわかると肩を落とした。毎晩、鉄平は泣き疲れて眠っていた。

気まぐれに帰ってくる母親は毎回チョコレートケーキを買ってきてくれた。それを喜んで食べてしまう自分にはっきり屈辱感を覚えたのは鉄平が十一歳を迎えた頃だ。それ以来、母親のことで涙を流したことはない。

ちなみに父親は知らない。死んだと聞かされているが、きっと嘘だろう。もっとも生きていようと今更会う気などさらさらないが。

――腐れ売女の母親。

ジョンに吐かれた一言がふいに耳の奥で再生された。

気がついたら鉄平はスマホの電話帳を開いていた。画面には奈緒子《なおこ》の文字。もう二年近く会っていない、連絡も取っていない母親の名前だ。

久しぶりに、声を聞いてみようか――なぜだろう、ふと、思った。

真剣に考えたら指先が震えた。このアイコンをタップするだけ、たったそれだけのことで。そんな自分がバカらしく、鉄平はひとり自嘲《じちょう》した。

する、しない。する、しない。何度か逡巡《しゅんじゅん》し、結局、鉄平は架電のアイコンに人差し指で触れた。

スマホを耳に当てる。プ、プ、プと準備の音がする。もしかしたら電話番号を変えているかもしれない。仮に繋がったとしても電話に出ないかもしれない。もしも出たとしてもこちらは無言でいよう。母親にこの電話番号は教えていないから誰だかはわからないはずだ。鉄平の頭の中で思考が目まぐるしく巡っている。

プルル――繋がった。自然と息を呑《の》んでいた。

〈はあい〉

心臓がどくんと跳ねた。甘ったるい、母の声だった。

〈あれ、もしもし。どなた？　もしもし〉

電話の向こうで〈どしたんや〉と男の声が微かに聞こえた。〈無言やねん〉とそれに反応する母の声。〈イタズラちゃうか〉〈けど、番号出とるし〉〈もう切れや〉〈……うん〉

鉄平は唇だけで笑った。やっぱり変わらないようだ。相変わらず男といるらしい。この世には子を産んでも母にはなれず、雌としてしか生きられない女がいるという。母はそれだ。

鉄平が電話を切ろうとスマホを耳から遠ざけた瞬間、〈もしかして鉄平?〉と母が言った。

〈なあ、あんた、鉄平やろ〉

動揺した。どうして自分だとわかったのだろう。「……おう」のどの奥から絞り出したような声で鉄平は応えた。

〈あ、やっぱり鉄平や。ちょっと待ってな〉

ガタガタと物音がした。どこかに移動しているようだ。

〈雨、やまんねえ〉と母。どうやら外に出たらしい。〈で、どしたん急に。これあんたの番号? 前のはもう使えんの? ねえ元気しとる?〉

矢継ぎ早に訊かれる。一つわかったことはこの二年間、母は一度も自分に電話をしていないということだ。前の電話番号が使えないことを知らないのだから。

「別にとくに用はねえわ」ぶっきらぼうに鉄平は言った。

〈そう〉

「さっきの彼氏か」

〈あ、聞こえてた? うん、まあ、そんな感じやな〉

「そうか」

〈なあ。ほんまに急にどしたんよ〉

「だから用はねえって」

〈悪いけど、お金なら持ってへんよ〉

どうやら金の無心と思って警戒しているらしい。鉄平は力なく嗤《わら》った。「そんなこと誰もいうてへん」

〈そうやね。別にいうてへんね〉母の笑い声が聞こえた。〈あんた、ちゃんと生活できとるの〉

「ちゃんとしてるかはわからんけど、とりあえず金には困ってへんわ」

〈……そう、ほんならよかったわ〉

そこで会話は止まってしまった。互いにもう訊くことも話すこともない。これが母一人、子一人の親子の会話かと思うと我ながら笑えてくる。

「じゃあ切るわ」

〈ああ、ちょっと待って。あんた、今度お母さんの店に飲みにおいで。半年前から尼崎《あまがさき》でスナック始めたんよ。『雅《みやび》』って店。若い人が来るようなとこじゃないけどさ、一杯くらいごちそうするよ。あんたももう二十歳超えてるんやもんね〉

「酒なんてガキの頃からいくらも飲んどるわ」

〈せやけど一緒に飲んだことってないやろ〉

「…………」

〈お母さん、久しぶりにあんたの顔見たいわ〉

「……気が向いたら行くわ」

〈うん。おいでおいで。ほんまにおいで。お母さん、待っとるわ〉

電話を切った。

耳の内側で心臓の鼓動が聞こえる。ドク、ドクと左の胸を激しく押し上げている。

鉄平はスマホを握りしめたまま、その心音にしばらく耳を澄ませていた。

3

たぶん、ベッドに入ってから二時間は経っている。眠気は意識の周囲をぐるぐると公転しているが、意地悪をするように一定の距離を保ったまま近寄ってきてはくれない。

ここ最近、眠るのが苦手になった。理由はよくわからない。悩みなんてものもとくにない。強いていえば、自分は将来何者になるのだろうかという漠然とした未来への不安と、そろそろ彼氏を作らなければという焦りを覚えているくらいだ。

眞田《さなだ》萌花《もえか》は静まり返った暗闇の中で枕元にあるスマホに手を伸ばした。これがまたいけないんだよなあと思いながら、ホームボタンを押す。ディスプレイが青白く光り、ここ最近気に入っているイケメン俳優の顔が映し出される。時刻を確認すると、まさかの午前三時だった。電気を消してベッドに横になったのが零時ちょうどだったから、自分は丸々三時間ただベッドで横になっていただけのようだ。よくよく考えたらゾッとする話である。

慣れた動きで親指を滑らせ、素早くパスワードを打ち込む。ホーム画面が立ち上がると、ユーチューブのアプリのところに2の数字がついているのがわかった。どうやらお気に入り登録をしている配信ユーザーが新しい動画をアップしたらしい。それが二つあるということだ。

アイコンをタップしてアプリを立ち上げる。一つはジャニーズジュニアのコンサート映像だった。少しテンションが上がったが、動画を再生したらスマホで隠し撮りしたものので見れたものではなかった。音割れがひどく、遥《はる》か遠くのステージで豆粒のような人間がちょこちょこと動いているだけだったのだ。とはいえ、これもすぐに消されるのだろう。ジャニーズの著作権、肖像権管理は、それはちょっと気持ち悪いくらいに徹底している。頭が良くて大人びた友人の梢枝《こずえ》は「だから価値があるんじゃない」と言っていたが、本当にそうだと思う。人は無条件に希少なものが貴重なものと考えてしまう。

もう一つは美容関連の動画だった。この夏のオススメコスメを読者モデルが終始作られたような笑顔で紹介していた。この読者モデルはSNSでも定期的にこのコスメを紹介していたので、きっと企業からお金をもらっているのだろう。こういうのは見ている側もわかるので、ぶっちゃけ冷める。でも、ドラッグストアにいったらチェックしてみようかなとも思ってしまう。

ほかに何かおもしろそうな動画はないかと物色していると、急上昇のトップに『悪徳業者を懲らしめてみたvol.98（シリーズ最高傑作!!!）』という長ったらしいタイトルの

的にタップしてしまう。投稿されたのは半日前のようだがすでに十万再生を超えていた。反射

動画を発見した。投稿されたのは半日前のようだがすでに十万再生を超えていた。反射的にタップしてしまう。

動画が再生されるとそこには上半身裸の、いかついタイガーマスクを被《かぶ》った男が現れた。ああ知ってる、と萌花は思った。この人はたしかジョンとかいうユーチューバーだったはずだ。過去に数回、動画を見たことがあったかもしれない。やたらハイテンションで威勢のいいことを捲《まく》し立てるのだが、身体がマッチ棒のように貧相なので、それが笑いを誘うのだ。胸板は薄く、首は女のように細い。その上に猛々《たけだけ》しいタイガーマスクのお面が乗っかっているのが滑稽《こっけい》なのである。

内容は架空請求業者に対し、イタズラ電話をかけるというものだった。タイトルにvol.98と書かれているのでこの手の動画を何度も上げているのだろう。萌花はこれについてはまったく知らなかった。シリーズ最高傑作と謳《うた》われているので自信作なのだろうが、そもそもこの種の動画は自分に合わなそうだと思った。だからちょっと見たらすぐに消すつもりだった。

だが、しかし――およそ十分間、暗い部屋の中、萌花は始終食い入るようにしてスマホの画面を凝視していた。

動画の再生が終わったとき、萌花の手の平は湿っていた。眠気は完全に吹き飛んでいた。なぜだろう、と萌花は思った。なぜ、この動画に自分は興奮しているのだろう。おもしろかったかといわれたら首をかしげてしまう。どこかコントめいていたが妙に生々し

いやり取りは、けっして気分のいいものではなかった。そもそもこの動画の中の出来事は大人の話であり、男の人の話だ。女にアダルトサイトの請求など無縁だ。だから、十五歳の、ただの女子高生である自分には遠く距離のある物語のはずなのだ。

それなのに、どうして、自分の身体はこんなにも熱を帯びているのだろう。

萌花はスマホの画面を消し、再び枕元に放った。自分の中で渦を巻いているこの形容しがたい感情の本質をしっかりと見極めたかった。

静かな闇の中で萌花は頭の中を整理する。

まず第一に、架空請求業者というものが本当に存在するのだという事実に自分は衝撃を受けている。もちろんそういう違法ビジネスが世の中にあることは知っているが、どこかで自分がいるこの世界とは別の場所で行われている話だと思っていた。もちろんこの動画を見たからといってそれが身近になったわけではないのだが、ノンフィクションです、と証拠をまざまざと突きつけられた感じだ。

そして、あの森口という架空請求業者。言葉からすると関西の人間だろうか。あの男の人はなぜあんな仕事をしているのだろうと素朴な疑問を覚える。他に仕事はないのだろうか。架空請求の仕事は儲《もう》かるのだろうか。もっとふつうの仕事をすればいいのに、と単純に考えてしまうのは自分が世間知らずの子供だからだろうか。そもそも、お金をだまし取るということについて罪悪感は持たないのだろうか。

そして、ジョン。いったい何者なのだろう。萌花はあの素顔を隠したユーチューバーに対し、薄ら寒い気味の悪さを覚えずにはいられなかった。もしかしたら森口という悪者よりも、このタイガーマスクの男への嫌悪感の方が強いかもしれない。

正義の申し子なんて謳っているが、歪《ゆが》んだ人格が透けて見える。いや、はっきり輪郭を伴っている。

萌花はふとあることに思い至って再びスマホを手にした。先ほどの動画を再び映し出す。画面を下にスライドし、視聴者たちのコメント欄を読み込む。自分以外の第三者の目にこの動画がどう映ったのかが気になったのだ。

一通りコメントを読み終えて、萌花は鼻から息を漏らしスマホの画面を消した。概《おおむ》ね視聴者たちはこの動画を好意的に捉《とら》えているようだった。スカッとした、爆笑した、という類《たぐい》のコメントが多勢を占めていたのだ。

萌花はそこにも違和感を覚えた。自分は爽快《そうかい》さは覚えなかった。むしろ胸焼けしたような不快さが今も胸に残っている。

それなのに、なぜ自分はこの動画を夢中になって見ていたのか。途中で止めることはいくらでもできた。自分は時間を忘れ、たしかにこの動画に没頭していた。

ということは同じなのだろうか。わたしと、彼らは、本質的に同じなのだろうか。

そこまで思考が至って、萌花はひとり口元を緩めた。こんなことを真剣に考えている自分がバカバカしく思えたのだ。きっと真夜中という時間帯、そしてこの孤独な空間のせいだ。妙なことを考えてしまうときは夜中と相場が決まっている。

萌花は大きく息を吐き、目を閉じた。

ただ、やっぱり眠れなかった。まぶたの裏に、ずっとトラ模様のマスクが映し出されていたからだ。

うんざりとしてスマホの時刻を確認すると五時五十七分、もう朝だった。深いため息をついた。あと三分後にこのスマホは激しいベルの音をがなり立てることになっている。つまり、一睡もしないまま学校へ行かなくてはならなくなってしまったのだ。

萌花は掛け布団を剝《は》ぎ、重い身体を起こしてベッドを出た。窓に歩み寄ってカーテンをめくる。

雨。この部屋は二十四階建てマンションの最上階に位置しているので、どんよりとしたグレーの空が遠くまで望めた。しとしと降る、六月の雨が、物悲しそうに街を濡《ぬ》らしている。

「おはよ」と、後ろから傘をコツンとぶつけられた。振り返るとクラスメイトの日野《ひの》梢枝が自分と同じように透明のビニール傘を差して立っていた。八時に駅前のこの公衆電話の前で待ち合わせをして学校へ向かうのが入学以来二人の決まりごとだった。ちなみに萌花は人生で一度も公衆電話を使用した経験がない。使っている人も見たことがない。なぜ撤去されないのかと不思議に思っている。

梢枝は学校で一番気心の知れた友人だ。といっても付き合いはまだ二ヶ月と浅い。高校に入って知り合ったからだ。入学式の際にたまたまとなりに座っていたのが梢枝で、彼女が「あーあ、スピーチ好きの校長だ。どっかに早送りボタンついてないかなあ」と独り言をぼやいたことに、萌花が吹き出してしまい、それから仲良くなった。梢枝はどこか冷めたことを口にする性格で、それも萌花には新鮮だった。美人で頭もいい。先日の高校に入って初めての中間テストの結果は萌花と歴然たる差があった。

その梢枝が萌花の顔を覗《のぞ》き込んできた。

「あんた、どしたの。超眠そうじゃん」

「うん。超眠い。授業絶対寝ちゃう。っていうかここから学校までたどり着く自信がない」萌花はあくびをしながら弱音を吐いた。

二人が通う聖文《せいぶん》高校は最寄りの駅から徒歩で二十分以上かかる。しかも小高い丘の上に建っているので登校するだけで一苦労なのだ。大根足になって卒業する、といういい伝えがあるがまったくの冗談として笑えない自分がいる。

「そういうの、あたしも見たことあるよ」

萌花が徹夜の理由を話すと、梢枝が言った。

「ジョンって人の?」

「ううん。あたしが見たやつはちがう人の。他にも同じようなことをしてるユーチューバーいっぱいいるよ」

「へえ。そういう人たちって何が楽しいのかな」

「ストレス発散でしょ、ただの。見てる人だってそうなんじゃないの。つまり需要があるんだよ」

その言葉で萌花はふと足を止めた。そこは浅い水溜《みずた》まりの上だった。「わたし、ストレスが溜まってるってことなのかな」

「は？」前方の梢枝が振り返り、小首をかしげている。「なんかいった？」

「ううん」

再び、梢枝と並んで学校へと向かう。到着するまでに何回もあくびをした。倦怠感《けんたい》が背中にぴたっと張り付いている。このまま引き返して家のベッドにダイブしたい。今なら三秒で眠る自信がある。

梢枝と共に教室に入り、席に着いたところで佐藤蘭子が金髪をなびかせてやってきた。蘭子も梢枝同様に高校に入学してから友人になったクラスメイトの一人で、自然と三人でいることが多い。ちなみに蘭子は住んでいる地域が違い、学校を挟んで逆側を走る沿線を利用しているので、登下校を共にすることはない。

「で、二人とも来週の日曜日、どう？」

蘭子が萌花と梢枝に水を向けると、梢枝が手元のスマホを操作しながら「行かなーい」とぶっきらぼうに返答した。

「えー。行こうよー」と蘭子が唇を尖《とが》らせる。

「やだよ合コンなんて。あたし、マーシーいるし」

梢枝にはマーシーという有名私立医大に在籍する大学生の彼氏がいる。それについて本人は「そうだよ。立派な淫行《いんこう》だよ」と笑って話している。学校帰りに車で梢枝を迎えにきたことがあるので、萌花も一度会ったことがあるが爽《さわ》やかなイケメンだった。

「もう」蘭子が頰を膨らませた。「じゃあ萌花は？」

「わたしも遠慮しとく。ちょっと怖いし」

「なんでー。だって萌花、彼氏欲しいっていつもいってるじゃん」

「それはそうなんだけど……合コンっていうのがなんかイヤ」

「その合コンって言葉が悪い」ビシッと指さされた。「北高の男の子たちとちょこっと遊ぶだけだって。萌花、いっとくけどこんな高校で彼氏なんて作ったら絶対ダメだよ。青春終わるよ」

蘭子の声がやたらデカかったので萌花は慌てて周囲を見渡した。わずか数人程度とはいえ、教室内にいる男子たちに聞こえたのではなかろうかと心配になったのだ。

聖文高校は去年まで女子校で、今年度から共学となったため、男子生徒の数がやたら少ない。男女比は一対九だ。しかもその一握りの男子たちの中にイケメンは一人としていない。大半はオシャレに無頓着《むとんちゃく》で、寝癖をつけたまま登校してくるような野暮ったい男子たちばかりなのだ。どれだけ恵まれた環境にいるのかわかっているのかと萌花ですら義憤に駆られることがある。

もっともここに通う男子たちは、都立の有名校に落ちた者たちで、あくまで滑り止めとしてこの私立聖文高校を受験したのだろう。とはいえこの高校だってそれなりだ。去年一般公開された我が校の偏差値は六十だった。そして人気もある。理由はずばり校則が緩いからであった。髪の毛の色も、化粧も、制服の着こなしもあまり口うるさいことは言われない。もちろん蘭子のように金髪にまでなってしまうと指導の対象となるのだが、それでも「なんとかならんのかその頭は」くらいしか言われていない。

要は、自由なぶん、勉学だけはしっかりとやりなさいという校風なのである。そんなわけもあって、中学時代そこそこ勉強ができて、高校ではオシャレを楽しみたいと考えている女子たちがここには多数集っている。『頭のいいギャル高』として認知されているのだ。

始業のチャイムの音が鳴り響き、蘭子が席を立った。去り際、「考え直してよね」と萌花にだけ告げて、自分の席へと戻って行く。

「あの子、危ないなあ」と小さく梢枝が漏らした。「萌花、絶対行かない方がいいよ」

「うん。行かない」萌花がしっかりとうなずく。

「相手、北高の男でしょ。チャラいって評判じゃん。ヤリ目《もく》しかないのに」

昼休みを迎えて、ようやく萌花の霞《かすみ》がかかっていた頭は冴《さ》えてきた。一限目から四限目までしっかりと眠ったからだ。

「あー、ほんと何度見ても笑える」

梢枝が箸《はし》に刺さったミートボールを口元に運び、机の上に立てたスマホに視線を落として言った。「もうしつこい」萌花は頬を膨らませ、梢枝を睨《にら》んだ。机をくっつけて萌花と梢枝と蘭子の三人で固まってお弁当を食べているのだ。

梢枝が先ほどから何度もイジってくるのである。梢枝は、萌花が授業中に熟睡し、大量のよだれを机に垂らし、それで顔がべちゃべちゃになっているところを動画に収めていたのだ。自分だと信じたくないほど間抜けな映像だった。梢枝の席がとなりなのが災いした。

「ねえ、あたしにももう一回見せて」と蘭子が梢枝に向けて手を伸ばす。

「はー。限界。笑い死ぬ」梢枝が苦しそうな顔で蘭子にスマホを手渡す。「仮にあたしが萌花の彼氏だったら百年の恋も冷めるね、これは」

「絶対に消してよね」萌花が念を押す。

「どうしよっかなー。クラスのグループLINEに流しちゃおーかなー」

「そんなことしたら梢枝とはマジで絶交だからね」

「ほんと世界中の人に見て欲しいわあ」

言いながら梢枝がミートボールをぱくっと口に入れた。蘭子も動画を見ながら小刻みに肩を揺すっている。

「ねえ、これ、ユーチューブに上げてみれば？　とある女子高生の授業中ってことで」

動画を見終えた蘭子がそんなことを言った。

「あーそれいい。やろうよ」と梢枝も悪ノリをする。

「二人とも変な冗談はやめてよ。誰もこんなの見ないよ」

「こういうのがウケるんじゃん。萌花、人気者になっちゃったりして」梢枝がイタズラな目で箸の先を向けてくる。

「それに稼げるかもしれないよぉ」と蘭子。「うちのクソ兄貴がさー、ユーチューバーなんだけど、なんかめちゃめちゃ金稼いでるっぽいんだよねー」

一瞬、時が止まった。萌花と梢枝は顔を見合わせ、改めて蘭子を見た。

「蘭子のお兄さんって、ユーチューバーなの？」梢枝が目を細めて訊《き》いた。

「うん。たぶんそう」蘭子が平然と言った。「一年くらい前からかなあ、部屋の中でよくわかんない実況とかしてんだよね。なんかそれ以来、やたら金持ってるし」

うまい感想が思い浮かばない。身近なところにユーチューバーという存在がいたのか。というか、蘭子に兄がいたことすら初めて知った。

「有名な人？」萌花が訊いた。

「わかんない。どんなの上げてるのかも知らないし。ま、興味もないんだけど」蘭子が口の端を持ち上げて答える。「うちのクソ兄貴さ、マジキモいんだよね」

「何がキモいの？」

「全部。存在自体がキモい。あたし、兄妹《きょうだい》の縁切れるならすぐ切るもん。あいつ、絶対彼女なんていたことないよ。っていうか友達もできたことないと思う」

兄がユーチューバーか。それはちょっと気の毒な感じがした。別にユーチューバーを蔑んでいるわけじゃないのだけど。

そもそもユーチューバーというのは妙な存在だと思う。芸能人でもなければ一般人とも少し違う。ただし、有名なユーチューバーは売れない芸能人よりよっぽど有名だ。

萌花はお茶で口の中の物を流し込み、お弁当をキレイに平らげた。弁当箱には米粒一つ残っていない。最近、食欲がやばい。あとおにぎり二つくらいなら余裕で食べられそうだ。きっともう上には伸びないだろうが、油断をすると横にはいくらでも広がってしまう。

ちらりと梢枝の足を見る。スカートから伸びた白く細い足が女から見てもなまめかしく色っぽい。その上、梢枝は胸も大きい。これについてあまりに理不尽だと思うので、「ずるい。反則」と萌花はいつも口にしている。わたしなんて――と思ったところでふととなりの蘭子を見る。正直、少し、ほっとする。

蘭子には勝っている、と萌花はひそかに思っている。

その翌日、蘭子が学校に登校してこなかった。遅刻かなと思ったら、一限目の授業が終わっても学校に姿を現さなかった。萌花はもちろん梢枝にも確認したが、蘭子からＬＩＮＥは届いていない。思えば昨日学校が終わって別れてから、音沙汰《おとさた》がなかった。それまでは毎晩しつこいくらいにLINEでメッセージが届いていたのだが。

だから休み時間に萌花は蘭子に向けて『今日は休み？　具合悪いの？』とメッセージを送った。

「あんたは優しいねえ」

机を挟んで向かい合う梢枝がスマホを操作しながら言った。萌花はメッセージを三人が参加しているグループLINEに送ったので、梢枝はそれを見たのだろう。

「ただの遅刻か、サボりじゃない」

「だとしたら何かしら送ってくるんじゃないかな。蘭子の性格からいって」

「まあたしかに。昨日も連絡なかったしね」

「熱でも出ちゃったのかなあ」

そんな会話を交わしていると、先ほど萌花が送ったメッセージが『既読2』になった。

つまり、蘭子がメッセージを見たということだ。

それから間を置かずして蘭子からメッセージが届いた。

『二人ともあたしの顔、見る？』

謎のメッセージに梢枝と顔を見合わせる。

そして返信をする前に、蘭子から一枚の画像が送られてきた。

確認するなり、二人同時に息を呑んだ。

スマホの画面に、青黒く腫《は》れた蘭子の顔が映し出されていたからだ。

## 4

　さーっと血の気が引き、純は慌てて教室の四方を見渡した。周囲のいたるところでクラスメイトたちのにぎやかな歓声が上がっている。三つ編みの女子と、赤いミニスカートをはいた女子が手を取り合っている。Jリーグチームのロゴの入ったジャージを着ている男子と、頬に絆創膏《ばんそうこう》を貼った男子がじゃれ合っている。二人一組、誰もがパートナーを伴っている。

　誰かいないだろうか。自分と同じように、パートナーを探している人は残っていないだろうか。純は教室の中央で何回も自転を繰り返した。

　いなかった。誰も、残っていなかった。

　理由は少し考えてわかった。四年四組の児童の数は三十七人。奇数。誰かが必ず、余ってしまう。

　徐々に喧騒《けんそう》が遠のいていった。体重が少しずつ軽くなっていくような気がした。自分が誰の目にも映らない、透明人間のように思えた。いや、本当に透明人間なのではないかと思った。

　たとえそうでなくとも、ひとつはっきりしていることは、自分は三十七人中、三十七番目の人間であるということだ。こんなくだらないレクリエーション授業で、純はそんな現実を突きつけられてしまった。

「はーい」教卓に立つ二十代の男の先生が手をパンパンと叩く。「みんな二人一組はできたかー。じゃあ次は四人組を――」

先生も純の存在に気づいていなかった。もともとそんな児童は存在していなかったかのように、佐藤純を無いものとして振舞っている。

この先生は純に対し、意地悪をしているわけではない。あくまで自然体で、純の存在に気づいていないのである。

改めて周囲がガヤガヤと騒ぎ始める。

そんな中、純はひとり、教室の中央で立ち尽くしていた。

言葉が出なかった。涙も出なかった。ただ、誰かに気づいてほしかった――。

昼過ぎ、ベッドを這《は》い出た純はスマホを片手に部屋を出て、トイレへと向かった。

便座に尻《しり》を落とし、下っ腹に力を込めながら、スマホを操作する。目ヤニでパサついた目を擦《こす》り、画面とにらめっこをする。ツイッターのフォロワー数が昨夜から三百人ほど増えていた。まずまずな増加数だった。現在五十万強。このままいけば年内には目標にしている六十万人を突破できるかもしれない。もっとも毎日百人弱にフォローを外されてしまうので、そう簡単なことではない。だったら気軽にフォローなんかするなと文句を言いたいが、これればかりは仕方ない。

『ジョン様起床。ウンコなう。おまえら今日はどんな動画が欲しい？』

ツイートすると瞬く間に通知欄がいっぱいになった。この反応が純にはたまらなくうれしい。

トイレを出て、居間へと向かう。そこには母がいた。

母はダイニングテーブルでチラシを広げ、赤鉛筆を片手に何やらチェックをつけていた。きっと生協に注文する食品でも決めているのだろう。ちなみに父は仕事で妹は学校だ。

「あ、おはよう」

純に気がついた母が顔を上げ、言った。一瞬顔が強張《こわば》ったのを純は見逃さなかった。

一言「飯」とだけ純は返し、母の向かいの椅子を引いて腰を落とす。代わりに母が腰を上げ、台所へと向かった。

改めて先ほどのツイートに対するリプを読み込む。ゆっくりと上に向かって画面をスクロールしていると、あるリプのところで指が止まった。『また森口と戦ってよ』という書き込みを発見したのだ。

純は目を細めた。

森口——。あの悪徳業者と初めてやり合ったのは一週間ほど前だろうか。それからも何度か電話をかけては弄《もてあそ》んでやった。ただし、今はもう電話口に出てはくれない。非通知設定で電話しても、声でジョンであることがわかるとすぐに切られてしまうのだ。仕方ないのでここ数日は別の悪徳業者に電話をしているものの、すぐにイタズラだとバレてしまい、切られてしまっていた。その際も相手は森口のようにピエロを演じてくれない。『イタズラですよね。申し訳ありませんがそういうことに構っている暇はないのでここで失礼させていただきます』と冷静な口調で告げられ終わってしまう。これでは視聴者が納得しない。みな、正義の申し子ジョンと悪徳業者の激しい舌戦を、血なまぐさいバトルを求めているのだ。その証拠にここ数日上げた動画の再生数は今ひとつ伸びない。森口の動画の五分の一程度の再生数なのである。

もう一度、あの森口とやりあえないだろうか。純は鼻息を漏らした。やはりあのキャラクターは得難い。それに関西弁というのがいい。凄《すご》みと滑稽さが混ぜ合わさった独特な空気感を醸すのである。

カチャカチャと音がしてちらりと台所に目をやる。背を向けた母親が台所で中華鍋《なべ》を振っていた。どうやらチャーハンを作っているようだ。

ほどなくしてそのチャーハンが運ばれてきて、純は右手にレンゲを持った。もちろん左手にはスマホがある。

そんな純の前に母が腰を下ろした。居住まいを正し、上目遣いで食事をする息子をジッと見ている。

「純くん、今ちょっとだけいいかな」恐る恐るといった口調で母はそう切り出した。

「なに」純はスマホに目を落としたまま応《こた》える。

「純くんは将来のこと、どう考えてるのかな」

「なにそれ。どうも考えてないけど」

「純くんは今学生さんじゃないし、働いてるわけでもないでしょう。だから将来、純くんがどういう――」

「働いてるよ」遮って言った。「ちゃんと働いてる」

母が小首をかしげる。「……働いてる？」

「うん。母さんよりも、もしかしたら父さんよりも稼いでるんじゃないかな」

口の片端を持ち上げて純は母を見る。母は困惑顔で瞬《まばた》きを繰り返していた。

「……純くんのいっていることがお母さんにはよくわからないんだけど、どうやって働いてるの」

「秘密。いいたくない。ごちそうさま。ちょっと塩気が足りなかった」

純はそう告げて腰を上げ、居間を離れた。

階段を半分ほど登ったところで「純くん」と背中に声がかかり、純はその場で足を止めた。

「お母さん、純くんが就職できそうなところ、インターネットで探してみたの。そうしたら社員を募集してる会社がいっぱいあったの。高卒でもちゃんと正社員で雇ってくれるところあるのよ。いくつかリストアップしてみたから、一度見てくれるとうれしいんだけど」

「いい。余計なお世話」再び階段を登り始める。

「ねえ。純くんがやってるお仕事って悪いことじゃないわよね？　ちゃんとしたお仕事よね？」

どうしてだろう、その言い方が無性に癇《かん》に障った。純は踵《きびす》を返し、転がるように階段を駆け下りた。一瞬で母の目の前に立つ。驚いた母は壁に背中を打ちつけていた。

「なんだよ、ちゃんとした仕事って」目を剝《む》いて凄んだ。「定義をいってみろよ」

「……定義って」

「だからちゃんとの定義をいってみろ。どれがちゃんとした仕事で、どれがちゃんとしてない仕事なんだよ」

「そ、そういうことはお母さん、うまく言葉にできないけど――」

「なら偉そうにいうんじゃねえ」純は拳《こぶし》で母の顔のすぐ横の壁を殴りつけた。母が「ひっ」と悲鳴を上げる。

「おい」なおも純は迫った。「金か」

母が目を丸くした。

「金が欲しいのか。息子に金を運んできてもらいたいのか」

「そんなこと言ってないじゃない」

「いくらだ。五十万か。百万か。そんなはした金、すぐに用意できるぞ」

「……純くん、本当に悪いことしてないよね？　ちゃんとしたお仕事よね」

「何回いわせんだよ」今度は壁を蹴《け》りつけた。「なにがちゃんとした仕事なんだよ」

この段になると自分でも抑制が利かない。身体の奥底から激情がどんどん込み上げてきて、理性を抑えつけてしまう。悪徳業者を相手にしているときのような余裕はなく、生の怒りが純のすべてを包み込み、支配してしまう。

いったい、いつからこうなってしまったのか。

昔から自分は典型的な内弁慶だったが、ここ最近はそういうレベルではない。

何かがおかしいのだ。

そのとき、玄関の方からガチャガチャと物音が聞こえた。見やると、玄関の方の死角となっていた壁からひょこっと汚い金髪頭が現れた。妹の蘭子だ。

廊下に立ち、顔を上げた制服姿の蘭子はその場で足を止めた。純と母とは数メートル離れた位置だ。向かい合う兄と母を、眉間《みけん》にシワを寄せ、怪訝《けげん》な眼差《まなざ》しで見つめている。

「なにしてんの。そんなとこで」

「ううん、なんでもない」母がぎこちない笑みを作って答える。「蘭子ちゃん、学校はどうしたの」

「今日五時間授業。前にいったでしょ」蘭子が警戒しながら歩み寄ってくる。兄である純を睨みつけながら。

蘭子が母の前に立ち、「またこいつに何かされたの？」と訊いた。

母が頭を左右に振る。

「本当？」と純に疑いの目を向け、蘭子は階段に足をかけた。一段、二段と上がり三段目に右足をかけた瞬間だった。ほぼ無意識に純の右手が伸びた。蘭子の金色の後ろ髪をつかみ、ありったけの力で引っ張っていた。蘭子の身体が宙に浮く。そして後頭部を壁に、背中を床に激しく打ちつけた。

蘭子は呼吸がうまくいかないのか、口をぱくぱくさせ、カエルのような低い声で「ぐぁ……ぐぁ……」と呻《うめ》いている。

自分でやったことなのに、純はパニックに陥っていた。興奮と動揺が入り乱れ、激しく攪拌《かくはん》されている。さらには、何を思ったか、純は右足を振りかぶっていた。そのままサッカーボールを蹴り上げるように、足元にある蘭子の顔を蹴りつけていた。

「純くんっ」母が蘭子に覆いかぶさる。「何するのっ。やめてっ。お願い、やめてっ」

純は荒い呼吸を繰り返しながら、母と妹を見下ろしていた。自分の取った行動に驚愕《きょうがく》していた。

弾《はじ》かれたように純は階段を駆け上がった。二階の廊下を走り、自分の部屋に飛び込んだ。中から鍵《かぎ》を掛け、ベッドにダイブし、布団を頭から被った。

一体全体、自分はどうしてしまったのか。いくら蘭子が憎いとはいえ、あんな行動を取ってしまった自分が信じられなかった。言い訳ではなく、完全に無意識だった。あの瞬間、まるで別の誰かが自分を操っているかのようだった。別の、誰か――？

純はベッドを出て机に駆け寄った。抽斗《ひきだし》を開け、タイガーマスクを取り出し、即座にそれを被る。身を翻し、部屋の片隅に置いてある姿見の前に立ち、自身の姿を映し出した。

そこに映っていたのは本来の自分、本当の自分だった。ジョンだった。

純の心は徐々に落ち着きを取り戻していった。じわじわと純の中の不穏分子が溶けていく。意識的に深呼吸を繰り返した。鏡の中のタイガーマスクが上下に小さく揺れている。つい見惚《みと》れてしまう。

せっかくなのでTシャツを脱ぎ捨てた。スエットも脱いだ。ブリーフ一枚にタイガーマスク。ジョンの一番かっこいいスタイルだ。

改めて鏡をまじまじと覗き込む。

「はー、やんなっちゃうぜ。今日は厄日か？　女を痛めつけちまったよ。もしかして、オレ様って正義の申し子失格？　いや、ちょっと待てよ。蘭子はろくでもねえし、身も心も薄汚ねえ小娘だ。つまり悪者だ。そういう意味じゃこれも悪者退治したってことになるのか。うーん、これはなかなか難しい問題だな。ま、たまにはこういう日もあるわな」

唇が上下左右に動き、白い歯がちらちらと覗いている。タイガーマスクは目と口だけが晒《さら》されているのだ。

「鏡よ鏡よ鏡さん」両の拳をわき腹に添え、上半身を折って前かがみになった。「この世で一番偉大な人間は誰ですか」

両の手を耳に当てた。

「訊かなくてもわかってるだろって？　なんだよ、ツレない鏡だな。そう、ジョン様だよなー。わかりきってんだよなー」

今度は逆に背中を仰け反《の》らせ、天井を仰いで高笑いをした。ジョンの神々しい美声が聖域にこだまする。すでに全能感に包まれている。さっきまでの不安が嘘のようだ。

急に力がみなぎってきた。シュ、シュとパンチを繰り出し、シャドーボクシングの真似事をした。ベッドに飛び移り、その上でさらに飛び跳ねた。あと数センチで天井に頭頂部が届きそうだった。このまま空も飛べそうだった。

ジョンは無敵だと思った。この世に怖いものはない。自分は神にもっとも近い存在なのだ。

息が乱れてきたところで、ベッドから床に飛び降りた。この勢いをもってユーチューブライブをしようと思ったのだ。ワークチェアに座り、PCを起動させた。配信環境が整うまでの時間を利用してスマホを操作し、『今からライブ配信するぜ。(URL)』とツイートした。ヘッドマイクを装着して、準備を整える。そしてユーチューブにログインし、配信を開始した。

「ジョジョジョジョジョーン。笑いを愛し、笑いに愛された正義の申し子、ジョン様の登場だっ。今日もおまえらにジャスティスなショーをお届けするぜーっ」

甲高い声でいつもの冒頭挨拶《あいさつ》をする。《こんばんみー》《勝手にお届けしておくれ》《相変わらずキモっ》即座にコメントが集まってくる。

「ちょっとおまえら聞いてくれよ。今よー、妹と揉《も》めちゃってよー」

すると、《妹いるんだ》《意外ｗｗｗ》とコメントがあった。

「全然仲良くないけどいるんだよなー。たまたま血が繋《つな》がってるだけっていうかそんな感じの妹なんだけど、その妹とたった今一悶着《ひともんちゃく》あったわけだ。急に帰ってきたと思ったらさー、なんか知んないけどオレ様に絡んでくるわけ。最初は相手にしなかったんだけど次第に手ェ出してきてさ。まあ、女だから痛くもなんともないんだけど、ちょっとムカついたからこうやって振り払ったわけだよな。そしたらたまたまオレ様の手の甲が妹の顔面に入っちゃってよ、そしたら大泣きして——なあ、おまえらこれどう思う？　オレ様悪くなくない？」

事実を歪曲《わいきょく》して伝えた。もっともジョンにウソをついている自覚はない。

《おれも妹いるからわかる。女だから手を出されないと思ってんだよなー》《でも女殴ったらダメだろ》《どちらかがKOされるまでやりあえよ》《それ配信してほしかったwww》

「ああ、ちがうちがう。オレ様は殴ったんじゃなくて、絡んでくる妹を振り払ったらたまたま手が当たっちゃっただけで、殴るつもりは——」

そのときコンコンとドアがノックされた。首をひねってドアに視線を転じた。誰だ。ふだんこの部屋のドアをノックする者などいないのだ。

「佐藤さん、ちょっといいですか」

知らない男の野太い声だった。

一瞬でパニックになった。慌ててパソコンの画面を見る。《サトウwww》《ジョンっ

て佐藤って名字なのかよｗｗｗ》《衝撃の事実》

数秒、純は石化したように固まっていた。

「お兄さん」また男の声。「ほんの少しだけお話を――」

「あ、はい。ちょっと待ってください」思わずふつうの青年の返答をしていた。「ごめん。また後で」小声でそう告げて配信を切る。

頭の中はぐちゃぐちゃに乱れている。思考がまったく巡らない。

椅子を離れドアの前に立つ。

「あの、どちらさまですか」ドア一枚を隔てて、純は訝《いぶか》って訊いた。

「わたしね、すぐそこの交番のお巡りさん。先ほど妹さんから連絡があって駆けつけたんだけど、ちょっとだけお話聞かせてもらえないかな」

警察？　なんだそれ。

何はともあれ純は施錠を解き、ドアを数センチほど開けた。その隙間から外を覗く。するとそこにはたしかに警察官の制服を纏《まと》い、制帽を被った五十絡みの男が目尻を下げて立っていた。

しかし、続けて純がドアをもう気持ち開くと、中年の警察官は驚愕の顔で一歩後ずさった。その反応で気がついた。自分は今、ジョンの姿のままだ。それにブリーフ一丁だ。タイガーマスクを被った裸の男が現れたら、誰だってびっくりするだろう。

慌ててドアを閉め、タイガーマスクを剝ぎ取り、床に脱ぎ捨ててあったＴシャツを着て、スエットを穿《は》いた。そして再びドアを開けた。

「すみませんねえ、急に。どうやら妹さんとケンカしちゃったみたいだね」穏やかな口調で警察官が言う。

「ケンカじゃなくて一方的な暴力だって。あたし何もしてないもん」

警察官の後ろに立っていた蘭子が目を剝いて訴えた。顔に氷嚢《ひょうのう》を当てている。青黒く腫れ上がっているのがすぐにわかった。そのとなりには今にも泣き出しそうな顔の母が立っている。「早く逮捕してよ。暴行犯だよこいつ」と鼻息荒い蘭子を、「まあまあ」と警察官がなだめた。

純はすべて理解した。蘭子が通報し、この場に警察官を呼び寄せたのだ。

「お兄さん、可愛い妹をぶん殴っちゃダメだあ」あくまで穏やかに警察官が言う。すぐさま「だから違うって。階段から落として顔蹴ったんだって。立派な殺人未遂じゃん」と蘭子。

警察官が後ろを振り向いて苦笑し、また純に向き直った。「というわけだから、申し訳ないけど少しお話聞かせてもらえる？」

警察官がひとつ手刀を切り、部屋に入ろうとしたのでそれを制し、純が廊下に出た。この聖域に自分以外の者を絶対に入れてはならない。

そのまま全員で階段を降り、居間へと向かった。ダイニングテーブルを挟んで純と警察官が対面し、蘭子と母は近くのソファに並んで座った。母は蘭子の肩に手を置いて、心配そうに息子を見つめている。

「改めて、おじさんはこういう者です」

警察官が警察手帳を見せてきた。そこには巡査部長と書かれていた。こんな平の警察官にこれから説教を喰《く》らうのかと思ったら屈辱だった。

しかしあまり説教じみた話をされることはなく、淡々と経緯について訊かれるだけだった。純は口ごもりながらそれに答えた。警察官は純の話に首だけで相槌《あいづち》を打ちながら調書を取っている。

「なんだよ、『ムカついたから』って。『ムカついたら暴力振るっていいのかよ。あたしだってあんたにいつもムカついてるよ。だいたい、あたしがあんたに何したんだよ」

蘭子が金切り声を上げる。純が妹に暴行した動機について警察官にしゃべった直後だった。

「そうだよなあ。腹が立ったからといって殴ったらいかんなあ」純に向けて諭すようにいう。「こんな可愛い妹さんを」

「可愛くないです」うつむき加減の純が答える。

警察官が苦笑する。「わかったわかった。なんにせよ、きみが暴力を振るったことはたしかだ。しっかり謝ろうよ」

「すみません」機械的に言った。

「わたしにじゃなくて、ちゃんと妹さんに謝らないと」

「いいです。あたし、謝られても許す気ないから。絶対、絶対許さないから」

「まあまあ。お兄さんだって常習的に暴力振るってるわけじゃないんだから。――そうでしょう、お母さん」

「はい。そうです」母が鶏のように二度続けて首を上下させる。「本当はとても優しい子で――」

「お巡りさんお願いです。逮捕してください。兄妹でも暴力振るったんだから逮捕できますよね」

「蘭子ちゃん、お願い。もうやめて。お兄ちゃんのこと許してあげて」母が懇願するように蘭子の手を取る。

「ママは黙ってて。関係ないんだから」蘭子がきつく母に言いつける。「そういえばこいつ、あたしの下着とか盗んでます」

純は耳を疑った。「ウソつくな。なんでおまえの汚ねえ下着なんか――」

「本当です。暴力振るったし、変態だし、こいつは犯罪者です。早く逮捕してください」

蘭子の野郎――。言うに事欠いて嘘をでっち上げて兄を犯罪者に仕立て上げようとしている。何が何でも純を葬ろうとしている。

「困ったなあ」警察官は苦い顔で首を揉んでいる。「妹さんね、こういう言い方もなんなんだけど、この程度だと逮捕とかそういうことはちょっと難しいんだよなあ。ほら、常習的に暴力を振るったりとか、お兄さんはそういうわけじゃないじゃない。それにこれは家庭での出来事だし、あなたたちは兄妹だし、そうなると――」

「じゃあ土下座させて謝らせてください」

純は目を見開いて妹を見た。「なんでおれがおまえに――」

「お兄さん」警察官が身を乗り出して純を制する。そして顔を近づけ、声を落として言った。「せっかく妹さんがこう言ってくれてるんだから。それで事が収まるならありがたい話じゃない。ほんというとね、事件にできるんだよ、厳密には。そうなったら困るのはあなたでしょう。ね」

土下座？ このおれが蘭子に――。想像しただけで頭がどうにかなってしまいそうだった。悪夢だ。

「ほら、お兄さん。勇気を出して。そもそもきみが悪いんだよ。ここは折れるしかないでしょう」

警察官に促され、純はゆっくり椅子から腰を上げた。もう放心状態だった。夢遊病者のようにソファに座る蘭子のもとへ歩み寄る。

そして蘭子の前に立った。「ごめん」小声で言った。

「なんだよそれ」目を剝いて蘭子が立ち上がる。そして自身の足元を指差した。「土下座だっていっただろ。それとごめんじゃなくて、『申し訳ありませんでした。二度としないと誓います』と言え」

握りしめていた拳が震えた。反射的に殴ってしまいそうになる。

「純くん」母が哀願の目でうなずいた。

ふいに視界が揺れた。膝が笑っているのだ。純はそんな自身の膝を折り、硬いフローリングの床に正座をした。もはや自分の肉体ではないようだった。おれは誰だ？　ジョンだろう。ジョン様だろう。こんなことをしていいのか。こんな辱めを受けていいのか――。

純は手を床につき、頭を下げた。額を床にくっつけたら、フローリングの異常な冷たさを感じた。そして、言った。「申し訳……ありませんでした。もう、しません」

「誓うか」声が上から落ちてくる。

「……誓います」

顔を上げると、見下ろしていた蘭子と目が合った。勝ち誇った目で、笑っていた。

「キモいんだよっ。泣いてんじゃねーよ」

言われて気がついた。自分は泣いていた。あまりの悔しさに、屈辱に涙がとめどなく溢《あふ》れ、頬を滑り落ちていく。

そこからは記憶が曖昧《あいまい》だった。

気がついたら、純は部屋のベッドの上で膝を抱えていた。傷心して、放心していた。何を見るでもなく、所在無げな目を虚空に泳がせている。

視界の端に床にぽつんと落ちているタイガーマスクが見えた。拾って被ろうかとも考えたが、やめておいた。もしあれを被ってジョンになっても、変身できなかったら、心が純のままだったら、自分はもう二度と立ち直れないだろうなと思ったからだ。

どれほどそうしていただろう。時計を見たら、十七時だった。たぶん部屋に戻ってきてから二時間は経過している。その間、自分は膝を抱え、息を潜め、ただベッドの上の置物のように過ごしていた。

純は重い心と身体を持ち上げて、ベッドを出た。カーテンを少しだけ開けて外を見る。まだ夕方だというのに空はもう真っ暗だった。やたら立体感のある黒い雲が上空に浮いている。あの中から悪魔でも舞い降りてきそうな、そんな怪しい空だった。

考えてみれば先ほどの出来事もこの不気味な空のようにどこか現実味がなかった。悪い夢のようだった。それなのに、自分の心は致命傷を受けている。いったい何をどうすれば自分の心は元に戻るのだろう。薬は、包帯はどこにあるというのだろう。

純は床のタイガーマスクを拾い上げ、机の抽斗の中にしまった。今はとてもジョンにはなれない。

続いて机の上にあるスマホを手にする。ツイッターを開こうかと思ったがやっぱりやめた。今はそれすら目にしたくない。

ここで手の中のスマホが震えた。電話番号は06から始まっていた。すぐに相手がわかった。コスパ総合調査。あの悪徳業者だ。

戸惑った。なぜ突然自分に電話がかかってきたのか。これまで散々こちらから電話をしても、無視されていたのに。

不可解な心持ちで、親指をスライドした瞬間だった。

「純くん」

ドアの向こうから声が発せられた。母だった。

その声を聞いたら、突如、今まで溜め込んでいた激情が純の中で火を噴いて炸裂《さくれつ》した。気がついたら純はスマホをドアに向かって投げつけていた。

「どうしてお巡りなんかを家に上げやがったんだっ」腹の底から怒声を上げた。「蘭子が勝手にやった事だとしても関係ねえぞ。母親であるおまえのところで止めろっ。それとも何か？　息子がお巡りに吊《つ》るし上げられてるのを見て楽しんでやがったのかっ」

「お母さんそんなつもりは――」

「言い訳するんじゃねえっ。おまえの責任だっ。おまえがいけないんだっ」

「……ごめんなさい」

「黙れクソババア。おれは許さねえぞ。恥かかせやがって。おまえがちゃんと蘭子を教育しねえからあのクソアマが調子に乗るんだっ」

難詰が止まらなかった。母はひたすら「ごめんなさい」を繰り返すばかりだ。

「いいか。二度とあんな真似させるんじゃねえぞ。この次は親子の縁を切ってやるからな。わかったらもう行けっ。それとおれの部屋に勝手に近づくんじゃねえ。用があるときはメールしろっ」

ほどなくして母がその場を離れたのが気配でわかった。

純はきつく歯を食いしばっていた。顔面が震えるほどに、ありったけの力で歯を食いしばっていた。怒りは収まるどころかむしろ増幅されていた。破裂してしまいそうなほどの激情が全身に充満している。

その反動なのか、涙が出てきた。体内から溢れ出た怒りが涙に姿を変え、頬を伝って落ちていく。なぜ泣いているのか。なぜ怒っているのか。もうそれすらわからない。

自分という人間が、まったくわからない。

純が静かに涙をこぼしていると、〈おい〉と、どこからか声が発せられたのを鼓膜が捉えた。

ふと足元を見る。スマホが落ちていた。先ほど純がドアに向かって投げつけたものだ。

腰を落として、床のスマホを拾い上げると、それが通話になっていることに気がつき、そこでようやく事態が呑み込めた。どうやら三分も通話状態になっていたようだ。

スマホを耳に当てた。しばらく待っていたが相手も黙ったままだった。ただ、微《かす》かに息づかいが聞こえる。

〈なんや。今のやりとりは〉

森口の声だった。

「……森口か」

〈おれはもう森口じゃねえ。おれの本当の名前はな、栗山鉄平っていうんや。大阪出身

の二十一歳や。よう覚えとけ〉
純は混乱した。なぜそんなことを自分に言う――。なんだか様子がおかしい。
〈これも放送しとるんか？　けどな、そんなのもうどうでもええ。おれはな、もう怖いもんなんてない。死んだって構わねえ。おまえみたいにネットの中でしかケンカできんような腰抜けやないんや。いつだってやったるわ。おれは東京に行くことを決めたぞ。おまえが東京の佐藤くんいうことはもうわかっとるんや。草の根を分けてでも絶対におまえを捜し出したるからな。首洗って待っとれ〉

5

二十二時。帰宅ラッシュでJR神戸線の下り電車はすし詰め状態だった。湿気が強いのでむっとした臭いが車内に充満している。周りと比べて頭一つ高い鉄平は、黒山の人だかりの中央で天井を眺めていた。

誘われたから行くだけや。ちょっと顔を見て一つ二つ言葉を交わしたらすぐに帰ろう。取り立てて話すことなんかない。この前の電話でよくわかったやないか。

鉄平の胸の内でそんな独白が繰り返されている。

――今度お母さんの店に飲みにおいで。

どのツラ下げて自分をお母さんと言うのか。

——おいでおいで。

軽く誘いやがって。

二年ぶりに母親に会う。たったこれだけのことで自分の心はあられもなく乱れている。それが鉄平にとっては屈辱で、我慢ならなかった。

今日一日、鉄平はずっとそわそわしている。仕事も上の空で身が入らず、せっかくカモが舞い込んできたというのにクロージングを焦り、結果逃してしまった。運の悪いことに西野が事務所を訪れていたので、きつく叱責《しっせき》を食らった。

鉄平は鼻から息を漏らし、車窓の外へ目を転じた。もうあと数分で尼崎へと着いてしまう。家を出てからここまで一時間ほど経っているが、あっという間だった。時間の概念を失ったような気分だ。

やがて電車は減速し、尼崎駅のホームで停車してしまった。ドアがぷしゅーと音を立てて開く。一瞬、下車をためらう。アホか。このままどこへ旅に出掛けようというのか。

ホームに降り立ち、中央改札を抜け北口へと向かう。そこから徒歩で十分ほど歩いた場所に、母がやっているスナック『雅』はあるはずだ。ネットで調べたらすぐにヒットした。店の写真がいくつか載っていたが、意外にも小綺麗《こぎれい》な店内だった。

外は雨がぱらついていた。スマホを取り出し、マップアプリにスナックの住所を打ち込み経路を確認する。やはりここから徒歩で十分程度のようだ。

鉄平はどぎついネオンの光に目を細め、ジーンズのポケットに両手を突っ込み、牛歩で飲み屋が立ち並んだ通りを進んで行った。

火曜日の夜だというのに通りの人口密度は呆《あき》れるほど濃い。そこら中で男女の楽しげな叫声が飛び交っている。キャッチから数十メートル間隔で声を掛けられたが、鉄平は無視をしてやり過ごした。実際に、ほとんど聞こえていなかった。

母は、どんな顔で息子を迎え入れるのだろう。

そして、自分はどんな顔をして母と対面すればいいのだろう。

道すがらコンビニの店先でビニール傘を一本失敬しそれを差した。ちょうど店内から出てきた若いサラリーマン風の男と目が合い、何か言いたそうに鉄平を見ていたが、結局何も言ってはこなかった。

鉄平は辺りを見渡し、足を止めた。たしかこの辺りの路地を左に入るはずだ。一応スマホを取り出し確認した。すると、電池残量が二十パーセントを切ったことを知らせる通知が画面に表示されていた。鉄平が舌打ちをする。どうしたものか最近電池の持ちがやたら悪い。さほど使っていないのに半日で充電切れを起こす始末だ。充電器は持っていない。母の店にiPhoneの充電器はあるだろうか。

ほどなくして鉄平は茶色のレンガ調の雑居ビルの前に立った。住所からすると母のやっているというスナック『雅』はこの建物の三階にあるはずだ。見上げると縦にいくつか並んだ看板の一つに『雅』の文字が確認できた。やっぱり、ここのようだ。

到着してしまった。まだ心の準備はできていない。いや、どうして準備が必要なのか。

生き別れの人に会うわけではない。ただ、二年ぶりにろくでもない母親と会うだけなのだ。そんな大げさなものではない。鉄平はまだそんな自問自答を繰り返している。

エレベーターは使わず、階段で三階へと上がった。短い廊下を進むと目的の『雅』はあった。ステンレス製の扉、その傍らに『雅』の文字の入った小さいスタンド看板。中から下手くそな男のカラオケが漏れ聞こえてくる。

やっぱり、引き返そうか。話すことなんてあらへんし。だいたい、今夜行くとも伝えていない。母はもしかしたら今夜は非番かもしれない。だとしたら自分はとんだ間抜けだ。しばらく扉の前で逡巡《しゅんじゅん》していると、からんからんと音を立て、扉が中から開いた。鉄平は反射的に後ずさりをした。

客と共に出てきたホステスは母ではなかった。母よりもだいぶ若い、三十歳くらいのぽっちゃりとした体型のホステスだった。とりわけ二の腕が肉厚だ。

「明日も待っとるよ」とホステスがシナを作って見送りの言葉を掛けると、「アホ。また来年来るわ」と客は冗談で答えて去って行った。

見送りを終えるとすぐにそのホステスが鉄平に歩み寄り、声を掛けてきた。「お兄さん。そんなとこ突っ立っとらんで入って入って」

「いや、その……」

「お客さんやろ。ちゃうの？」と言いながら鉄平の腕を取り、そのまま店内へ連れて行こうとする。「こんな若いお客さん珍しいわあ」

鉄平はなされるがまま、ホステスと共に店内へと入った。

するとすぐにカウンターを挟んで客と談笑する母を発見した。茶色い巻き髪をハーフアップにし、胸元の開いた赤いドレスを着ている。良くも悪くも四十歳には見えない。

「いらっしゃ――」と顔をこちらに向けた母は言葉を止め、目を見開いた。そのまま数秒動きを止めていたが、「ちょっとごめんなさいね」と目の前の客に告げ、カウンターを出て鉄平のもとに歩み寄ってきた。

「何よあんた急に来て。連絡くらい寄越《よこ》しなさいよ。びっくりしたわもう。あら、ずいぶんとまた背が伸びたんちゃう」

母は眉《まゆ》を八の字にしながらも笑みをこぼし、早口で言った。

「え、ママの知り合い？」ホステスが両者を交互に見ている。

「知り合いも何も、これ息子。うちの」

「うそーっ」とホステスが素っ頓狂な声を上げる。「うそやんうそやん。めっちゃ男前の息子さんやない」

「せやろー。あんた、狙ったらあかんで」と母はホステスにイタズラな微笑を投げたあと、鉄平に向けて店内の奥を指差した。「あっこの端のテーブルで飲んでて。見ての通り今日はお客さん少ないから広く使ってええよ。なあ、ビールでええやろ」

鉄平がうなずいてみせると、「じゃあちょっと待っててや」と目尻を下げ、再びカウンターの中へと戻っていった。

「ほんまにママの息子さんなんや。二十歳の子供がいるとは聞いてたけど」

「二十一や。おれ」無視してもいいものを、鉄平はなぜか訂正していた。

「若いことに違わないじゃない。わあ、それにしてもほんまに男前な顔しとるわ。ママも美人やし、母親譲りやね」

それについては何も答えなかった。

「うち、ミワコ。息子さん、お名前は？」

「鉄平」

鉄平は案内されたテーブルのソファに腰を沈め、熱いおしぼりで手と顔を拭き、改めて店内を見渡した。写真で見た小綺麗《こぎれい》な雰囲気とはだいぶ異なっていて、詐欺もいいとこだった。壁にはいたるところにシミがあり、テーブルやソファは古臭く、天井から吊るされたシャンデリアは実に安っぽい。半年前に始めたと言っていたが、おそらくその前もここはスナックで、調度品などもそのまま、丸々居抜きの形で使っているのだろう。

ちなみに客は鉄平の他に二人しかいない。共にカウンターの両端に座っている。どちらもその風貌《ふうぼう》からして金を持っていなそうな冴えない中年男だった。とはいえ金持ちや若い男はこんな店には来ないのだろう。ホステスは母とミワコだけのようだ。

母が瓶ビールとグラスを二つ運んできた。グラスにビールを注ぎ、鉄平にその一つを持たせてカツンとぶつけた。人生で初めての、母との乾杯だった。

「お母さん、もう少しせんと身体空かへんから、それまでミワコちゃんつけるで、しゃべって待っといて」

「ええよ、ひとりで」

「ひどーい。そんな冷たいこといわんでー」とミワコ。

「あ、それとあんたお腹空《す》いとるんやないの」

「別に」

「カレーあんで。あっためてあげるわ」

母は勝手に話を進めて、ビールの入ったグラスを片手に離れていった。その離れゆく後ろ姿がなぜか沙織とダブって見えた。姿形は似ても似つかないのに。

「ねえ、ママにうちの時給上げるように鉄平くんからもお願いしてえ」

となりのミワコが顎《あご》の肉を揺らし、甘ったるい声で言う。終始ミワコはテンションが高く、よくしゃべる。もっともこの容姿で愛想が悪かったらホステスは務まらないだろう。

「あの人、どんな感じのママや」鉄平がビールで唇を湿らせて訊いた。

「どんな感じって――優しいで。うるさいことといわんし。でも、整理整頓とか掃除なんかは苦手な人やね、ママは」そう言ってミワコはケラケラと笑う。

そういえば母は昔から掃除のできない人だった。洋服や装飾品が好きでやたら大量に買い込むくせに大切にしない。子供の頃、家の中はいつだって母の脱ぎ捨てた服で足の踏み場もなかった。

母は本当にカレーライスを運んできた。どういうスナックなのか。ミワコに訊くと

「結構お客さんが食べたがるの。ちゃんと手作りやけど千二百円やからぼったくりカレーっていわれとる」と教えてくれた。

やたら大盛りのカレーの味はふつうだった。母の味かと言われるとそんな気もするがよくわからなかった。母は数ヶ月に一度、気まぐれのように台所に立ったが、そのときどんな料理が出てきたのかは鉄平は憶えていない。どういうわけか記憶がすっぽり抜け落ちている。

「それにしてもママが母親やってたいうのが想像つかんわ。ママはなんかこう、女って感じやもん」

そうなのだ。母は今も昔もずっと女として生きている。息子が可愛くないわけではないのだろう。ただ、息子よりも男を優先してしまう人なのだ。それはもう不治の病のようなもので、残念ながらどこにも薬はない。そして何の巡り合わせか、自分はそういう女の腹から産まれてしまった。

あまり食欲はなかったが、鉄平は気がついたら米粒一つ残さずカレーを平らげていた。

恨んではいない。そういう感情を覚えたことは一度もなかった。歳を重ねるにつれ、自分の母親がだらしない女であることは十分理解できたが、憎しみの対象とはならなかった。ただ、男ができると母の中で自分の順位が一つ下がるんだという事実が幼心を締め付けた。もっとも、それもガキの頃の話だ。今はもう、あの女になんの感情も抱いていない。

しばらくミワコと談笑し、時間を潰《つぶ》した。そして壁かけの時計の針が二十三時三十分を回った頃、ひとりの客がスツールから腰を上げた。数分後、残った客もあとを追うようにして帰って行った。きっと終電の時間なのだろう。

「ふーっ。ようやく落ち着いたわ」見送りを終えて店内に戻ってきた母は、自身の肩を揉みながら鉄平のもとへ歩み寄ってきた。

「ミワコちゃん、もう上がってええよ」

「えー。ようやく鉄平くんと仲良くなってきたとこやのにィ」

「あんたいつも早く上がりたがるくせに。はよ支度せんとあんたも電車なくなんで」

「ホステスなのに電車通勤なんよ」ミワコが鉄平に向かって不満を口にした。「ま、親子水入らずの邪魔したら悪いし、上がります。鉄平くん、また飲みにきてな」

ミワコが腰を上げ、裏の方へ消えると、今しがたミワコが座っていた場所に母が腰を下ろした。ふわっと香水の匂いがした。なつかしい、母の匂いだった。

鉄平はテーブルの上のグラスに手を伸ばし、水割りを一気に呷《あお》った。酒で思考を鈍らせたかった。緊張のせいか、いくら飲んでもアルコールが身体に回らない。ここまで鉄平は瓶ビール二本に、焼酎《しょうちゅう》の水割りを三杯飲んでいる。かなりのハイペースだ。ふだんの自分ならいい具合に酔っ払っているはずだ。

「あんたもまた急な人やね。なんで連絡寄越さんでくんのよ。あ、それとあんた帰れるの？　申し訳ないけどうちには泊められんで」

「泊まらんわ」

「あんた、どこ住んどるん」

「大阪。布施駅の近く」

「こっから結構離れとるやない」

「三十分あれば帰れるやろ。タクシーで」

「あら、景気のええこと」

「そんなんじゃないわ」

「ほんじゃ今日はゆっくり飲も」

その言葉に鉄平は訝った。母からこんな台詞《せりふ》を吐かれる日が来ようとは。どう、母とゆっくり過ごせというのか。いったい何を話せばいいのか。

早々に帰り支度を整えたミワコがショルダーバッグを肩から下げて再び姿を現した。

「じゃ、おつかれさまですぅ。鉄平くん、またねえ」

ミワコがいなくなると途端に静けさが店内に行き渡った。

母と二人きりになってしまった。

「あんた、なんか歌う？」

「歌うかい」と鼻で一笑し、「一本電話してくるわ」と言いながら立ち上がった。

「彼女さん？」

「そうや」

一旦《いったん》、店の外へ出ると、ミワコはちょうどエレベーターに乗り込むところだった。鉄平が耳にスマホを当てているので、何も言わず、手を振って消えていった。

ほどなくして沙織が電話に出た。本日はキャバクラのバイトが休みなので沙織は家に一人でいる。〈お母さんとはうまくやっとる？〉開口一番、そう訊かれた。

沙織には母の店に行くと正直に告げている。というより、母親に会うよう鉄平の背中を押し、尻を叩いたのは沙織だった。「せっかくお母さんが会おういうてくれたんやろ。てっちゃん、絶対行かなあかんて」と焚《た》き付けてきたのだ。

「まだスナックで飲んでんねん。もう電車もなくなるし、今日は帰れんわ」

〈うん、うん。ええって。気にしないでお母さんとゆっくり過ごしてきて〉

沙織はすぐさま了承した。ふだんは鉄平が家を空けることを何より嫌がるのに。沙織は猜疑《さいぎ》心が強いのか、いつだって鉄平の浮気を心配している。

〈明け方タクシーで帰ってくるやろ？　時間わかったら電話して〉

「いや、朝の電車に乗ってそのまま会社向かうわ」

タクシーはなるべく利用したくない。今月は財布の中身がさみしいからだ。沙織に願い出ればすぐに貸してくれると思うが、鉄平は極力沙織の援助に頼らないようにしている。自分はヒモではない。もう少し稼ぎが良くなれば家賃だって半分負担しようと考えている。

「ほんなら、明日会社でな。ああ、それとおれの着替え持ってきて」

〈うん、わかった〉

電話を切る。電池の残りはわずか三パーセントになっていた。鉄平は店内に戻り、

「なあ、iPhoneの充電器持っとる?」と母に訊いた。

「持ってへんよ。お母さんiPhoneちゃうし。ああ、ミワコちゃんやったらきっと持ってたのに」

仕方ない。まあ別に電源が落ちてもさほど支障はない。明日の朝、事務所に行けば充電できる。

再びソファに腰を下ろす。いつのまにかテーブルにはウイスキーの角瓶が置かれていた。『佐竹《さたけ》様』と書かれたボトルキープの札がついている。

「これ、他人《ひと》のやろ」

「ええの。この人のは好きに飲んでも」

母がグラスに氷を落とし、その中にウイスキーを垂らし、水を入れて、マドラーでくるくるとかき回す。若い女がするような派手なネイルが指に施されている。「あい」と差し出され、鉄平は一口酒を舐《な》めた。

しばらく他愛ない会話を交わした。

「ここなあ、家賃いくらやと思う」

母が手にしたグラスの中を回る氷に目を落としながら、ため息交じりに言った。

「知らんよ」

「十八万やで。こんな狭いとこで」

「そんなもんちゃうか。駅からもそう離れてへんし、悪くない立地やないか」

「けどこの辺りはスナックもぎょうさんあるやろ。もう客の取り合いやで。大変よ」

「まあそうやろな」

「ホステスも中々ええ子集まらんし。ミワコちゃん、気立てはええんやけども、ほら、やっぱり男の人があの子に会いたいって足を運んでくれるような子ではないやろ」

鉄平は鼻で一笑した。「デブやしな」

「昨日なんて一晩でお客さんたったの四人やで。それも自分の酒でちびちびやるだけやし、金なんてまったく落としてくれへん」

このあともしばらく母のぼやきは止まらなかった。いかにスナックの経営が苦しいのかをだらだらと訴え続けるのである。こういう人だったろうかと、鉄平は相槌を打ちながら思った。昔はこんな愚痴をこぼすような人ではなかった気がする。鉄平が子供だったから口にしなかっただけかもしれないが。

「あんたは今どんな仕事しとるの。まだホストやっとんの」

「ホストはもうやめたわ。儲かるいうてもたかが知れてるしな。いつまでもできる仕事やないし。今は知り合いのところでITの仕事しとるわ」

「IT？　あんたが？　へえ、人は変わるもんやねえ。バリバリのヤンキーやっとったあんたがねえ」

どこまで信じているのかわからないが母は感心した様子で目を細めている。

「もうちょっとの辛抱ちゃうかなって思っとるのよ、お母さん」

「何の話や」

「この店。少しずつ新規のお客さんも増えてきたし、ええ店やねっていうてくれる人もおるし、もう少し頑張ってみたいねん」

「じゃあ頑張りいや」

「鉄平、お金、貸してくれへん」

鉄平はグラスに伸ばした手を止めた。横目で母を見る。母はバツの悪そうな顔をして、鉄平を上目遣いで見ている。

鉄平の身体から、すう、と力が抜け、熱が失われていく。

「お母さん、今生活がほんまにきついのよ。その日暮らしもええとこなんよ。もういっそのことソープかなんかで働いた方がええんちゃうかなとも考えたりするけど、お母さんももう歳やろ。こんなおばさん雇ってくれるとこなんてないわ。あっても冗談みたいな給料しかもらわれへんし、ほんまにもうどうにも首が回らんいうか——」

「いくら」

鉄平は静かに訊いた。すっかり酔いは覚めた。

「二百万。ううん、百万でもええわ」母の目の奥が光っている。「ちゃんと返済するし、少し色つけて返すようにする。お母さん、約束する」

「……考えとく」そう言って鉄平は腰を持ち上げた。「そろそろ帰るわ」

「何よ、急に。気分悪うした？」

「そんなんやない。用事があったのを急に思い出したんや」

「……そう」

「会計、いくら」

「ええって。もらえんよ」

金は借りれるんかい。口の中で言う。鉄平は財布から一万円札をあるだけ抜き取り、受け取ろうとしない母の手をつかみ、強引に握らせた。

鉄平は別れの言葉も口にせず、扉を開けて店を出た。階段を二段飛ばしで駆け下りる。すると足元がふらつき転倒しそうになった。やはり酔ってはいるようだ。

表に出た。雨足がだいぶ強くなっていた。

濡れながら、笑いながらネオンの光にさらされて通りを歩いた。すれ違う人々が鉄平を気味悪そうに見ていた。

母らしいといえば母らしいではないか。鉄平は濡れた身体とは裏腹に、乾いた気持ちで思った。

思い返してみれば母が飲みに来いと誘ったのは、自分が金には困っていないという旨の発言をした直後だった。きっと、もともと金を借りる腹積もりだったのだろう。

たとえ金を貸したとしてもそれは右から左で母の男へと流れる。そして永遠に金は返ってこない。火を見るより明らかだ。

別に傷ついてなどいない。ただ、自分が笑えてどうしようもない。電車を乗り継ぎ、のこのことこんなところまで来てしまった自分は道化のようだ。

酔客が行き交う尼崎の夜に、鉄平の笑い声が響いている。


「金取ってくるで、ここで待っとって。逃げへんし安心して」

初老のタクシーの運転手にそう告げ、鉄平は沙織と暮らす自宅マンションのエントランスの中へと駆けていった。鍵を差し込み、オートロックを解除する。

時刻は深夜二時半。沙織は起きているだろうか。いや、今日は休みだからきっと寝ているだろう。エレベーターに身体を運んでもらいながら想像を巡らせた。

結局、尼崎でタクシーを拾った。沙織にやっぱり帰ることにしたと告げようとしたが都合によりかなわなかった。スマホの電源が落ちてしまっていたからだ。母に手持ちの金の大半を渡してしまったので、財布の中身はわずか三千円ばかりしかない。尼崎の漫画喫茶にでも泊まろうかとも考えたが、やっぱり自宅に帰りたい気持ちがまさった。無性に沙織の顔が見たかった。

エレベーターを十二階で降り、外廊下を歩いて、自宅のドアの前に立つ。なるだけ物音が立たないようそっと鍵を差し込みドアを開けると、人感センサーが反応し、内玄関にぱっと明かりが点《つ》いた。

するとタイルの上に知らない黒い革靴があるのに気づいた。自分のものではない。

そして、微かに女の喘《あえ》ぐような声が聞こえた。沙織の声だった。

思考がぴたっと停止する。音を立てて血の気が引いていく。

鉄平は忍び足で奥に進んだ。自然とそうなっていた。居間の明かりは落ちている。その左手側にドアがあり、その先は鉄平と沙織の寝室。

この段になると、沙織の声はおろか、ベッドの軋《きし》む音まではっきり聞こえた。鉄平が帰宅したことにまったく気づいていないのだ。

鉄平はL字形のノブを下げ、勢いよくドアを開けた。暗闇の中で、沙織の声がぱたりと止み、物音が消えた。鉄平が壁に手を伸ばし、電気を点ける。

すると、そこにいたのは裸の沙織と、西野だった。

二人は化け物でも現れたかのような驚愕の面持ちで、鉄平を見ている。共に口を半開きにし、唇を震わせている。

「なんやねん」鉄平はかすれた声でつぶやいた。

不思議と怒りの感情が湧いてこなかった。あまりのことに思考回路がショートしているのかもしれない。

「どういうことやねん」

二人に訊いたわけではない。完全な独白の言葉だった。もしかしたら自分は口の端を持ち上げているかもしれない。

沙織も、西野もただ狼狽《ろうばい》しているだけで一言も言葉を発しようとしなかった。二人は裸のまま、ただただベッドの上で震えていた。

鉄平は身を翻し、そんな二人に背を向けた。そのまま玄関へと向かった。靴を履き、家を出る。廊下を進み、エレベーターに乗り込んだ。

一階に戻り、再びエントランスを通り抜ける。すると数メートル先の道路にタクシーが停車していることに気がついた。そういえば待たせていることを忘れていた。

運転手が鉄平に気づき、助手席の窓を下げた。

「早かったですね」車内から運転手が言った。

鉄平はタクシーに向かって駆けた。走り幅跳びの助走のように徐々にスピードを上げていく。その勢いをもって車の後部席の窓を思いきり蹴りつけた。鉄平の足が窓ガラスを突き破り、ガジャンと耳をつんざく激しい音が辺りに響き渡った。

運転手は驚愕の面持ちで身体を震わせている。その姿はちょうど、先ほどの西野と沙織のようだった。

鉄平は車内から足を引き抜き、その場を離れた。

小雨のそぼ降る夜の下、あてもなく歩いた。歩き続けた。自分がどこへ向かっているのか、誰かに教えてほしかった。

夜が明けるまで、鉄平はひたすらおぼつかない足を繰り出していた。

鉄平が事務所を訪れたのは十六時を少し過ぎた時間だった。明け方まで歩き、さすがに疲れ果て、二十四時間営業のファーストフード店に入った。ハンバーガーを貪《むさぼ》り食い、そのままテーブルに突っ伏し、昼過ぎまで泥のように眠った。本当はもっともっと眠っていたかったのだが、さすがに店員に注意された。その際、鉄平は揺り起こしてきた店員をぶん殴ってしまいそうになった。そのまま永遠に目を覚ましたくなかったのだ。

事務所にやってきたのは樋口に別れを告げるためだった。出来の悪い後輩だが、ずっと自分を慕ってくれていた樋口に対し不義理は働けない。

鉄平はこのまま大阪から姿を消すつもりだった。行く当てはないが、誰も自分を知らないところならどこだっていい。本当は樋口にその旨を電話で告げ、どこかで落ち合うつもりだったのだが、奴は料金未納なのか電話が通じなかった。お客様のご都合により——というのはおそらくそういうことだろう。きっとパチンコで負けて金欠なのだ。どこまでも情けない奴だ。こちらはわざわざそのためにケータイショップに行ってスマホの充電をしたのに、時間を無駄にしてしまった。

ちなみにスマホの電源が入った瞬間、着信があったことを知らせる通知メッセージが何十件と届いた。すべて沙織だった。留守電も入っていた。内容は、言い訳だ。

昨晩、鉄平のことで西野に電話で相談を切り出したところ、話が長引き、それだったら直《じか》に会って話そうと持ち掛けられたのだという。鉄平不在の中、男を家に上げるのもどうかと思ったが、鉄平の先輩なら問題ないだろうと最後は判断したらしい。酒を酌み交わし、涙ながらに西野に相談をしているうちになりゆきでそういうことになってしまった。けっして以前からの関係ではなく、今回が初めてなのだと切実に訴えていた。

鉄平はどうでもよかった。沙織も、西野も。ただそんな自分が少し不思議だった。本来の自分の性格を考えると二人を殺してしまってもおかしくない。それなのに、どういうわけか昨夜はそういう感情が一切湧かなかった。母のことがあったからだろうか。いや、もう深く考えるのはよそう。正解がわかったからといって何かが変わるわけでもないのだ。

事務所の鍵を開け恐る恐る中に入ると、無人だった。事務所とは名ばかりの手狭で殺風景な部屋は、しん、と静まり返っている。西野や沙織はいるわけがないと思っていたが、樋口がいないことが解せなかった。昨夜のことを西野、もしくは沙織から聞いたのだろうか。いや、それはきっとないだろう。あんなことを鉄平を慕っている樋口に二人が話せるはずがない。

そこまで思考を巡らせたところで、鉄平は額に手をやり、舌打ちをした。わかった。奴は今日非番だ。シフトでは本日出勤しているはずなのは自分だったのだ。

鉄平は腹の底からため息を吐き出した。自分のあまりの間抜けな行動に呆れて物が言えない。

椅子に腰掛け、タバコに火をつける。不味《まず》い。葉っぱが湿気《しけ》った感じなのだ。一晩中雨にさらされて歩いていたので水分をいくらか吸ってしまったのだろう。

この先、この架空請求の仕事はどうなるのだろう。鉄平はタバコを燻《くゆ》らせ、ふと思った。自分がいなくなった以上、樋口だって辞めるだろう。沙織だってそうだ。もともと鉄平と四六時中くっついていたいがためにこんなところで事務員を務めていただけなのだ。もっともこの仕事がなくなったからといって誰も困らない。むしろ世間にとってはありがたい話だろう。困るのは西野、ただ一人だ。

西野――。信頼してたのにな。空間をゆらゆらと漂う白煙を見つめながら、鉄平は思った。

舌打ちした。頭を振って邪念を振り払った。もう、すべて終わったことだ。

鉄平はズボンのポケットからスマホを取り出した。インターネットを開くと、そこは2ちゃんねるで、ジョンのスレッドだった。ここ最近見ていたものがそのまま残っていたのだ。

最新の書き込みを上からざっくりと斜め読みしていると気になるものを発見し、鉄平は指を止めた。

『#781　【速報】ジョンの本名がサトウであることが発覚』

『#782　wwwwwwwwwwwwwwww』

『#783　平凡で草生える』

新情報だった。どこからそんなことがわかったのだろうか。

気を急《せ》いてさらに読み進めていくと、また気になる書き込みを発見した。

『#795　もしかしたらジョンの正体ってワイの知り合いかも。地元中学の同級生に佐藤って奴がいて、どことなく雰囲気がジョンと似てんだよね。晒されてる口元の感じとかそっくり。とりあえずすげー暗い奴だったのだけ覚えてる。もしあいつだとしたらヤバイwww』

『#796　>>795さん　ちなみに君の地元は？　学校名は？　何年卒？　よかったら卒アルの写真をここで晒してくれ。同一人物かどうか判定して進ぜよう』

『#797　さすがに写真をここで晒すのは気が引ける。っていうか今ちょうど卒アル持ち出してきて見てんだけど、絶対こいつだわ。唇のとこにあるホクロが完璧《かんぺき》に一致』

『#798　>>797　それだけいうのなら晒しておくれよ。ジョンの正体はみんな知りたいのだよ』

『#799　じゃあヒント。ワイは東京に住んでますwww』

『#800　死ねよカス』

真偽のほどは定かではないが捨て置けない情報だった。もしもこれが本当だったたならば、そしてもう少し踏み込んだ情報を得られたなら、ジョンの居所を突き止められるかもしれない。あのクソガキを捕まえられるかもしれない。

そのとき、手の中のスマホが震えた。母だった。

出ようか、出まいか。出ようか、出まいか。出ようか、出まいか。

そうこう逡巡しているうちにヴァイブレーションが止む。

きっと用件は金だろう。まちがいない。それ以外に息子に用はない。それ以外にあるわけがないのだ。それ以外に。

決めた。折り返そう。そして母に絶縁を突きつける。

鉄平は指の爪を噛《か》んで台詞を考えた。

あんたとはもう縁を切る。実をいうとな、昨日もそれを告げるために店に行ったんや。あのデブの女もおったし、いい出せへんかっただけや。ほんまにええ加減にしいや。ええ歳こいて息子に金せびって情けなくないんか。いつまで男漁《あさ》りしてんねん。毎回いいように金吸い上げられとるだけやないか。あんたに息子はおらんし、おれにも母親はおらん。もう二度と関わらんといてくれな。

こんな具合か。欲をいえばもっといろんな言葉を用いて罵声《ばせい》を浴びせてやりたいが、あまり長くなるとうまくしゃべれない気がする。自分は本来口下手だ。こんな男が話術で詐欺を働こうとしていたのだから考えてみたら無理な話である。

鉄平は一つ深呼吸をして、スマホを耳にあてた。母はすぐに出た。

〈昨日はわざわざ飲みに来てくれてありがとう。久しぶりに鉄平に会えてうれしかった〉

何を白々しいことを。

〈それで、お金の件なんやけど……〉

ほら出た。

〈考えてくれた？〉

「…………」

〈鉄平？〉

言葉が出てこなかった。のど元まで出かかっているのに、そこで張り付いたように留《とど》まっている。ここにきて何を怖気《おじけ》付いているのか。言え。あんたとは親子の縁を切ると言え。

〈聞こえとる？〉

「……うん。聞こえとる」

〈急かして申し訳ないけど――〉

「もう少し考えさせて」おい、何を言っている。「それよりな、おれ今日から東京に出張やねん。人生で初めての東京や。おかん、東京行ったことあるか？」

〈う、うん。そら行ったことあるで〉

「そうか。あまりお上りさんみたいにならんように気ィつけんとな。大阪の恥になってもうたら申し訳ないわ」

信じられなかった。なぜ自分はこんなことをしゃべっているのか。今からでも遅くない。縁を切ると言え。

「ほんじゃ、行ってくる」

〈……行ってらっしゃい。それと、連絡待っとるからね〉

「わかっとるって」

通話を切った。

言えなかった。なぜ、どうして——。

体温が急ピッチで上昇していた。胸中でいろんな感情がない交ぜになって複雑に入り乱れている。怒り、憎しみ、屈辱、憐憫《れんびん》、そして寂寥《せきりょう》。

鉄平は両手を上げ、深呼吸を繰り返し、どうにか気を鎮めようと試みた。

これからのことを建設的に考えるべきだ。とりあえず一刻も早く大阪を離れよう。行き先はもちろん東京だ。とりあえずジョンを捕まえることを当面の目標としよう。アホらしい上京理由だが、あいつだけはぶちのめさないと気が済まない。考えてみればこういう状況になったのもあのナメたユーチューバーのせいな気もする。あいつが不幸の根源な気がする。もちろん根拠はなく、なんとなくなのだが。

鉄平は少し考えて、デスクの固定電話の受話器を取った。傍らに貼られている付箋《ふせん》を見て、そこに書かれている電話番号をプッシュしていく。ジョンの番号だ。この番号からの電話を取らないで済むようメモしておいたのだ。

ジョンに宣言しておこうと思った。自分は上京し、捨て身でおまえを捜すと。

ここにきて一つわかったことがある。人は失うものがないと怖いものがなくなる。

数回のコール音を経て、通話になった。するといきなり罵声が飛び込んできた。

〈どうしてお巡りなんかを家に上げやがったんだっ〉

鉄平は眉をひそめた。

声は遠いが罵声は途切れることなく続いていて、それをしばらく聞いていると少しだけ状況がわかった。まず、声の主はジョンであること。また、この罵声は自分に向けられたものではなく、おそらく電話の向こうにいるのであろうジョンの母親に向けられているものであること。

とはいえ、なぜそんなやりとりを自分に聞かせるのかが不可解だった。もしかしたらジョンの新たなパフォーマンスの一つなのだろうか。

ジョンの母親を詰《なじ》る言葉は電話の向こうで延々と続いている。

詳しいことはよくわからないが、ひたすらそれを聞いていたら、いつのまにか受話器を持つ手が震えていた。なぜだろう、妙な怒りが込み上げてきたのだ。もしかしたら直接やり合ったときよりも、激しい怒りを覚えているかもしれない。

〈――親子の縁を切ってやるからな〉

それは自分が母親にいえなかった言葉だ。

ついには唇にまで震えが伝染した。持て余すほどの激情だった。鉄平はそんな自分が不思議だった。

しばらくしてようやく罵声が止んだ。

「おい」一つ声を発してみた。

そこからは黙っていた。相手の息づかいが微かに聞こえる。

「なんや。今のやりとりは」

〈……森口か〉

やっぱりジョンだ。ただ、ふだんの奴とも、先ほどの荒れ狂った様子とも違い、なぜか沈み込んだような声だった。

「おれはもう森口じゃねえ。おれの本当の名前はな、栗山鉄平っていうんや。大阪出身の二十一歳や。よう覚えとけ」

鉄平は唸《うな》るようにして言葉を吐き出した。

「これも放送しとるんか？　けどな、そんなのもうどうでもええ。おれはな、もう怖いもんなんてない。死んだって構わねえ。おまえみたいにネットの中でしかケンカできんような腰抜けやないんや。いつだってやったるわ。おれは東京に行くことを決めたぞ。おまえが東京の佐藤くんいうことはもうわかっとるんや。草の根を分けてでも絶対におまえを捜し出したるからな。首洗って待っとれ」

6

『#922　やっぱりジョンはワイの地元の同級生で確定。ジョンが過去に上げてる動画を改めて見てたら、すんげーことに気がついた。その中でジョンが使ってる偽名ってワイの知ってる奴らばかりだったんだよね。ホクロも一致してるし、これはもうまちがいない』

『＃９２３　＞＞９２２　だと思うならいい加減、そいつの本名と写真を晒《さら》してくれよ。東京に住んでるサトウさんってことはわかったから、もっと詳しい素性をはよ』

『＃９２４　別にジョンがどこの誰だろうとよくね？　ただのユーチューバーじゃん』

『＃９２５　たしかにジョンの正体なんかに興味ねーな』

『＃９２６　＞＞９２５　それならここから消えろよ。ここはジョン専用スレだぞ』

『＃９２７　初めてこういうところに書き込みをする。おれは真剣にジョンの情報を求めている。おれはあいつをぶっ飛ばさないと気が済まない。そのためだけにわざわざ大阪から東京に出てきた。人生をかけてあいつをぶっ飛ばす！　マジだから情報くれ！　よろしく頼む！』

『＃９２８　＞＞９２７　なんだコイツｗｗｗ　クッソウケるｗｗｗ』

『＃９２９　９２２です。みんなに教えたいところだけど個人情報をここで晒して逮捕とかされたらアホらしいし、勝手に突き止めてよ』

『＃９３０　なんだよ逮捕ってｗｗｗ　そんなんで逮捕されねーよバカ』

『＃９３１　＞＞９３０　絶対だな？　ワイが捕まったらおまえが責任取ってくれるんだな？』

『＃９３２　いいよ。おれが責任持って死刑は勘弁してやってくれって弁護してやるよ。ただし無期懲役は覚悟しといてねｗｗｗ』

『＃９３３　てか、ジョンこの三日間まったく動画上げてないね。ツイッターの更新も止まってるし、どうしたんだろ』

『#934　佐藤って名前がバレたから焦ってるんじゃね？』

『#935　それくらい何が問題なんだ？　何がなんでも正体バレたくないのかな』

『#936　>>922、929、931　うだうだ言ってねーで早く教えろよカス。これでテメーの言ってる奴が別人だったら殺すからな』

『#937　>>936　ハイ出ました殺害予告。警察に通報するね。あんたが先に捕まるね』

『#938　昼間なのに盛り上がってるな。社会にはこんなに暇人がいるのかと思うと世を憂いてしまうな。はっきり告げる。おまえら全員ノミほども世の中の役に立ってないからここらで自ら命を絶った方がいい。おまえもだろって？　おれは着々と現世にピリオドを打つ準備を進めているから心配するな』

『#939　>>938　バイバイ。成仏してくれ』

純はインターネットの恐ろしさを痛感していた。世間が血眼になって自分を追っている、と言っては大げさだが、少なからず自分の正体を突き止めようとしている者がいる。もうバレるのは時間の問題だろう。なぜなら922、929、931の書き込みをした人物は、勘違いでも、イタズラでもなく、本当に自分の素性を知っているであろう者だからだ。

実際に、今まで動画で使用してきた偽名はすべて実在する人物で、純の周りにいた者たちだった。

とんだ失態だった。そんなところから足がつくとは思ってもみなかったが、冷静に考えてみれば、毎日のように知り合いの名を騙《かた》った動画を上げていれば自分の正体に勘づく者が現れてもなんら不思議ではない。

純はベッドの上で布団を頭から被《かぶ》り、深いため息をついた。後悔しても遅いがせずにはいられない。自分はあまりに愚か者だ。そして運もない。せめて、自分の名字が佐藤とバレなければこんなことにはならなかったかもしれない——。

三日前、生配信中に警察がやってきた。そして中年のお巡りが「佐藤さん」と口走りやがった。日本で一番多い名字だったのがせめてもの救いか。とはいえかなり的を絞られてしまったことはたしかだ。この先、あの2ちゃんねらーが『純』の名前を出さないでくれることを願うが、その望みはきっと叶《かな》わないだろう。あいつが誰だか知らないが、ジョンの正体を暴露したくてウズウズしているのは明白だ。

もし、ジョン＝佐藤純であることがバレたらどういう実害があるだろうか。ここ三日間、現実逃避を続けてきたが、やはり冷静に考えておく必要がある。

まず親が黙っていないだろう。母親はどうでもいいが、ふだん寡黙な父親でもさすがに何か言ってくるだろう。きっと台詞《せりふ》は「そんなくだらないことすぐにやめろ」だ。父親は目立たぬようひっそりと生きることを信条としているつまらない人間の標本だ。蘭子は別にどうでもいい。あんなのは妹でもなんでもない。その他親族も同様だ。祖父母は他界しているし、伯父《おじ》、伯母《おば》、従兄弟《いとこ》連中とはもう何年も会ってもいない。もとより純のことなど気にしていない。そう考えると自分の正体が世間にバレても取り立てて身内に問題は発生しない。父親だって最終的には自分にユーチューバーをやめさせる強制力はない。

しかし友人関係は別だ。いや、友人ではなく知人か。純に友と呼べる人間がいたことはない。ただ少なからず小、中、高と関わってきた知人連中に知れると面倒だ。あっという間に地元の人間にも広まるだろう。そうなると近所のコンビニにも行きづらくなる。もしかしたらこの家まで押しかけてくるような連中も現れるかもしれない。

想像を巡らせてみたら悪寒が背筋を駆け抜けた。ガラの悪い連中が何百人と家を取り囲み、「ジョン、出てこいっ」と殺気立った声を放たれる。なぜかそれぞれが凶器を手にして――。さすがにそんな馬鹿げた事態になることはないだろうが、唾《つば》を飲み込まずにはいられない。自分は今まで散々悪人どもを弄《もてあそ》んできたのだ。純の妄想ははてしなく広がるばかりだった。

そしてもう一つ、現実的な問題がある。森口のことだ。927の書き込みは森口じゃないのか。あいつ以外に大阪からわざわざ自分を捜しに上京するような奴はいない。

三日前、その森口から電話がかかってきた。森口はその際に、自分はクリヤマテッペイだと名乗った。そして捨て身で自分を捜すようなことを言っていた。どこか自暴自棄の香りが電話の向こうから漂っていた。もし、あいつに見つかったらどうなるのだろう。

ボコボコにされるだろうか。下手したら拉致《らち》されてどこかの山奥に埋められるのではないだろうか。

再び、唾を飲み込んだ。いったい、どうすればいい――。こんなとき、自分に相談相手は一人としていない。ただの一人も。友は孤独だけだ。

独りなんだな、おれ。純は掛け布団が作る小さな闇の中で静かに思った。

一人、独り、ひとり、ヒトリ。これまでも、きっと、これからも……。

純はもぞもぞと身体をよじってベッドを出て、デスクへ向かった。抽斗《ひきだし》に手をかける。

そこで手が止まった。中にはタイガーマスクが収まっている。

この三日間、ジョンに変身していなかった。どうしてだろう、その気がまったく起きない。だから、ただただこの部屋の中でひっそりと朝と夜をなぞっていた。

今この瞬間もけっしてジョンになりたい気持ちは湧いていない。やっぱり、ジョンに変身しても心が純のままだったら怖いからだ。元気のない彼は見たくない。

抽斗に手をかけなおし、ゆっくりと開ける。丸まったタイガーマスクが視界に入る。

一つ、息を吐く。「よし」小さくつぶやいた。そして、手に取り、被った。

部屋の隅に置かれている姿見の前に立つ。そこに映し出された姿はたしかにジョンだった。でもダメだった。やっぱりダメだった。心は何一つ変化がおきない。純のままだ。

当たり前か。肩を落とした。

鏡の前に胡座《あぐら》をかき、しばらくタイガーマスクを被った自分とにらめっこをしていた。

そのときだった。「よお、純」突然誰かがしゃべった。誰だ？

……まさか、自分か？

そんな意識はまるでなかったが、鏡の中の唇が動いたような気がしたのだ。

「何くだらねえことで悩んでんだよ。情けねえ」

まちがいない。はっきりと鏡の中の唇が動いていた。

やはりジョンだった。ジョンが突然現れた。この状況をどう理解すればいいのだろうか。薄気味悪くなり、純は慌ててマスクを取った。鏡を覗《のぞ》き込み、素顔の自分と目を合わせる。

今のはなんだったのだろう。たしかに自分がしゃべったはずだが、本当に無意識だったのだ。明らかに意識の外からの声だった。

自分は頭がおかしくなってしまったのだろうか。胸中で不安がむくむくと膨れ上がっていく。

純はしばし考えて、再びマスクを被ることにした。恐怖はあったが、この不可解な出来事を解明できないことの方がもっと怖かった。

「おい、純」

またしゃべった。もちろん純ではなく、ジョンがしゃべったのだ。

「どうやら混乱してるみたいだな。ひひひ」

また純はマスクを取った。肩で息をした。本当になんなんだこれは。自分はしゃべっていないはずなのにしゃべっている。もうパニックだった。

手の中のマスクを見た。これを被るとジョンが現れる——。

唾を飲み込み、もう一度、純はマスクを被った。

「何度も同じことしてんじゃねえよ。もう理解しろよ。オレ様とおまえは別の人間なんだよ。この身体を二人の人間が使ってると思え」

そんなことを言われて受け入れられるはずがない。

「だいたいオレ様を生み出したのはおまえだぞ。それとな、おまえの悩みはわかってるぞ。オレ様はおまえでもあるしな。いいんじゃねえか、正体なんざ世間にバレても。むしろ好都合だろう」

マスクを取り、純は恐る恐るジョンに話し掛けた。「……まだ、頭の整理がついてないんだけど、とりあえず、好都合っていうのはどういうこと？」

またマスクを被った。「正確にいうとオレ様にとって好都合、ってことかな。オレ様さあ、常々おまえを乗っ取りたいって思ってたんだよな」

マスクを取る。「ぼくを乗っ取る？」

マスクを被る。「オレ様はおまえのことがあんまり好きじゃないわけ。見てるとムカつくんだよな。暗《くれ》ぇーし、弱《よえ》ぇーし、いいとこねーんだもん。だからおまえの身体、もういっそのことオレ様にくれない？」

マスクを取る。「きゅ、急にそんなこといわれても。それに身体をくれって意味わかんないよ」

マスクを被る。「つまり二十四時間マスクを被ってろってことだ。簡単なことだろ。ああ、風呂《ふろ》のときだけはおまえになってもいいけどさ。マスク濡《ぬ》れたら嫌だし」

マスクを取る。「そんな……無理だよそんなこと。だいいち外出するときはどうすればいいの？」

マスクを被る。「被ったまま外出しろよ。コンビニもデパートも喫茶店も。どこ行くにしてもジョン様のままでいいんだよ。マスク被って外ほっつき歩いちゃいけねえなんて法律はねえんだぞ、この国は。女のメイクと同じだと思え」

マスクを取る。「……そうなるとぼくの人格はどこにいっちゃうわけ？」

マスクを被る。「おまえの人格なんていらねーだろ。だいたいおまえ自分のこと好きか？　嫌いだろ？　だったら消えちまった方がおまえにとってもいいんじゃねえの。そもそも正体隠してユーチューバーやってる時点でダサいわけ。ビビってるっつーか、セコイっつーか、つまりは保身だろ？　結局世間体を気にしてるわけよおまえは。変な目で見られたらどうしよう、自分の将来に支障があったらどうしよう、そんなとこだろ？　そんな中途半端な野郎、オレ様は嫌いだね。保険かけて勝負はできねーんだよ。ま、そのおかげでオレ様が生まれた事実は否定できねーけどな。だけど考えてもみろよ、基本の人格がオレ様になっちまえば、おまえが今悩んでる問題もすべて解決すんだぞ。誰にバレても心は痛まねえ、不安にもならねえ。結局何があろうと心が平穏ならいいわけだろ。おい、意味わかるか？　ああ、そうそう。森口のことだってオレ様に任せてもらえりゃ平気だ。むしろあいつがオレ様を捜してるってのはチャンスじゃねーか」

マスクを取る。「チャンス？　まったく意味がわからないんだけど」

マスクを被る。『つまり、あいつを使って伝説の動画を作るんだよ。タイトルは『悪徳業者と直接バトってみました』シンプルにこんなんでどうだ？」

マスクを取る。「ちょ、ちょっと待って。森口と会うの？　殺されちゃうよ」

マスクを被る。「バーカ。殺されるわけねーだろ。こっちはずっとカメラ回してライブ配信してるんだぞ。そんな状況で手出しなんてできるわけねーだろ。うまくやればめちゃくちゃ盛り上がるぞ。悪徳業者に電話してみた系の動画は腐るほど上がってるが、そのあと実際に会って直接対決したなんてものはねーだろ。マジで伝説の誕生だし、ジョンはそこらの腰抜けユーチューバーとはちげーぞって一線を画すチャンスだぞ」

マスクを取る。「……森口とはどこで会うのさ」

マスクを被る。「具体的な作戦を教える前に、おまえはまず約束しろ。ここからは基本の人格はオレ様で、おまえはサブだ。おら、約束できるか？」

マスクを取る。ただし、YESともNOとも返事できないので再びマスクを被った。

「こういうところが純だよなあ。ああ情けないったらねえな。おい、黙ってねーでちゃんと約束しろよ。ほら、早く」

マスクを取る。「……そんな約束、できるわけないじゃないか」

マスクを被る。「やれやれ。まあ、いい。遅かれ早かれこの身体はオレ様のもんだ。オレ様は自由を得るんだ」

ジョンはそう言い、立ち上がると「自由。自由」と奇怪なダンスを踊り始めた。

視点はジョンと同一なのに、純は異空間からそれを傍観している感覚だった。

今のやりとりは自分のただの一人芝居だろう。こうして踊っているのも自分の意思のはずだ。なのに、その感覚がまるでない――。

なぜこんなことが自分の身に起きたのだろう。佐藤純の肉体と精神が自分だけのものではないのだとしたら、それはものすごく恐ろしいことだ。

7

どんよりとした大都会が眼下に広がっている。見渡す限り、空も街並みも薄靄《うすもや》がかかったようにくすんでいて、大小突き出たビル群は覇気がなく、その形に矛盾してどこかのっぺりとした印象を与える。あの建物の一つ一つではきっと大勢の人が働いているはずだが、この景色からはそれがまったく感じ取れない。いうなれば非番の光景だ。少なくとも世界の東京はこの寒々しい景観の中にはない。せめてこれが夜景ならまた違ったのだろうが、曇天の昼下がりともなればこうなることは関西で生まれ育った鉄平にも十分予測がついた。だから「どうしてもいっぺん東京タワーに登ってみたいんですわ」という樋口の言葉には耳を疑わざるを得なかった。ただこのお調子者の後輩は「やっぱ通天閣とちゃいますねえ」と目を細めて、嘆息を漏らしていた。

「ほんなら兄さんはジョンをシバき上げたあとのことはなーんも考えてへんのですか」

となりの樋口が横目で鉄平を見ながら言った。手には充電器とコードで繋《つな》がれたスマホを持っている。

「ああ。なーんも考えてへん」

鉄平はつまらない街並みを眺めながら答えた。あくびをかみ殺しながら言ったので、言葉が濁って発音された。

ジョンを捜し出すと決めて大阪を離れたのが四日前だった。なけなしの金をATMで引き出し、その夜に深夜バスに乗り込んだ。ただし、東京の地に着いてから今に至るまで鉄平は何もしていない。持て余した時間をうっちゃるため、灰色の空の下、観光地を一人で回ってみたが、楽しくもなんともなかった。金もないので、食事は何処へ行ってもチェーンの牛丼屋で、雨よけができる場所を見つけてはそこに座り込み、ひたすらスマホとにらめっこしていた。ジョンに関する新情報がどこかに上がっていないかをチェックしていたのである。もっとも収穫はほとんどない。今わかっている情報は、東京に住んでいる佐藤という男、ただこれだけだ。これでは気の遠くなるほど人の多いこの東の都でジョンを捜しようがない。それにジョンはなぜか知らないがここ数日、ユーチューブはおろかツイッターさえも更新していなかった。

ちなみに宿は漫画喫茶を利用している。一応シャワーの設備があるので、毎日熱い湯を浴びることはできるが、同じ服、下着を身につけているので不潔には変わらない。先ほど会ったばかりの樋口に、「おれ、臭う?」と訊《き》いたら、「いや別に」と答えていたが、一瞬顔が曇ったのでやっぱり臭いのだろう。

その樋口は一時間ほど前に新幹線で東京に到着したばかりだ。二日前、ようやく電話が繋がり、鉄平がここに至るまでの経緯を話すと、「とりあえず自分も東京行きます」と即座に口にしてくれた。正直、ほっとしている自分がいた。情けないが、独りの時間はもう耐えられそうになかった。奔放な母親を持ったせいで孤独な少年時代を送ってきたため、鉄平はいつだって誰かとつるんでいたかった。今思えば自分が暴走族に入ったのも独りにならずに済むからだったのかもしれない。

「大阪にはもう帰らんのですか」

「ああ。帰らん」

「そうですか」樋口が鼻息を漏らし、景色に目を転じた。「ほんなら自分も帰りません」

逆に今度は鉄平が樋口を見た。「ええんか」

「別に女がおるわけでもないですし、仕事もなくなってもうたし。よう考えたら自分も大阪に未練ないですわ」

両手を上げ、伸びをして樋口が言う。

「うん、ありがとう」

心から言った。この坊主頭の後輩の存在がありがたかった。自分は独りじゃない。

「それより兄さん、このあとどこ行きます？　自分は新幹線の中で弁当二つ食ったんで腹は減ってないですけど、飯食うなら付き合いますよ」

「腹は減ってるけど、金持ってへんねん」

「心配いりませんわ。自分、財布が重いんですわ」樋口がニヤリと笑った。

「どしたんや、おまえが金持っとるなんておとぎ話やないか」

鉄平は眉《まゆ》をひそめて樋口を見た。常時金欠男の台詞とは思えない。とはいえ、この東京タワーの入場料も樋口が払ってくれたし、現に新幹線にも乗ってこうしてこの場にいる。まさか無賃乗車で来たわけでもあるまい。

「いひひ」と樋口は口の端を持ち上げて鉄平を上目遣いで見ている。

「なんや、もったいぶらんとはよいえや」

「まあ話し始めたら長くなります。とりあえず飯行きましょ。焼肉でええですか」

「うん。でもそんな金あんなら、まずはユニクロかどっかで服買いたいな。それから銭湯にも行きたいわ。ちゃんとした風呂に浸《つ》かりたいねん。そのあと焼肉食わせてくれや」

「お安い御用ですわ」樋口は敬礼のポーズを作り、「ほんじゃ行きましょ」と鉄平を先導するように前を歩いた。

鉄平は頬を緩めてこのお調子者の後輩の背中をついて行った。たぶん、樋口に奢《おご》ってもらうのは初めてだ。

「……おまえ、その話、ほんまか」

ヒノキ材のベンチシートに座る、全身汗まみれの樋口に向けて、同じく汗まみれの鉄平が身体を開いて訊いた。呼気も吸気ものどが焼けるように熱い。

やって来た銭湯ではまず頭と身体を洗い、そのあとに「我慢比べや」とサウナに入った。十四時と中途半端な時間のせいか、この九十二度に蒸された室内は鉄平たちの貸切状態である。

「天誅《てんちゅう》ですわ天誅」樋口はそう言って汗まみれの顔をタオルでぬぐう。「そんなこんなでこっち来るのが遅くなってもうたんですわ」

鉄平は口を半開きにしたまま、一つ年下の後輩を呆然《ぼうぜん》と見つめた。汗が一雫《ひとしずく》、あご先から垂れ、木製ベンチの表面に小さな染みを作った。話の内容があまりに衝撃的で受け止めきれずにいる。

樋口の持っている金は、西野の金らしい。

二日前、鉄平から事情を聞き、怒りに駆られた樋口は、西野にヤキをいれてやろうと画策した。そして昨夜、実際に西野を襲撃した。知り合いの伝手《つて》をたどって居場所を摑《つか》み、長時間尾行し、深夜人気のない路地で一人になった西野に背後から忍び寄り、鉄パイプで頭を「カチ割ってやりました」という。西野は最初の一撃でほとんど気を失いかけていたが、「殺さんでくれ。殺さんでくれ」と命乞《いのちご》いの言葉を始終吐いていたらしい。

そして樋口は西野の持っていたセカンドバッグを奪って逃げた──。

「五十万ですよ五十万」樋口が吐き捨てるように言った。「ぼくバッグ開いたとき、うれしさよりも怒りが込み上げましたもん。だってそうやないですか。西野の野郎、ぼくら安月給でコキ使って自分はこんな大金持ち歩いとったわけでしょ。だからぼくね、罪悪感なんてこれっぽちもないんですわ。もともとこの金はぼくらの金ですねん」

「そんなことより、おまえ、顔見られへんかったか」

鉄平は真っ先にそれを心配した。元はといえば西野が悪いのだが、これが樋口の仕業だと知れたら必ず復讐《ふくしゅう》される。西野は昔から執念深いところがある。

「兄さん、ぼくがそんなヘマするわけないやないですか。ガキの頃から闇討ちは得意やったでしょ。ちゃんと被りもんしましたわ。タイガーマスク」

「タイガーマスク？」思わず鸚鵡《おうむ》返ししてしまう。

「ジョンを真似たったんです。まあシャレですよシャレ。それに西野はあちこちで恨み買ってるでしょうから、ぼくの仕業だって断定はできひんと思うんですよ」

「そうか？　おれの一件があった直後やし、こうして姿消しとるし、おまえが容疑者の筆頭やと思うけど」

「それいうなら兄さん自身でしょ。一番疑われるのは」

「アホ。おれとおまえじゃ二十センチは身長がちがうやないか。さすがにまったく姿見られとらんわけではないんやろ」

「兄さん、身長いくつですか」

「は？　百八十二やけどそれがどした」

「じゃあ十七センチです。自分百六十五です」

「どっちでもええわそんなん」

「ええですね兄さんは。顔は男前、身長ものっぽ」言って樋口が鉄平の股《また》ぐらを覗き込む。「おまけにチンポだってこんなにでかい」

「おまえが小さすぎんねん。真性包茎はおれの周りじゃおまえくらいやで」

「異議あり。ぼく仮性ですわ」

「変わらんわ」

「全然ちゃいます」樋口が頭を左右に大きく振る。汗が飛び散った。「兄さん、そろそろ出ませんか」

「なんやもうギブか。まだ十分ちょぃしか経ってないやんけ」

壁に掛けてある室内時計に目をやって言った。

「あきません。脱水症になります」

樋口は立ち上がり、ふらふらとした足取りでサウナ室を出て行った。根性のない奴め。

鉄平は鼻を鳴らし、腰を上げた。

浴場に出ると、樋口は目の前にある小さな水風呂に身体を沈めていた。

「おい、きさま、シャワーで汗流してから入ったか」

「誰もおらんのですからうるさいことといわんといてください」

鉄平は舌打ちをし、そして軽く助走をつけて、勢いよく風呂に飛び込んだ。当然派手に水飛沫《みずしぶき》が上がり、樋口はそれを頭からかぶった。

「子供やないんですからアホなことやめてくださいよ。もう」

樋口が顔をぬぐいながら文句を言う。その樋口のとなりに鉄平も身を沈めた。熱のこもった全身の筋肉がキュッと引き締まる。「ふー」大きく息を吐いた。しばらく二人とも黙ったまま冷水に浸かっていた。

身体がだいぶ冷えてきたところで、今度は鉄平が「熱いの行くぞ」と声を掛け、二人は神経痛とリウマチに効くという少しグリーンがかった湯の張られた風呂に浸かった。

今度は収縮した筋肉がほろりほろりとほぐれていった。全身が弛緩《しかん》し、鉄平は両足をだらりと伸ばして目を瞑《つむ》った。樋口と二人、こうしていることに既視感があった。また違和感も覚えていた。きっと既視感は十代の頃に何度か樋口と銭湯に行ったことがあるからで、違和感はここが東京であるということだ。

こんなとこで何してんのやろ、おれ。ああ、ジョンを捜し出しに来たんやな。見つかるかな。見つからへんかな。そんな思いがぽかぽかと温まった胸中に去来している。

「兄さん、絶対ジョンを見つけましょうね」

鉄平の心を読んだように樋口がいきなりそんなことを言い、その声が広い浴場に響き渡った。

「なんや急に」

「だって兄さんの今の一番の目標はまずはジョンを見つけ出してシバき上げることでしょう」

「うん。一応そうやけど」

「なんですか一応って」樋口が不満げな顔を作った。「ついさっきまで草の根を分けてでも見つけ出すと息巻いてたやないですか」

「まあそうなんやけども」鉄平は両手で湯をすくい上げ、顔を洗った。「なんかこうしてたらそれもどうでもよくなってきたわ」

「なんですのそれ」樋口は心外だとばかり怒気を含んだ口調で言った。「じゃあなんのために自分は東京に来たんですか」

「なんのために来たんや」

「ジョンを捜し出すお手伝いをするために決まっとるやないですか」

「え、ああ、そうなんや」

そこで会話が止まってしまった。樋口はとなりで口を尖《とが》らせている。

鉄平は目を瞑った。正直、この風呂に浸かっていたら胸の内にあったジョンへの怒りが薄まっていくのを感じた。なんだかジョンを捜し出そうとしている行為がここにきてバカバカしく思えてきた。この湯は神経痛やリウマチ以外に、怒りにも効能があるのではないだろうか。

でも、きっとそれは違うのだろう。たぶん、自分は樋口がここにいてくれることがうれしいのだ。樋口は自分のために西野をとっちめてくれた。その気持ちが何よりうれしかった。

「なあ樋口」鉄平は目を閉じたまま口を開いた。「ディズニーランド行かへんか」

「兄さん、のぼせ上がったんちゃいますか。男二人で夢の国は――」

「おれな、一度も行ったことないねん。ディズニー」

「ほんまですか」樋口が驚きの口調で言う。

「おまえあるんかい」

「そらありますよ。むかーし一回行きました」

「どやった?」

「しょーもなかったですね。なんかみじめな気持ちになりましたわ」

「なんでや」

「兄さんも行ったらよおわかります。ぼくらみたいなもんが行くとこちゃいますわ」

「ふうん。でも、おれ、行ってみたいねん。せっかく東京来たんやし。近いうち行こ」

「イヤですよ。男二人なんて気色悪い。それに兄さん、ディズニーは千葉にあるんでっせ」

「知っとるわボケ」

ほどなくして風呂を出た。このあとは焼肉の予定だ。どうせならふだんは入れないような高い店で死ぬほど食ってやる。西野の金なら遠慮も要らない。

脱衣所にある横広の鏡の前でドライヤーを当てた。髪が長いので乾くのに時間がかかるが切りたくはない。暴走族時代は坊主かパンチしか許されていなかったので、未《いま》だ長髪への憧《あこが》れが抜けないのである。年中坊主頭の樋口は、もうすでに服を着て、スマホを片手にマッサージチェアに身を預けている。

「ああっ！　兄さん、兄さん！」

その樋口の声が背中の方で上がり、鉄平は一旦《いったん》ドライヤーのスイッチを切り、振り返った。

「どしたんや」

マッサージチェアから身を起こした樋口が飛ぶように駆け寄ってきた。

「これ見てください、これこれ」とスマホを鉄平に見せてくる。

ユーチューブだった。画面にはタイガーマスクが映っている。ジョンだった。先ほどアップされたばかりの動画のようだ。樋口が少しだけ映像を戻してみせた。

『――で、その電話で森口は自分のことを栗山鉄平だって名乗ったんだよな。年齢は二十一歳だっていってたかな。それがほんとかどうか知らねえけど、おまえらの周りで二十一歳の栗山鉄平って関西人いないか？　情報がほしいんだよなあ。あっちもオレ様のこと捜しに東京に来てるみたいだからさ。ジョン様対悪徳業者の直接対決、おまえら見てみたいだろう？』

「なんやねん、これ」思わずつぶやいていた。

ジョンがこういう行動に出るとは予想外だった。直接対決だと？　ふざけやがって。

やっぱりあのガキは許せない。

「樋口。やっぱおれ、こいつ捜すわ」

鉄平は画面に目を落としたまま言った。

二人の間に白い煙が濛々《もうもう》と立ち上っている。口の中で唾液《だえき》がじゅわっと溢《あふ》れた。鉄平は網の上の山形牛カルビを箸《はし》でつまみ上げ、甘ダレを絡ませて口に運んだ。すぐさま白《しろ》飯《めし》を口いっぱい掻《か》き込む。

「ウンマ」

鉄平が目を細めていると、向かいの樋口が「もう少し焼いた方がええんちゃいます？　腹壊しまっせ」とトング片手に言った。

「いつもいうとるやろ。肉は半生が一番美味《うま》いねん」

そこからはさほど会話もせず黙々と肉を食らい続けた。ご飯は大盛りで三杯食べた。酒も飲んだ。ちなみに弁当を二つ食べたと話していた樋口も鉄平と同じだけ食べた。やはりこの小柄な後輩の胃袋はどうかしてる。

満腹になったところで、改めてジョン捕獲の作戦会議を始めた。すると爪楊枝《つまようじ》をくわえようとした樋口が手を止め、「兄さん、気はたしかですか」と目を丸くさせた。左手にはスマホが握られている。

鉄平がジョンを「拉致する」と発言したからだ。

「さすがにやりすぎちゃいますか？　相手は暴走族でもなんでもないんですよ。ふつうのパンピーでっせ」

「おまえがいうな。西野さんの頭カチ割ったくせに」

「自分はバレません。西野は警察に被害届も出せません。けど兄さんはすでに世間に身元が割れとるんですよ。それにジョンは兄さんとの対決の場でまちがいなくスマホを使ってライブ配信しとるはずです。そうなったら拉致もクソもありません」

「アホ。誰が直接対決の場で拉致るいうたんや。その前にやったるんやないけ」

「その前にって、どうやってジョンを見つけるんですか」

「いひひひ」鉄平は悪代官のように笑った。「おまえ、これ見てみい。三十分くらい前に書き込まれたもんや」

鉄平はスマホを樋口に手渡した。樋口が画面を覗き込む。

「東京都、江戸川《えどがわ》区、西葛西《にしかさい》〇－〇－〇。なんの住所ですの、これ」

「ジョンの家や。たぶん」

「は？　よう意味がわからんのですけど」

「ちょっと前にな、このスレッドにジョンの情報を求むって熱い書き込みをしといたんや。おれの他にもジョンの正体知りたがってる奴がぎょうさんいてな、そんな中、ぽろんとこの住所だけが投稿されたわけや。ちょっと気になって調べたら、あらびっくり、佐藤さんの表札が出とるやないけ。グーグルマップいうんは恐ろしいもんやで」

鉄平は肩を揺すってビールジョッキをつかんだ。すでに五杯目だ。

「イタズラちゃいますか？　だいいちどこぞの佐藤さん家《ち》かわからんやないですか」

「まあな。けど調べる価値はある」

それに鉄平の勘だとこれはイタズラではない。あのスレッドには本当にジョンの知り合いがいる。おそらくそいつが書き込んだものだ。

「これでアジトが知れたらこっちのもんや。いつだって拉致れるわ」

「……兄さん、拉致してどうするつもりなんです？」

言われて鉄平は言葉に詰まった。実際にジョンを前にしてどういう行動を取るのかが自分でもわからなかった。

「ジョンの出方次第やな」

「殺したりせんでくださいよ。兄さんはキレたら止まることのできん人やから」

「アホ。さすがにそこまでせえへんわ。けど、あんま舐《な》めた態度取るならどうなるかわからんけどな。あのガキにモノホンの恐怖を教えたるわ」

樋口は自身のスマホにじっと目を落としていた。

8

梢枝とお金を半分ずつ出し合って、初めて降り立つ西葛西の駅前でケーキを六つ買った。苺《いちご》のショートケーキ、チョコレートケーキ、チーズケーキ、フルーツタルト、ミルフィーユ、モンブラン。萌花は花でも買っていった方がいいんじゃないかと提案したのだが、梢枝に鼻で笑われ却下された。「あんただったらどっちもらったらうれしい？」と訊かれ、返す言葉がなかった。十五歳、花より団子の真っ只中《ただなか》だ。

「こっから歩いて……わ。二十分もかかるじゃん」梢枝が手元のスマホを操作し、顔をしかめて言った。

「そういえば蘭子、家から最寄り駅まで自転車で通ってるって前にいってた」

「雨降ってるし、歩きたくないなあ。ケーキも持ってるしさ。そこのターミナルから蘭子の家までバス出てないのかな」

「出てるよきっと。ちょっと調べてみよ」

蘭子は土日をはさんで五日間も学校を休んでいた。理由は顔だ。彼女の言葉をそのまま引用すると、顔面コンディションが整うまで死んでも外出はできない、とのこと。あの痛々しい画像は萌花の中に鮮明に焼き付いている。まるで試合に負けたボクサーのようだった。もっとひどい言い方をすると、化け物のようだった。

蘭子の話によると、一つ屋根の下に暮らす兄にやられたのだという。自宅の階段を登っていたところ、後ろから髪の毛をつかまれ、引きずり倒され、顔を蹴《け》られた——。にわかには信じがたい話だった。実の兄妹《きょうだい》でそんなことが起こりうるのだろうか。萌花は一人っ子なので、当たり前だが兄妹げんかの経験はない。五人兄妹の末っ子である梢枝に訊いても、二つ年上の姉と洋服の貸し借りを巡って髪の毛の引っ張り合いを演じたことはあるが、顔を蹴られたことも、もちろん蹴ったこともないという。「ふつうそこまでしないって」とのこと。それに、蘭子はその後、兄を逮捕してもらうべく警察に通報するという信じられない行動に出た。結局のところ兄に土下座で謝罪をさせ矛を収めたらしいが、それだって少し異常な気がする。だから蘭子の兄妹仲はかなり歪《いびつ》だ。

間一髪、蘭子の家の近くを通るバスに乗車することができた。出発する寸前だったところを、梢枝がかなり離れた位置から「あーそれ乗ります。停まってっ。行かないでーっ」と大声で叫び、滑り込んだのだ。日頃から梢枝のたくましさには感心させられているが、萌花は改めてこの友達に敬意を抱いた。自分には真似できない。

「バス乗って正解。ほら、さっきより雨強くなってるもん」

窓際に座る梢枝が水滴の張り付いた車窓の外に目をやりながら言った。後方の二人掛けの席に、萌花たちは並んで座り揺られている。

ここ最近、連日の雨だ。土砂降りになることはないが、頭上は常に曇天で、失恋した少女のように頻繁に泣き出すので傘が手放せない。太陽は夏に備えて小休憩を取っているのか、まったくその姿を見せてはくれない。

「別に体調不良ってわけでもないんだからさ、お見舞いなんて必要ないじゃんね。人恋しいならあんたがマスクでもなんでもして学校来なさいよって話じゃない」

ここにきて梢枝がまた不満を口にする。学校を出てからここに至るまでの道中、同じようなことを延々と愚痴っていたのだ。「そういうことといわないの。それに、ここまで来て帰るわけにもいかないでしょ」と萌花は苦笑して友をなだめた。

実のところお見舞いの話を切り出してきたのは蘭子だった。『毎日ヒマすぎて死んじゃう。ねえ、一生のお願い。うちまで会いに来て♡』と三人のグループLINEに図々《ずうずう》しいメッセージが送られてきたのだ。ただ、こういう遠慮のないところが蘭子のいいところでもある。萌花は高校生になってから自分にないモノを持っている人間に惹《ひ》かれる傾向にある。中学生までは自分と似たような価値観、世界で生きている人としか関わり合おうとしなかった。世間は広い、ということをここ最近肌で感じている萌花である。

しばらくバスに揺られていると梢枝がハッとして、萌花の方へ首をひねった。

「今ふと思ったんだけどさ、蘭子の家にその暴力兄貴、いるんじゃない？」

「あ」と萌花が顎《あご》を触る。「そうだね。いわれてみれば」

考えてみれば蘭子の家には、今回の騒動の発端である兄がいるはずだ。自宅からは滅多に出ずに引きこもりに近い生活を送っていると蘭子は話していた。となると、妹の友人が家にお見舞いにやって来たら、加害者である兄は身の置き場がないだろう、とそこに思考が至って、蘭子の狙いはそれかもしれないと萌花は思った。さすがに考え過ぎだろうか。

蘭子は、兄を絶対に許さないと憤っていた。実際にはLINEの文面だけなのだが、その字面を通して蘭子の憎悪が十分伝わってきた。ただ、蘭子の気持ちを思えば当然だ。自分だって顔をあんな風にされたら絶対に相手を許せないだろう。女の顔を蹴るなんてありえない。

「その暴力兄貴にさあ、もし家の中ですれ違ったりしたらうちらどういう顔すればいいんだろうね」

「さあ。でも、部屋にいて出てこないんじゃない」

「だといいけどさ。っていうかさ、お兄さんがユーチューバーってほんとなのかな」

「どうだろ。蘭子もたぶんっていってたけど」

「あたし、自分のお兄ちゃんがユーチューバーだったらやだな」

「なんで？」

「なんでって……やじゃん。なんとなく」

「お金いっぱい稼いでたら？」

「そうねえ……お小遣いくれるなら我慢する、かな」

二人で小さく笑い声をあげ肩を揺すった。

そんな他愛もないやり取りをしていると、車内に目的のバス停がアナウンスされた。

想像より早く到着したので助かった。正直、バスは苦手だ。なぜだろう、車酔いはしないのにバスは酔う。我ながら奇妙で厄介な体質だ。

梢枝が手を伸ばし、壁に備え付けられているブザーを押す。バスを下車し、歩道に立って傘を開いた。そこで萌花は蘭子にLINE電話をした。蘭子はちょうどスマホをいじっていたのかワンコールで出た。

〈そこから青い屋根の大きい家見えるでしょ？　そっちの方角に歩いて行くとうちがあるんだけど、一度階段降りなきゃいけないのね。その階段がすっごいわかりづらいから、見つからなかったら電話して。その階段を降りた目の前があたしんち。ねえ、あたしの地元って超田舎じゃない？　萌花が住んでる世田谷《せたがや》なんかとは全然ちがうでしょ〉

よっぽど時間を持て余していたのだろう、蘭子は捲《まく》し立てるようにしゃべった。

「うちだって住んでるとこは何にもないよ」

〈マジで早く都会で一人暮らししたい。あたし高校卒業したら絶対――〉

梢枝に肩をトントンと叩《たた》かれる。「ねえ、話はあとにしてって。このあといくらでもしゃべれんだから。早く行こうよ」

「あ、うん。――蘭子、じゃあ今から向かうね。また後ほど」

電話を切って、まずは青い屋根の家を目指した。辺りは戸建ての家が密集しているので、ご近所付き合いが面倒そうだなと萌花はおばさんのようなことを思った。

やがて、蘭子の名字である『佐藤』の表札がついた家を発見し、梢枝と二人立ち止まって見上げた。蘭子の家はこれといった特徴のないごくふつうの二階建ての建売住宅だった。

梢枝がインターフォンを押そうとしたら、中から様子を窺《うかが》っていたのだろう、その前に蘭子が玄関から出てきた。まだ腫れが引いていないのか蘭子は白いマスクをつけていて、金色の髪が顔の大部分を覆っているので、その具合はよくわからない。服装はゆったりした感じの部屋着のワンピースだ。「入って入って」と蘭子が二人を招いた。

「マジでありがとう。萌花も梢枝も。あ、それもしかしてケーキ？　買ってきてくれたの？　超うれしいんだけど。ママに紅茶淹《い》れてもらわなきゃ。――ママー」

靴も脱いでいない玄関で早速蘭子がはしゃいでいる。久しぶりに友に会うのだからうれしくて仕方ないのだろう。

萌花たちが靴を脱いで框《かまち》を上がったところに、廊下の奥から蘭子の母親がスリッパの音を鳴らしてやってきた。五十半ばくらいだろうか、穏やかというか、大人しそうなお母さんという印象を受けた。頭髪に白いものが交じっている。

「お邪魔します」梢枝と共に声を合わせて言った。

「わざわざ遠いところごめんなさいね。天気も好《よ》くないのに。梢枝ちゃんと萌花ちゃんね。いつも蘭子がお世話になってます」

子供相手なのにわざわざ腰まで折って頭を下げられた。

「はい、いっつもお世話してまーす」

梢枝が冗談めかして答え、みんなで笑った。

「二人がケーキ買ってきてくれたの。ママ、紅茶淹れて紅茶」

「はいはい。じゃあ、ごゆっくり」

蘭子の先導で階段を上がると、二階の廊下にはドアが二つ並んでいた。そのうちの手前の一つが蘭子の部屋らしい。きっともう一つが、ユーチューバーのお兄さんの部屋だ。

蘭子の部屋は八畳くらいの広さで、薄ピンクのカーペットが床に敷かれており、その上にベッドと勉強机があり、そこかしこにキティ、マイメロなどのぬいぐるみがたくさん置かれていた。カーテンや布団カバーなども薄ピンクで統一されていて女の子らしい、蘭子らしい部屋だった。もっとも萌花の部屋も似たようなもので、違いは置かれているぬいぐるみがサンリオではなくディズニーのキャラクターだということだ。萌花は年間パスポートを購入しようか検討しているほどディズニーが好きだ。

「こういうぬいぐるみってハウスダストのもとなんだよ」

また梢枝が要らない発言をする。なぜこの子はこういうことを言うのか。ただし、蘭子は「いいの。囲まれてたいんだもん」と気にするそぶりもない。だから自分たちの友情関係は成り立っている。

梢枝が「どれどれ」と当たり前のように部屋の中を物色する。机の抽斗まで開けようとし、蘭子が「やめてー」と必死に制止していた。萌花はそんなやりとりに笑いながら窓際に立ち、何気なくカーテンをはらりとめくった。すると、家の鼻先にある電柱の傍らで、傘を差して立っている不審な男が視界に入った。この家をしげしげと眺めている様子なのだ。少し距離があるので顔はよくわからないが、全体的に若い感じがする。二十歳くらいだろうか。それと身長が高い。百八十センチ以上ありそうだ。不意にその男と目が合った気がした。あちらも萌花の視線に気づいたのか、さっと姿を消した。なんなのだろう。気のせいだろうか。下手に怖がらせるのも申し訳ないので萌花は二人に報告をしなかった。

改めてカーペットの上に車座になったところで、「ところで蘭子、肝心の顔の具合はどうなの」と梢枝が切り出した。

「見る？」待ってましたとばかり蘭子はマスクを外して前髪を掻き上げた。

ほっとした。まだこめかみの辺りがうっすら青いが、腫れもほとんど引いている様子で経過は良好のようだった。これなら化粧でいくらでもごまかせそうだ。ただし、萌花と梢枝が「よかったねえ」と口にすると、蘭子はそれが不満だったのか、「まだ全然ダメだよ。ちょっと触って。ほら、ボコって腫れてるのがわかるでしょ」と鼻息荒く二人の手を取り、交互に自身の顔を触らせた。萌花は「あ、ほんとだ。まだ少しだけ腫れてるね」と同意したのだが、梢枝は「そう？　全然わかんないけど」とまた蘭子が気分を害すようなことを言った。

そしてそれをきっかけに蘭子がものすごい勢いで、兄を罵倒《ばとう》し始めた。いかに自分の兄がひどい人間なのかを身ぶり手ぶりを交え萌花たちに訴えるのである。容姿をこき下ろしたかと思えば、その人品卑しい性格を批判する。途中、「でもあんたにも同じ血が流れてるんだよね」と梢枝が茶々を入れたが、蘭子はそれを無視して延々と兄の悪口を並べ立てた。やはり彼女の中の怒りはまったく鎮まっていないようだ。

そんな最中《さなか》に蘭子のお母さんが紅茶の入ったティーカップを運んできてくれて、これを機に萌花がそれとなく話題を変え、ケーキにフォークを伸ばしながら蘭子のいない間の学校での出来事を話した。クラスの中でどちらかというと目立たない女子が急に派手な髪色になり、イメチェンして登校してきたことを教えると、「えー。あの子そういう感じじゃないじゃん」と蘭子は目を丸くして声を上げた。自分は目の痛くなるような金髪のくせに。

「なんで急にそんなことしたんだろう。思い当たる節はある？」

よっぽど蘭子はそれが気になるのか、なおも萌花たちに訊く。

「さあ。彼氏でもできたんじゃない」と梢枝。

「でもさ、男の人って基本黒髪が好きじゃない？」と萌花。

「あ、だからあんた染めないんだ」

「ちがいます。うちはお母さんがうるさいの」

事実、萌花の母親はそういうところにやたら厳しい。門限も十九時で、少し遅れただけでも「以後気をつけるように」とか生徒指導の先生みたいなことを言う。

少々過保護気味の母親に腹が立つこともあるが、基本的には大好きだ。ついこの間の休日も母親と腕を組んでショッピングに行ったばかりだ。

「たしかに男の子ってやたら黒髪が好きだよね」蘭子がやや不満げにそんなことを言った。「なんか派手系の男の子でも、彼女は清楚《せいそ》系がいいとかいうじゃん。あれ、マジで意味わかんないんだけど」

「マーシーは逆」梢枝が身を乗り出した。「マーシーはね、実はギャル好きなんだよね。ほんとはあたし黒髪にしたいんだけどなあ」

「そうなの？　初耳」

「うん。すぐプリンになるから、小まめに染めないといけないし、そうなると髪も傷むでしょう。それにメイクだってうるさいんだよ。『今日はアイライン下に引いてないんだな』とかフツー男の人いわなくない？　そういえばこの前あたしすっぴんだったんだけど、そしたらわかりやすく不機嫌になるし、それってつまりは——」

珍しく梢枝が語気を荒げて不満を口にしている。日頃から鬱憤《うっぷん》が溜《た》まっていたのだろうか。

「それでもいいじゃん。マーシーはイケメンの医大生なんだし」蘭子が口を尖らせた。

「よおく見たらそうでもないんだけどね」と言いながらまんざらでもない顔をしている。

ここで梢枝の彼氏、マーシーがいかにスペックが高いかという話に及んだ。有名私大に通う二十歳の医大生で、父親が東京の大学病院の医師で、母親は元キャビンアテンダント。その容姿は爽《さわ》やかなイケメンで、ファッションセンスもいい。前に会ったときは五分袖《そで》のジャケットにやや胸元の開いたVネックシャツ、細身のカーゴパンツを読者モデルみたいにさらりと着こなしていた。もっとも容姿に関しては萌花と蘭子の意見で、梢枝は「あたしはもうちょっと男らしい方が好みなんだけどね」と贅沢《ぜいたく》なことを言っている。

もともとこの彼は梢枝の家庭教師だったらしい。萌花は塾通いだったので明確なイメージが湧かないが、イケメン家庭教師との恋は想像するだけで胸がキュンとなる。ただ、勉強には集中できなそうだ。

「ねえねえ、ぶっちゃけ、初めてのときって痛い?」唐突に蘭子がきわどい質問をする。

「うん。あたしは死ぬほど痛かった。途中でもう無理って泣いたもん」

「ああ、やっぱそうなんだ」蘭子は顔を歪《ゆが》めている。

蘭子もその見た目とは裏腹に処女だった。もちろん萌花も。いつか自分たちにもそういう日が来るはずだが、それはいつになることやら。蘭子に先を越されたくはないが、きっと自分は負けるだろう。ちなみに梢枝は中学の卒業式の日に今の彼氏と初体験を済ませたという話だ。この子は結婚も早そうだ。

「あたし今さ、北高の男の子とLINEしてるの。まだ会ったことないんだけど、もしかしたら結構好きになってるかもしれない」

蘭子がスマホをいじりながら話題を変えた。

「あー、じゃあその男の子と会うためにこの前わたしたちを合コンに誘ったんだ」萌花が批難の顔を作って蘭子を見た。

ただ蘭子は「そうそう」と悪びれることなくうなずき、「最初から二人きりだと緊張するじゃん。だから互いに友達を呼んで、まずはグループでってことになったの。でも、結局あいつのせいで延期になっちゃったけど」と壁を睨んで舌打ちをした。

その壁の向こうには、お兄さんの部屋がある。

「会ったこともないのに好きになるとかって意味わかんないんだけど」梢枝が小馬鹿にした感じで言う。

「でも写メとか動画も送り合ってるし、ルックスはちゃんとわかってるよ。それにね、性格もめっちゃ合うんだもん」

「えー。あたしだったら絶対無理」

萌花だってきっと無理だ。会ったこともない人を好きにはなれない。

実際に蘭子のLINEに送られてきたという画像や動画を見せてもらうと、やたら軽薄そうな男子が映っていた。眉毛がお茶漬けに入っている海苔《のり》のように細い。この時点で萌花からするとかなりの減点だ。とはいえ、蘭子は恋心を抱いているようなので何も言わなかった。梢枝もさすがに黙っている。友達の好きな人のことはけっして貶《けな》してはならない。女子の友情関係を健全に保つ最低限のルールだ。

このあとは以前梢枝に撮影された、萌花が授業中に熟睡し、よだれを垂らしている動画を見た。しつこいにもほどがある。梢枝がお腹を抱えて「死ぬーっ」と大げさに叫び、蘭子はベッドを平手でバンバンと叩いている。

すると、となりの部屋からパンッと物音が立った。壁に何か硬いものを投げつけたような音だった。一斉に静まり、三人で顔を見合わせた。

「今の、お兄さん？」梢枝が蘭子に訊いた。

蘭子はそれに答えず、みるみる目を剝《む》き、表情を険しくさせていった。そして片膝《かたひざ》を立て、すっと立ち上がった。

「ちょっと蘭子。何すんの？」梢枝が蘭子の手を取った。

「文句いってくる。今のわざとだもん」

「やめてよ。あたしたちがうるさすぎたんだって」

「うん、そうだよ。騒いだのはこっちだから」

「ううん。いいの。マジであいつ殺してやる」などと急に物騒なことを口にし、梢枝の手を振りほどき、蘭子はさっと部屋を出て行ってしまった。

梢枝と顔を見合わせた。さすがの梢枝の顔にも不安が広がっている。すぐさま廊下の方から蘭子の大声が上がった。「文句あんなら部屋から出てきていえよ。こっちは友達来てんだから恥かかすなよ。おまえがあたしに暴力振るったからその見舞いに来てくれたんだろうがっ」そして先ほどの仕返しとばかり、バンッと鈍い音が鳴る。姿は見えないが、きっと蘭子がお兄さんの部屋のドアを殴ったか、蹴ったかしたのだろう。続けざまに連続して激しい物音が立つ。

梢枝がさっと立ち上がり、廊下へと出る。萌花も後に続いた。

「ちょっと蘭子」

叩き壊す勢いでドアを殴っている蘭子に「やめなって」と梢枝が肩に手をやって言う。

「またケンカになるよ」

「平気。あいつ人前に出る度胸なんてないから」と蘭子は鼻息荒い。

「そういう問題じゃないって」

「うん。蘭子、落ち着いて」萌花もなだめた。

ただし蘭子に止まる気配はなく、「出てこいこの野郎っ」と声を張り上げている。

ここで萌花はふと視線を感じ振り返った。階段のところの壁から蘭子の母親が首を伸ばしてこちらの様子を窺っていた。唇が震えているのがはっきりわかった。我が子たちの争いごとに恐怖しているのだ。けれど、母親ならなぜ止めに入らないのか。

「いい加減にしてよ。うちらもう帰るよ」きつく梢枝が告げる。

ようやくここで蘭子が黙り込んだ。

するとドア一枚隔てた部屋の中から微《かす》かに話し声が聞こえた。――話し声？ 蘭子の兄は一人ではないのだろうか。自然と聞き耳を立てていた。「ダメだってジョン」「止めんじゃねえ」「そんなもの持ち出して何する気だよ。落ち着いてくれよ」「もう我慢ならねえんだ」その会話はどこか不自然だった。切迫したような会話なのに互いの発言の間に妙な間隔が空いているのだ。それと、両者の声があまりに似通っている気がする。

三人で顔を見合わせた。蘭子も混乱しているようで、わけがわからないとばかり頭を左右に振った。

白けた空気が流れ、自然と三人で蘭子の部屋に戻った。ただし、部屋に戻ってドアを閉めた瞬間、すぐに蘭子が崩折れて泣き出した。「ムカつくよう」「くやしいよう」と大粒の涙をこぼして肩を震わせている。「うん、うん」と梢枝と二人で頭を撫《な》でて慰めた。

蘭子の涙はしばらく止まらなかった。顔を蹴られた事実はよっぽど深い傷になっているのだろう。たとえ怪我が治っても、心の傷は消えない。暴力は永遠に傷痕《きずあと》を残すのだ。この兄妹の仲はいつか修復されるのだろうか。萌花は泣きじゃくる蘭子の頭を撫でながらそんなことを思った。

三十分近く経ったろうか、床に置かれていた梢枝のスマホがメロディを奏でた。「ちょっとごめん」と梢枝がスマホを持って部屋の角《すみ》へ移動する。そしてスマホを耳に当てると口元に手を添え、小声で誰かと話し始めた。「ごめん。今は友達の家に遊びに来てて――でも……だけど……わかった。着いたらまた電話する」誰かにそう告げていた。その間も蘭子はまだひっくひっくとしゃくりあげている。

「ほんとごめん。あたし急用で出かけなきゃならない」

電話を終えた梢枝が突然そんなことを言い出した。うつむき加減で顔が曇っている。

「どうしたの。何かあった？」萌花が訊いた。

「なんか……マーシーが今すぐ会いたいって」

え、と思った。さすがにそれは別の日にするとか、もっと遅い時間に会うとかいくらでもできるんじゃないだろうか。そんな疑問が萌花の顔に滲《にじ》んでいたのか、梢枝が申し訳なさそうに言い訳を始めた。

「前回もね、あたし、デート誘われたのに断っちゃったの。それでね、ちょっとヘソ曲げてるっていうか、怒ってる感じなの。『他の男といるんじゃないのか』とかいうし。だからほんとごめん。ちゃんと埋め合わせするから」

そう詫《わ》びた梢枝が手早く身支度をして、部屋のドアの前に立った。振り返り、「ここでいいよ。萌花、一人で帰らすことになっちゃうけど、ほんとごめんね。それと蘭子、早く元気出して。早く学校来れるといいね」と告げ、部屋を出て行った。

あっという間の出来事で止めることすらできなかった。途端に心細くなる。部屋の壁にかかっていた時計をチラッと見る。もうすぐで十七時を迎えそうだった。自分も十八時には電車に乗らないと門限には間に合わない。バスにだって乗らないといけない。となるとあと三十分くらいで自分も帰らないとならないだろう。ただし、先ほど梢枝と一緒に辞去する選択肢はなかった。この状況で自分まで帰るとは言い出せない。

「やっぱり梢枝より、萌花の方が優しい」洟《はな》をすすりながら蘭子がそんなことをボソッとつぶやく。「友達より彼氏を優先させる女って、あたし嫌だな」

「梢枝も本当はもっと居たかったと思うよ」

萌花はフォローの言葉を口にしたが、蘭子はそれを無視して話を続けた。

「梢枝ってさ、うちらの前だとなんか強気っていうか、冷めてるっていうか、大人ぶったキャラじゃん。でもマーシーの前だと全然違うんだよ。あたし知ってるもん。萌花はいなかったけど、あたし、前に梢枝と一緒にマーシーの車に乗っけてもらったことがあるのね。そのときの梢枝の態度ふだんと全然違ったんだよ。声とかも高くなってて、マーシーの話に相槌《あいづち》打ちまくるし、めちゃくちゃ気遣ってますって感じ。うちらといるときなんて全然そんな感じじゃないでしょ。それにね──」

蘭子が言葉を止め、「これは絶対に梢枝にはいわないでよ」と神妙な顔を作った。

「う、うん」と萌花が反射的にうなずく。

「あたし、マーシーにLINE交換しようっていわれた」

「ウソ」

「ほんと。車に乗せてもらってるときに梢枝がトイレに行きたいっていってコンビニに寄ったの。そのときちょっとだけ車内で二人になってさ。しかもね、梢枝には内緒にしてくれって」

「で、交換したの」

「ううん。梢枝に悪いからできないって断った。そしたら、『そうだよね。梢枝の友達とも仲良くなりたいって思っただけだから変に思わないでね』とかいわれたんだけど、あれはそういう感じじゃなかった」

じゃあ、どういう──訊こうとして言葉を呑《の》み込んだ。いきなりの打ち明け話に心が動揺している。

ここからはひたすら蘭子の話に耳を傾ける時間となった。内容は蘭子が梢枝に対して日頃感じている心の内だ。その大半が批判的な言葉であったが、丸々悪口というわけでもなかった。梢枝は頼りになるし、二人きりになると優しいところもあるとのこと。ただ、いつも冷静で俯瞰《ふかん》した発言をするくせに、自分の彼氏のこととなると盲目になるのがおかしいし、上から目線の態度もやめてほしい――。

梢枝が彼氏のことには盲目になるという点は、実をいうとほんの少し萌花も感じていた。先ほど突然呼び出された一件を取り上げてみても、自分たちに見せる梢枝のキャラクターからすると、「そういうワガママいうならあんたとは別れる」くらい彼氏に言ってのけそうなものだ。しかし、実際は無茶な要求に従い、萌花を置いてこの場から去った。身なりを彼氏好みに合わせるのだって梢枝のキャラクターに合わない。

一通り話を聞き終えた。萌花は蘭子の新たな一面を見た気がした。なんでもあけっぴろげに話すのが蘭子だと思っていたが、意外に彼女がふだん口に出していないことも多かったのだということを知った。考えてみれば梢枝も蘭子もまだ二ヶ月とちょっとの仲だ。毎日くっついて過ごしているが、まだまだ知らないことの方が多いのかもしれない。

時計の針が十七時三十五分を指して、萌花は腰を上げた。最寄り駅へ向かうバスの時間を調べたらそれは十分後に迫っていて、これに乗り遅れると次は二十分も待たないといけない。そうなると家に到着する頃には門限を過ぎてしまう。

蘭子はバス停まで見送りに行くと申し出てくれたのだが、外着に着替えたいというので、それを待っている余裕はないため、玄関先できついハグをして別れた。蘭子は何度も「今日は本当にありがとう」と口にしていた。

辺りはもう暗く、相変わらず空気は生ぬるく、雨はしとしと降っている。萌花はスマホをカバンから取り出し、地図アプリを立ち上げ現在地を確認した。来たルートを逆走するだけだが、方向音痴な自分を信用してはならない。

萌花がスマホに目を落とし歩き始めると、「なあ」と男の声が真後ろから降りかかった。

驚いて振り返ると、背の高い男がビニール傘を差して立っていた。蘭子の部屋の窓から見た、あの男だった。萌花は反射的に身を引いた。

「きみ、今佐藤さんの家におったやろ。ちょっと訊きたいことあんねんけど」

男は関西弁だった。もしかしたら生まれて初めて生の関西弁を聞いたかもしれない。

「ごめんなさい。わたし、ちょっと急いでて」

萌花はそう告げて立ち去ろうとした。素直に怖かったからだ。

「おれ、別に怪しいもんとちゃうよ」男が萌花の横に並んできた。「歩きながらで構わんから少し話聞かせて」

「時間がないんです」

「あんた、どこ向かっとるん？」

「バス停です。急がないと乗り遅れちゃうし。そうなると電車にも乗り遅れちゃうんです」つい律儀に答えてしまう。

「あ、それならおれもそれ乗るわ。おれも駅行きたいねん」

「困ります」

「なんでやねん。バスも電車もあんたのとちゃうやろ。みんなのもんやで」

萌花は小走りした。すると男も同じペースで並走する。いったいこの男はなんなのか。質問されても答えたくない。なんだか怪しい感じがする。この男はずっと雨の中、蘭子の家を見張っていたのだ。どんな事情があるのか知らないが、そんなことふつうしない。

アスファルト道にできた大小の水溜まりを右に左に、またジャンプして避《よ》けながら萌花は走る。だんだんと恐怖が増してきて、それに合わせて萌花のスピードは自然と上がる。

「なんで逃げんねんって」

男が声を荒げた。そのときだった。車道と歩道を隔てている縁石ブロックを飛び越えようとした際に、萌花のローファーのつま先が引っかかった。視界に黒いアスファルトがわっと広がっていく。咄嗟《とっさ》に傘とスマホを手放し、手で顔を守った。直後、膝と肘《ひじ》に激しい衝撃が走る。アスファルトにヘッドスライディングをしたような形になってしまったのだ。

「おいおい。大丈夫か」

男の声が頭上から降り注ぐ。萌花はあまりの激痛に返答することも、身動きを取ることもできなかった。「痛い」ようやくその言葉が口からこぼれた。

「そら痛いわ。立ち上がれるか。そのまま寝とるとびしょびしょに濡れんで」

男が後ろから萌花の両脇に手を入れ、身体を引き起こしてくれた。ただしすぐにふらついた。「あかんあかん」男が慌てて萌花の身体を支える。

涙が溢れ、手の甲でぬぐった。

「うわぁ。めっちゃ血ぃ出とるわ」しゃがみこんだ男が顔を歪めている。

萌花も自身の膝を見た。両膝から真っ赤な血が垂れていた。

「ほかに痛いとこは？」

「……肘」

「ちょっとブレザー脱いでみ」

泣きながら萌花はゆっくりとブレザーを脱いだ。その間、男は萌花のとなりで傘を差してくれている。

肘も出血していたが、さほど大したことはなかった。ブレザーのおかげだ。ただ、このブレザーは買い換えないとならないだろう。肘のところが大きく裂けているからだ。

「歩けるか」

「……大丈夫です」と答え数歩足を繰り出してみたものの、痛みでうまく歩行ができなかった。自分の足じゃないようだった。

「全然あかんやん。横で支えたるからゆっくり歩こ」

男がそういって片手を伸ばし、萌花の後ろから回してきた。素直に受け入れた。この状態で一人では歩けない。

「あ、スマホと傘」

萌花は思い出して、振り返った。そしてすぐに「あ」と声を漏らした。数メートル先に傘と、その傍らにスマホが落ちていたのだが、水溜まりの中にあったのだ。最悪なことに、完全に水に浸かっていた。

「あちゃあ」と男が顔をしかめ、萌花から離れ、スマホと傘を拾ってきてくれた。

萌花は濡れたスマホを手に取り、ホームボタンを押した。しかしディスプレイは光ってくれなかった。何度押し込んでも、電源ボタンを長押ししても、うんともすんとも言わず、結局起動することはなかった。

今日は最悪な日だ。きっと人生で三本の指に入るくらい。

「無理やろ。おれも昔トイレに落として水没させたことがあんねん。ドライヤーで乾かしたら直るなんて伝説があって試してみたけど結局あかんかったし。もう買い換えるしかないと思うで」

また涙が込み上げてくる。

「もう泣くなや。急いどるんやろ。歩かんとバス乗り遅れんで。ほら、行こ」

男に支えてもらいながら萌花はのろのろと歩いた。なぜ、自分はこんなことになっているのだろう。怪我をして、スマホを水没させて、見知らぬ男の傘の中で腰に手を回され雨のそぼ降る夜道を歩いている。今の、この状況が不思議だった。

痛みに耐えながら、それでもできる限り急いだつもりだったが、残酷にもバスは萌花たちを待ってはくれなかった。三十メートルくらい先に見えたバスは、ぷしゅーっと音を立ててドアが閉まり、重いエンジン音を響かせ離れていってしまったのだ。

「やっぱり、わたしにはいえなかった」なぜかそんな台詞が口からこぼれた。

「何が」

「梢枝ならここで叫ぶんです。行かないでーって」

「誰やコズエって」

バス停のベンチに男と並んで腰掛けた。カバンの中からハンカチを取り出し、膝に当てる。すぐに血が滲んだ。

「絆創膏《ばんそうこう》程度でどうにかなる感じやないな。家帰ったらまずは傷口を水で洗い流した方がええわ。バイ菌入ったら厄介やで」

前の道路をヘッドライトを点《つ》けた車が行き交っている。シャー、シャーとタイヤが水を切る音が妙に切ない気分にさせる。

「これ……傷跡残るかな」萌花はぽつりと漏らした。

「そら残るやろ。こういうのは中々消えんで」

「やっぱり……残りますか」

「だから残るって」

肩が落ちた。美脚を目指していたのに、むしろ遠ざかってしまった。

改めてため息をついた。結局、次のバスを待たないとならない。門限には当然間に合わないだろう。というより自分はこのまま一人で帰れるだろうか。誰かに電話をしたくてもスマホが使えないのだ。

「あ」と萌花は言ってとなりの男を見た。「スマホ貸してくれませんか」

「え、まあ、ええけど」男がポケットからスマホを取り出す。「誰に電話するん？」

「お母さんです」

覚えている電話番号は親と自宅だけだ。男からスマホを受け取り、自宅に電話をかけた。母が出て事情を説明すると、〈すぐにタクシーで帰って来なさい〉と言ってもらえた。料金がいくらかかるのか知らないが、母が支払ってくれるだろう。母はかなり心配していた。萌花が涙声だったからだろう。母の声を聞いたら自然と涙が溢れてきたのだ。

「ええな、優しいお母ちゃんで」

電話を切り、スマホを返すと男が言った。顔には薄い笑みが浮かんでいる。

「お母ちゃん、好きか」

男がそんなことを質問してきた。

「お母さんのこと嫌いな人なんていますか」

萌花がそう答えると、男が肩を揺すった。「お母ちゃん、いくつや？」

「いくつ？」

「年齢」

「四十二歳ですけど」

「ふうん。おれのおかんの方が若いんや」男はそう独りごちたあと一つ息を吐いた。

「すまん。関係ない話やったな。ところであんたの家は近いんか」

「世田谷です」

「それはこっからどれくらいかかるん？」

「車だとたぶん、一時間弱くらい」

「ふうん。そうなんや」

男は上京したばかりなのだろうか。東京の地理がわかっていない様子だ。

数分待っていたが、中々タクシーを捕まえられなかった。行き交う車の中にタクシーを発見しても、すでに誰かが乗っていた。雨だから利用者も多いのだろう。

見兼ねた男がインターネットで近くのタクシー会社を調べ、迎車の手配をしてくれた。

「そういえば、わたしに、何を訊きたかったんですか」

萌花が思い出して言った。もうこの男に恐怖を感じていない。

「はは。ようやく心を開いてくれた」男が苦笑する。「遅いわ。いうとくけどおれはなんも悪くないぞ。あんたが勝手に逃げてすっ転んだんやからな」

男の言う通りだと思った。考えてみれば、この男は何も悪くない。ただモノを訊《たず》ねようとしただけで、それを自分が拒否し、逃げて転んで怪我をした。スマホも壊した。

肝心の質問内容は、蘭子の家に若い男が住んでいるか、というものだった。

「若い男？　お兄ちゃんがいるみたいですけど。でも、わたしは会ったことないんです」

「じゃあそのお兄ちゃんがユーチューバーかどうかもあんた知らんよな」

「え、ああ、それは、そうかもしれないです」

萌花が答えると男が目を見開き、「ほんまか」と顔をぐっと近づけてきた。

「いやその、わたしの友達、つまりその妹が、お兄ちゃんがユーチューバーやってるっていってたから」

「そうか。やっぱりそうなんや。これでまちがいないわ。そうそうユーチューバーなんておるわけないもんな。まちがいなくあいつはあそこに住んどるんや」

男が独り言のように言う。

「その、友達のお兄ちゃんがどうかしたんですか」

心配になって訊いた。男の目が急にギラつき出したからだ。もしかしたら教えてはならないことを自分はしゃべってしまったのだろうか。ただ、男が笑いながら「実はファンやねん。そのユーチューバーの」と答えたので、胸を撫で下ろした。

「どうして張り込むようなことをしてたんですか」

「弟子入りしたくてな。おれもユーチューバーになりたいねん」

だとすると蘭子の兄はそれほど有名なユーチューバーなのだろうか。じゃないと自宅までファンが押しかけてはこないだろう。なんだか売れっ子のアイドルみたいだ。

「おれが張り込みしてたこと、その妹さんにはいわんといてな。不審者みたいに思われたら嫌やから。というても無理か」

「いいません、わたし」なぜかそう答えていた。

「ウソつけ。黙ってられるわけないわ」

「いいません」

萌花がムキになって言うと、男はふっと笑った。その瞬間、口元から八重歯が少しだけのぞいた。そして「ほんじゃ、約束」と小指を立てた。

ごく自然に、指切りげんまんをしていた。

「破ったら針五万本飲ませに行くからな」冗談めかして男が言い、「あ、タクシーきた。あれやろ、きっと」と立ち上がった。

タクシーには男も同乗した。「最寄りの駅まで一緒に乗せて」というので二秒考えて了承した。まずは西葛西駅へ、そのあと世田谷方面へと萌花は運転手に告げた。詳しい住所を口にしなかったのは、男がとなりにいるからだ。完全に警戒を解いたわけではない。

タクシーがゆっくりと走り出す。シートに背中を預け一息ついた。早く家に帰って怪我の手当てをしたい。お母さんに今日の出来事を聞いてもらいたい。

「なんやたいしたことないな。東京の街並みも」数分走ったところで、車窓の外を眺めている男が言った。「大阪の方が上や」

「ここは東京の外れですから」ムッとして萌花が反応する。「渋谷《しぶや》とか行きました？」

「行っとらんけど、大阪の方が立派や」

そこからはアピール合戦になった。１０９とヘップファイブ、東京タワーと通天閣、六本木《ろっぽんぎ》ヒルズとあべのハルカス。たこ焼きを出されたところで形勢が不利になった。東京名物の食べ物ってなんだっけ。もんじゃ焼きは微妙に違う気がする。

「東京にはディズニーがあります」

苦し紛れに言うと、男は鼻を鳴らした。「大阪にもユニバがあるがな。それにな、ディズニーは千葉のもんやで。勝手に東京のもんにしたらあかんわ」

「名前は東京ディズニーランドです」

「あんたみたいのがおるからなんとか諸島が取り合いになんねんな」

「なんですかそれ」

そんな不毛なバトルを繰り広げた。もちろん自分も男も頬を緩めていて本気ではない。

ちなみに男はディズニーランドに行ったことがないのだそうだ。そんな人間と出会ったことがなかったので、萌花は自慢するように、ディズニーがいかに素晴らしいかを熱っぽく語った。

「ふうん。そんなにおもろいんか」

「おもしろいとかそういう次元じゃないんです。まさに夢の国なんです」

「そんなら、一緒に行ってくれへん？　夢の国」

男が急にそんなことを言い出した。萌花が返答に困っていると、「冗談や冗談」と男は笑った。

やがて西葛西駅に到着し、ロータリーで男は降りた。去り際、男は「ほんじゃお大事に」と短く言って駅の方へ足早に駆けて行った。その背中がどんどん小さくなっていく。

タクシーが再び動き出す。ロータリーを出て、大通りに合流し、ウインカーを出して、スッと車線変更をした。

その瞬間、萌花は気づいた。わたし、一言もお礼を言ってない。

9

栗山鉄平の情報を求めて動画配信を行ったところ、ツイッターを通じて百件以上の反響をもらったが、その大半がイタズラだった。数件、信憑《しんぴょう》性の高そうな書き込みもあったが、さらに詳しい情報を欲し返信してみたところ、さほど親しい間柄ではなく今現在はどこで何をしているのか知らないということで肩透かしを食らっていた。こうしてインターネットを通じて呼びかければ栗山鉄平の氏素性が容易に手に入るだろうと思っていたので、ジョンはひどく苛立《いらだ》っていた。

「おっかしいなあ。オレ様には五十万人もフォロワーがいるんだぜ。そのうちの誰かは栗山鉄平と繋がってると思ったんだけどなあ。友達の友達とかよォ」

鏡の前に座り込んだジョンが指をせわしなく動かしながら言った。そして乱暴にマスクを剝《は》ぎ取る。

「フォロワーの大半は興味ないんだろうね。仮に栗山鉄平と繋がっている人物がいたとしても教える気はないのかも。というか、そもそも栗山鉄平って人物が実在するかも怪しいんじゃない？」

再びマスクを被る。「いいや。オレ様の勘だと栗山鉄平は本名だ。電話でしゃべったときのあの感じは嘘をいっているようには聞こえなかった。だいたいなんでそんな仮名を名乗るんだよ。意味がわからないだろう」

マスクを取る。「たしかにそうなんだけどさ……こうなると栗山鉄平本人から連絡もらえるのが一番手っ取り早いんだけどね」

マスクを被る。「オレ様もそれを期待してたんだけどよォ。栗山鉄平もオレ様のこと捜してるだろうから、動画もツイートも見てるはずなんだけどな。あの野郎、オレ様にビビっちまったのかなあ」

マスクを取る。「うん、それは大いにありうるね。ジョンが本気になったら怖いから」

マスクを被る。「ちっくしょー。伝説の動画を撮りたいんだけどなあ。あー、むしゃくしゃするぜ。蘭子のバカのせいでずっとイライラがおさまんねえ」

マスクを取る。「さっきはびっくりしたよ。ジョン、いきなり壁にマウスを投げつけるんだもん。あのマウス高かったんだよ」

マスクを被る。「ふん、あいつが友達なんか連れ込んでバカ騒ぎしてるからだ。そういえば純、蘭子がこの部屋に殴り込もうとしてきたときなんで止めたんだよ。こっちはやる気満々だったのによォ」

マスクを取る。「だってジョンが抽斗からカッターなんか持ち出すから。さすがにやばいと思って慌ててマスクを取ったんだよ」

マスクを被る。「いいじゃねえか蘭子なんて。どうなろうが知ったことじゃねえだろ」

マスクを取る。「そりゃそうだけど。けど、さすがに刃物はさ……」

マスクを被る。「ビビりやがって。情けねーなあ。ま、なんだかんだいって結局純は妹思いの優しいお兄ちゃんなんだよな」

マスクを取る。「そんなことないって。それに、あんな奴、妹じゃない」

マスクを被る。「ふん、どうだか。結局おまえは一線を越えられないヘタレなんだよ。だいたいおまえは――」

そこで純はマスクを取って会話を打ち切った。ジョンの怒りの矛先が自分に向かったからだ。

デスクの上にマスクを放って、自身はベッドに横になった。低い天井を漠然と見上げる。ところどころ薄《うっす》らと小さな黒ずみができている。たまにベッドの上で飛び跳ねて天井を触っているからだろう。

ジョンと会話ができるようになって数日が経ったが、今ではもう完全に別人格として確立されてしまっていた。純にはジョンの考えていることがわからないし、どうしてそういう発想に、行動に出るのだろうと驚かされてばかりいる。あのとき、純がブレーキを踏まなければジョンは本当に蘭子をカッターで切りつけたのだろうか。想像しただけでも穏やかではいられない。

自分に起きたこの不可解な出来事は、インターネットで調べたところ解離性同一性障害というものらしい。本人にとって堪え難い感情や辛《つら》い記憶を切り離し、心のダメージを回避しようとすることで別の人格が生まれるというのだ。また、その人格は本来の自分の与《あずか》り知らぬところで感情や記憶が成長し、一時的、または長期的に表に現れるという見聞も得た。それはまさに自分のことだった。

要するに防衛本能なのだろう。重症患者の中には何人もの別人格が存在する者もいるというのだから、なんとも恐ろしい話だ。

純は首を傾け、先ほど放ったデスク上のマスクに視線を転じた。

例えば今、目の前に一つのボタンがあり、それをポチッと押せば蘭子の存在がキレイさっぱり消えるとする。ジョンは無心で手が伸びそうなのである。自分なら熟考し、最後はきっと押さない。いや、押せない。だからジョンが怖い。

深夜になっても中々寝付けなかった。得もいわれぬ不安が流れるプールのように胸中で渦を巻いている。マスクを被りジョンに人格を預けてしまえばこの不安を一掃できるかもしれないが何をしでかすかわからないので我慢している。ジョンが大人しく寝てくれるはずがない。彼はけっして眠ることはないのだ。

それでも目を閉じて眠気を手繰り寄せていると、徐々に意識が朦朧《もうろう》としてきた。ようやく眠りの世界のとば口に立ったのだ。

カタカタと乾いた音が耳の遠くの方で聞こえていた。これは何の音だろう。どこかで聞き覚えがある。キーボード？

目の前でパソコンのディスプレイが青白く光っていた。

なんだこれは。夢か。

いや、夢じゃない。自分がキーボードを叩いているのだ。

「かっかっか。こんなナイスなもんがあるじゃねえか。パーフェクト。余は満足じゃ」

自分がしゃべった。いや、ジョンがしゃべったのだ。

恐怖を覚えた。ついにジョンは純の意識がないところで勝手に行動を始めた。

慌ててマスクを取った。「ジョン！　勝手に何やってんだよ」

マスクを被る。「チッ。急に現れんじゃねえよ。見たらわかるだろ。ネットショッピングしてんだよ」

マスクを取る。改めてパソコンの画面を見た。『盗聴器専門店』の文字がすぐに目に飛び込む。

「盗聴器なんか買ってどうするつもりなんだよ」

マスクを被る。「蘭子にプレゼントをやろうと思ってな。ま、仲直りの印ってところだ」

マスクを取る。「蘭子に？　なんでそれが盗聴器なのさ。ジョン、本当のところを教えてよ。何を狙ってるんだよ」

マスクを被る。「ふっふっふ。復讐だよ復讐。よくよく考えてみたんだよな、どうやったら蘭子の野郎に天誅を下せるかなあって。でだ、肉体的に痛めつけるよりも精神的に苦しめる方があのアマには効果的なんじゃねえかって考えに至ったわけだ。となると必要なアイテムは盗聴器さんしかないわな。日常生活の中で何かしらあいつの弱みを見つけてやるんだよ」

マスクを取る。「そんなこと許されるわけがないだろ。何考えてんだよ」

マスクを被る。「誰に許しを得なきゃいけねえんだ？　ったく、常識人だねえ、純ちゃんは。それよりこれを見てみろよ。スマホなんかに使用できる携帯型充電器の形をした盗聴器だ。これは実に優れものでな、本来の盗聴器としての役割はもちろん、実際に充電器としても使用できるんだよ。つまりだ、こいつをプレゼントすればあいつはどこに行くにしてもこいつを持ち歩き、電池がなくなれば勝手にあいつがコンセントにつなげて充電がされるって寸法だ。これを考えた奴はオレ様の次に天才だな」

マスクを取る。「そんなものプレゼントしたところで蘭子が使ってくれるとは思えないけど」

マスクを被る。「そんなことは百も承知だ。オレ様をナメるなよ。たしかに憎き兄からそんなプレゼントをもらったってあいつは使わねえだろう。この充電器型盗聴器は女ウケするデザインでもねえしな。だからこいつが届き次第、デザインショップに出してデコレーションを加えてやるんだよ。あのバカが好きなマイメロなんかがいいかな。そんでもってオレ様からのプレゼントだとはいわない。母親からのプレゼントとして、母親の手からあいつに渡すんだ。どうだ、このパーフェクト過ぎる作戦は」

マスクを取る。「話はわかったけど、よせよそんなこと。バカげてるって」

マスクを被る。「バカげていようがアホげていようが結構。オレ様はやるぞ」

マスクを取る。「頼むから考え直してくれよ」

マスクを被る。「うるせえな。なんなんだおめえはよ。おまえだって蘭子が憎いだろう。あいつに復讐してやろうとは思わねえのか。それとも何か、おまえはやっぱり血の繋がった妹が可愛いのか」

マスクを取る。「そんなことないけど……でも、さすがにやり過ぎというか、常軌を逸してるよ」

マスクを被る。「蘭子のアマが援交でもしてくれてるといいんだけどな。まああたいした秘密を摑めなくてもあいつを精神的に追い詰めることなんてお茶の子さいさいだ。ストーカーを装って手紙を送りつけるんだ。ケケケ。あいつの震え上がる姿が目に浮かぶな。なぜならそこにはあいつの日常生活のことが詳細に記されているからだ。なぜ、どうして、あたしのあんなことやこんなことを知ってるの？　怖い！　怖いわ！　誰か助けてー。ヒャッヒャッヒャッ」

ジョンの高笑いが部屋中に響いている。

いよいよ震撼《しんかん》した。やはりここ数日、急速に自分の人格が二分化されている。凶暴で好戦的なジョンと、気の小さい純。いったい、自分の精神は、心はどうしてしまったのか。

「蘭子と栗山鉄平。オレ様の獲物はこの二人だ。さーこれから忙しくなるぞー。あーなんて充実した毎日なんだー」

頭がおかしくなってしまったのだろうか。一度精神病院に行くべきだろうか。いや、絶対にジョンが現れ、何としても阻止されるだろう。

その後ジョンはツイッターを黙々とチェックし始めた。ダイレクトメッセージがいくつか届いていた。いずれも栗山鉄平に関するものだった。ただし、大半が瑣末《さまつ》な内容のものだ。ジョンとやりとりしたいというミーハー根性で送ってきているのだろう。

「ったくよォ、相変わらずろくな情報がねえ――」

ここでジョンの手が止まった。『ＮＪ』というハンドルネームからのメッセージ。

『栗山鉄平の連絡先

０９０-××××-××××

happyteppei0721@××××××.ne.jp』

写真も二枚添付されていた。一枚は黒い特攻服を着ているパンチパーマの男が鋭い目付きで写っていて、もう一枚は白いスーツを着た長髪の男が涼しげな目でカメラを見ている。暴走族の男と、ホストの男。その風貌《ふうぼう》はかなり違うがよくよく見るとどちらも同一人物だとわかる。こいつが栗山鉄平――。

メッセージの送信者『ＮＪ』のアイコンをタップしホームにアクセスした。フォローしているのはジョン一人、フォロワーはゼロだ。ツイート履歴もない。つまりこれはジョンに情報を送るためだけに作られたアカウントだということだ。

メッセージを返信することにした。

『情報センキューベリーマッチョ！　ちなみにユーは栗山鉄平とはどういった間柄なのか教えてちょんまげ』

するとすぐにレスポンスがあった。

『友人です。ただしもう関係は切れました。先ほどお送りした番号に電話をしてもらえればこの情報がウソやイタズラじゃないとわかってもらえると思いますよ。ジョンさんと栗山鉄平の直接対決、楽しみにしています』

10

宿泊しているホテルから近いのと、空《す》いているという理由で遅めの昼食にこの定食屋を選んだのは失敗だった。不味《まず》いわけではないのだが、量が少ない。店の一番人気だという八百円の生姜《しょうが》焼き定食は肉もキャベツも予想を下回るさみしい盛り付けで、ご飯はおかわりするごとに二百円も取られる。大阪なら考えられない。

「あー。頭が割れるー」

小さいテーブルを挟んで対面している樋口は死にそうな顔をしている。樋口は三十分ほど前に起床したばかりで二日酔いだった。鉄平が布団を剝《は》ぎ取って無理やり表に連れ出したのである。

「自業自得や。アホみたいに二日も連続して朝まで飲み歩きやがって」

鉄平は鼻を鳴らして、白飯を掻《か》き込んだ。

一昨日《おととい》上京した樋口とは、五反田《ごたんだ》にあるビジネスホテルのツインの部屋に泊まっている。この放蕩《ほうとう》の後輩は連日夜通しで飲み歩いていた。夕食を一緒に食べた後、鉄平はやることがないのでホテルへと素直に戻るのだが、樋口はその足で五反田のキャバクラへと行き、途中で一度風俗を挟み、また別のキャバクラで朝まで飲み明かすというあほんだらな生活を二日も連続して行っているのである。アホに金を持たせるとろくなことがない。

「で、ジョンの自宅はそこでまちがいないんですか」樋口が気だるそうにスマホを操作しながら訊《き》いてきた。

「ああ、まちがいないわ。これでもうあいつは終わりや」

鉄平は口の端を持ち上げて答えた。昨日、ついにジョンの自宅を突き止めた。やはり江戸川区は西葛西がジョンの住処《すみか》だ。

「次は絶対にぼくのこと置いていかないでくださいよ。昨日だって一緒に行きたかったのに」

「ふざけたことぬかすな。何度も起こしたのにおまえが起きんかったんやろう。こっちは雨の中、傘片手に家の前で四時間近くも一人で張り込んどったんやぞ。孤独死するか思ったわ」

　昨日の昼過ぎ、鉄平は一向に起きる気配のない樋口をホテルに置いて、2ちゃんねるで入手した情報をもとに一人西葛西へと向かった。慣れない電車を乗り継ぎ、ナビを頼りに右往左往し、ようやく『佐藤』の表札がついた家を探し当てたが、そこが本当にジョンの自宅なのかどうか判別ができなかった。まさかインターフォンを押して「ジョンは住んでますか」と訊《たず》ねるわけにもいかない。仕方ないのでしばらく周辺で身を潜めていると、制服を着た女子高生が二人、その家の中へと入って行った。小一時間ほどで二人いた女子高生の片割れが出てきたので、その女から情報を入手すべく声を掛けたが無視をされ、やり過ごされてしまった。それから三十分ほど間隔を空けて残っていた方の女が出てきたので、こいつだけは逃すまいと執拗《しつよう》に追いかけた。すると、鉄平を振り切ろうとした女は天罰が下ったのか、転倒し、怪我をした。成り行きで介抱することとなり、数十分、共に時間を過ごすことになってしまった。

　ただしその甲斐《かい》あって、わかったことが二つある。東京の女は警戒心が強すぎるということと、たしかにジョンがあの家に住んでいるということだ。友人の兄がユーチューバー。これはもうまちがいないだろう。鉄平は空いている左手でスマホを操作し、ツイッターを立ち上げた。ここ最近チェックするものといえばもっぱらジョンに関するものばかりだ。どういうわけかほぼ一日更新がなかった。とはいえ、もうこちらはジョンの自宅を摑《つか》んでいる。焦る必要もない。ヤろうと思えばいつだってヤれる。

「はー。どうにもあかん。——ちょっとここにお冷やのお代わり持ってきて」

こめかみを押さえた樋口がぞんざいな口調でカウンターの中にいる店の主人に告げた。

すると店の主人は樋口の態度が気に入らなかったのか、顔をしかめ、テーブルにドンッと音を立ててピッチャーを置いた。

「おい、なんや。それが客に対する態度か」鉄平が条件反射で凄《すご》む。

店の主人は不服な様子でわずかばかり頭《こうべ》を垂れ、またカウンターの中へと戻っていった。

早速樋口が二杯続けて水をがぶ飲みした。

「おまえ、今夜は大人しくしとれよ」鉄平が箸《はし》の先を突きつけた。「金だって無尽蔵にあるわけちゃうぞ。あといくら残ってんねん」

「えーと、まだ三十万は手元にあります」

「アホ。もう三十万しかないやんけ。どうすんねん、金なくなったら」

「銀行でも一緒に襲いましょ」

「ああええな、それ」

鉄平は樋口の頭をはたいた。するとその拍子に樋口の手からスマホが離れ、鉄平の足先をクッションにして床に落ちた。目をやると画面上で小さく数字がタイムを刻んでいるのがわかった。赤いRECの文字も点滅している。鉄平が拾おうと身を屈《かが》めると、それより先に樋口の手が伸び、さっとスマホが拾い上げられた。

「おまえ、今それ動画回っとらんかったか」

「動画？」樋口が首をかしげる。

「回っとったやろ。なんか画面に出てたぞ」

「あ、ほんまや。勝手に起動されとる。それより兄さん、壊れとったら弁償ですからね」

「おもろい冗談やな」

そこからしばらく黙々と食事を続けた。樋口はしんどそうな顔でスマホを眺めながら、ちょくちょくコップに手を伸ばしている。さすがに食に卑しい樋口でも今は飯がのどを通らないようだ。

食事を終え、鉄平が爪楊枝《つまようじ》をくわえたところで、テーブル上でスマホが震えた。鉄平のものだ。誰かと思ったら沙織だった。三日ぶりくらいか。鉄平がずっと無視をしているので、ここ数日はかかってくることがなく、あきらめたのだろうと思っていたのだが、しつこい女である。

「誰ですか」

「沙織や」

「出んのですか」

「出るわけないやろ」

「まあ、裏切りもんの腐れ売女《ばいた》ですからね」

鉄平は樋口を睨《にら》んだ。言っていることは正しいかもしれないが、なぜかカチンときた。

それと「腐れ売女」、つい最近どこかで耳にした言葉だった。すぐに思い当たった。ジョンと初めてやり合った際に言われたのだ。腐れ売女の息子と。

電話が鳴り止むとほどなくして留守電が入った。聞かないまま消してやろうかと思ったが、一応確認することにした。

『てっちゃん、久しぶりです。元気にしてますか？　寂しくしてませんか？』

おまえの台詞《せりふ》ちゃうやろ。心の中でツッコむ。

『うちの電話に出たくないのは十分わかったから我慢しとったんやけど、これはやっぱり伝えといたほうがええかなと思って電話したんよ。西野さんがね、てっちゃんと樋口くんのこと捜しとるの。西野さん、ちょっと前にうちのところに来たんやけど、頭が包帯でグルグル巻きやったんよ。あれ、てっちゃんがやったんな……きっとそうやんな。ほんでね、うち本当に二人の居場所なんて知らんから、知らんいうたんよ。けど、西野さんなかなか信用してくれんで、最後には「嘘ついとったらおまえも殺すぞ」なんて脅してくるんよ。西野さん、目が血走っとったわ。うちがこんなんいうのも違うと思うけど、てっちゃん、気ィつけたほうがええよ。捕まったら危ないで。

それじゃ、いつか電話ちょうだいね。うちにはてっちゃんしかおらんから。ずっと待ってる』

猛スピードで血の気が引いていった。やっぱり樋口の仕業だとバレている。

「おい、西野さんがおれらのこと捜しとるみたいやぞ」

鉄平が告げると、樋口が眠たそうにしていた目をかっと見開いた。

「聞いてみい、これ」スマホを樋口に手渡した。

樋口は無表情で、スマホを耳に当てている。

「まあ、いうても捕まえられんですよ。西野はぼくらが東京におることなんて知らんのやし」

留守電を聞き終えた樋口は呑気《のんき》な台詞を吐いた。

「ドアホ。あの人より執念深い人間はおらんのやぞ。おれらがジョンを捜してるみたいに、西野さんも血眼になっておれらの行方を追ってるはずや」

西野は暴走族時代、街中でとあるヤンキーにこてんぱんにぶちのめされたことがあった。西野は鉄平たち下の者を使って、徹底的にその男の行方を捜させた。そして発見し、拉致《らち》したところで暴行を加えた。それがあまりに容赦なかった。何もそこまで、と鉄平が同情を覚えるほど、西野は徹底的に相手を痛めつけたのだ。

鉄平は数秒思考を巡らせ、不本意だが沙織に電話をかけることにした。西野が訪ねてきたときの様子を直《じか》に聞いておきたい。沙織はすぐに応答した。

「西野さんがおまえんとこ来たんはいつや」開口一番訊いた。

〈てっちゃん、久しぶり。折り返しの電話ありがとう。それと、本当にごめんなさい。心から反省し——〉

「そんなんはええっ」鉄平は声を張り上げた。「はよ質問に答えろ。いつ来たんや」

〈えーと、二日前のお昼くらい。なんかヤンキーみたいな若い男の子三人連れて突然う

ちに来て、てっちゃんと樋口くんの居場所を教えろって。うち、なんもいうとらんよ。本当になんも知らんし〉

「わかっとるわそんなことっ」テーブルを拳《こぶし》でドンッと叩《たた》いた。

二日前の昼に樋口は東京へやってきた。その頃大阪で西野は沙織のもとを訪れていたことになる。「二日前に来たならなんでもっとはよ教えんかったんや」

〈だって、てっちゃん電話出てくれんし、おせっかい焼かないほうがええのかなと思って〉

「状況考えんかいドアホウっ」

するとカウンター越しに店の主人が、「お兄さんたち、騒ぐなら出てってよ」と迷惑顔で告げてきた。「じゃかあしいっ」と一喝し、割り箸の束を手に取り投げつけた。目の前の樋口が顔をしかめている。顔を赤くした主人がだっと走り、レジ横にある電話を素早く手に取った。舌打ちした。警察に通報する気だ。

「もう癇癪《かんしゃく》持ちなんやから。兄さん早いとこ出まっせ」

樋口に促され、鉄平は耳にスマホを当てたまま席を立った。足早に店をあとにする。

〈どうしたの?〉

「こっちのことや。で、西野さんがいうとったこと正確に教えろ」

とりあえず宿泊しているホテルに向かって歩を進める。頭頂部が冷たい。雨が降っているが、傘は店に忘れてきてしまった。

〈だからてっちゃんと樋口くんはどこに――〉

「それ以外に何いうてたか教えんかい」

〈えーと、えーと……あ、『樋口が新幹線乗って大阪出たことはわかっとるんや』っていってた〉

鉄平は立ち止まり、となりにいる樋口を見た。「なんですか」と樋口。なぜ樋口の上京がバレているのだろう。

〈そしたらとなりにいた若い男の子が『もうしばらくしたらまた更新するんちゃいますか』って〉

更新……？

〈ところでてっちゃん、今どこにおるの？〉

ツイッターだ。

〈樋口くんと一緒におるの？〉

そういえば以前、こいつはツイッターをやっていると言っていた。

〈……なんも答えてくれんのね〉沙織のため息が聞こえた。〈てっちゃん、ほんまに気をつけてね。それと、うち、てっちゃんのこと心から愛しとるし、てっちゃん以外に考えられ――〉

「おれは腐れ売女とは付き合わんのじゃ」

鉄平はそう告げて一方的に通話を切った。そしてすぐに樋口の胸ぐらをつかみ上げた。

「おい樋口、おまえのツイッター見せろ。前にやってるいうとったやろ」

「なんです、急に」樋口が顔を強張《こわば》らせる。

「ええからはよ見せろ」

「やですよ。プライバシーの侵害です」

「黙れボケ。ええから早くスマホ寄越《よこ》せ」

言いながら樋口が手に持っていたスマホを強引に奪い取る。するとまた先ほどと同様、動画が回っていた。

「おまえさっきから何撮ってんねん」

「いや、街並みを――」

「死ねっ」

録画を終了させ、鉄平は樋口のスマホのホーム画面を出した。ごちゃごちゃといろんなアプリが混在していてどこにツイッターのアプリがあるのかよくわからない。

「ツイッターはパスワードを忘れてログインできないんですよ」

「ウソぬかせ」

「ほんまです。返してください」

樋口の手が伸び、鉄平がそれを振り払い、背を向ける。あった。ツイッターのアプリを発見した。すぐさまタップする。なんなくログインした。樋口の尻《しり》を蹴《け》り上げた。

ハンドルネームは〝一攫《いっかく》千金ドリームボーイ〟。なんちゅう頭の悪い名前なのか。指を上にスライドし、樋口のツイートを読み込んでいく。

徐々に鉄平の顔が青ざめていった。


濡《ぬ》れた身体でホテルに到着し、エレベーターを使って樋口と共に部屋に戻った。薬品臭いバスタオルで頭を拭《ふ》き、窮屈そうに収まっている二つのベッドの手前に腰掛け、改めてため息をついた。喫煙部屋なのでタバコの臭いが室内に染み込んでいる。壁もヤニで黄ばんでいる。これで一泊一万七千円もするのだから東京の商売は舐《な》め腐っている。

タバコに火を点《つ》けた。するととなりのベッドにいる樋口もそれに倣ってタバコを抜き取ったので、鉄平はすかさず「おまえは吸うな。一生禁煙じゃ」と一喝した。樋口がしおらしくタバコを箱に戻す。

この出来損ないの後輩にタバコなど吸う資格はない。飯も酒も女もすべてお預けだ。

このバカはまず、『さらば大阪』の文面で二日前にツイートを投稿していた。ご丁寧に新幹線をバックにした自身の画像まで添付して。さらにはその数時間後、東京タワーから撮った景色の画像まで載せていた。ちなみに文面は『こんにちは大都会』だった。その後、『牛にモー感謝』で焼肉の画像を掲載し、あまつさえ昨夜訪れたキャバクラでも『惚《ほ》れてまうやろ』とブサイクなキャバ嬢とのツーショットの写真付きでツイートを行っていた。

あまりに愚かすぎて、救いようがない。さすがの鉄平も怒りを通り越して呆《あき》れている。

「でも、西野は自分のツイッターなんて知らんはずなんですけどね」樋口がぼそっと言う。

「じゃあなんでおまえが大阪離れたことを知っとるんじゃボケ。おまえのツイート見たからちゃうんかい」

「でも仮名でやってるし、知り合いも限られた人しかフォロワーにおらんし」

「その限られた人がしゃべったんやろうが。おまえの交友関係が半径三メートルしかないのは周知の事実や。いっぺん死ねやこのボンクラ」

当然、西野はすでに上京していると考えた方がいいだろう。そして樋口のツイートを頼りに居場所を特定しようと躍起になっているはずだ。ちょうど自分がジョンを捜していたのと同じように。

鉄平は背中からベッドに倒れ込んだ。スプリングがギィと不快な音を立て軋《きし》む。しばらくタバコをくわえたまま、立ち上る紫煙を眺めた。さて、どうするか。

「おまえ、西野さんから電話あったか」天井に顔を向けたまま樋口に訊く。

「いえ」

自分のところにも西野からの電話はない。それをしないのは鉄平と樋口に警戒されたくないからだろう。きっと西野は樋口が鉄平の差し金だと思っているはずだ。だとするならば樋口は当然として、鉄平にも復讐《ふくしゅう》しないと気が済まないだろう。自分のやったことは棚に上げて。逆恨みもいいところだが、後輩に金を取られて頭を割られているのでそもそも論は通じない。

　いっそのことこちらから西野にコンタクトを取ってみるか。タイマンならまず自分は負けない。西野もケンカ慣れしているが負ける気はしない。ただしステゴロならの話だ。西野も当然それをわかっているだろうから何かしら策を企ててくるはずだ。だとすると、やはりここは逃げる方が得策だろう。

「樋口、おまえのスマホもう一回貸せ」鉄平は起き上がってタバコをもみ消した。

樋口がこの期に及んで抵抗を示したので鉄平は羽交い締めにしてそれを奪い取った。

再びツイッターを立ち上げ、文面を作成した。

『東京はもう飽きた。やっぱり大阪の方がええわ。今晩、先輩と一緒に大阪に帰りまーす』

　そうツイートをした。

「兄さん、かしこいですね。見直しました」横から画面を覗《のぞ》き込んでいる樋口が言った。

「今までどう思っとったんじゃ」軽くない肩パンを食らわした。

　再びベッドに横になる。このツイートを素直に信じて西野が大阪に戻ってくれるといいのだが。願いを込めて、鉄平は目を瞑《つむ》った。なんだかぐったり疲れた。とりあえず少し昼寝をしてから今後のことを考えよう。ジョンのことも、西野のことも。

　どれほど寝ていたのだろう、目を覚ましたら樋口の姿がなかった。枕元の電子時計で時刻を確認すると二十時だった。驚いた。自分はどうやら五時間近くも眠っていたらしい。

ところで樋口はどこへ行ったのか。鉄平は目をこすりながらスマホを操作し、樋口に電話をかけた。数回のコール音のあと、樋口が出た。

「どこおるんや」低い声で訊いた。

〈ちょっと近くのコンビニまで。兄さん寝とったんで一人で出てきました〉

鉄平は耳をすませた。微《かす》かにシャワーの音が聞こえる。〈いつでもどうぞー〉遠くで女の声が聞こえた。

「きさま、ソープにおるやろ」

〈いえ、コンビニです〉

「正直にいわんと殺すぞ」

〈自分は正直者です〉

「近くのコンビニやったらあと数分で戻ってこれるはずやな。これでおまえの身体から石鹸《せっけん》の香りがしたときは覚悟せえよ。改めて訊く。今、コンビニなんやな」

〈ソープです〉

「殺すぞクソガキ。今すぐ戻ってこいっ」鉄平は叫んで通話を切った。

このバカはどうしてくれよう。もういっそのこと西野に樋口を引き渡そうか。好きにしてええと差し出せば案外丸く収まるのではないか。それと、帰ってきたら金を樋口から取り上げた方がいいかもしれない。あいつにこのまま金庫番をさせておくと三十万なんてあっという間に消えそうだ。

樋口の金の使い道はわかりやすく、女とギャンブルで、服や装飾品などには一切興味がない。言わずもがな、自己投資の概念もない。飯も人の倍食べるくせにコンビニ弁当だろうとハンバーガーだろうと一時胃が満たされれば満足する。その分、女とギャンブルに注ぎ込む金には糸目をつけない。

これで金さえ持っていれば誰も文句はないのだが、樋口はあればあるだけすぐに使ってしまい、結果周囲に借金をして回るので、仲間内からも敬遠されていた。要するに今日がよければそれでよし、明日のことは明後日考えようとする愚か者だった。きっと今も大阪には樋口に金を貸したまま返ってきていない人間が多くいるはずだ。もしかしたら樋口があっさり大阪を捨てて上京を決めたのはその辺の事情もあったのかもしれない。

結局樋口はそれから一時間後に部屋に戻ってきた。「さすがに金払ってスッキリしないまま帰れんですわ」とふざけたことをぬかすので思いきりヘッドロックをかけてやった。

「兄さんみたいに女にモテたら自分もソープなんか行きませんせん」

顔に苦悶《くもん》を滲《にじ》ませた樋口が言い訳をした。

「おまえは場末のピンサロで十分じゃ」

ちなみに鉄平は風俗は苦手だ。青臭いことを言うつもりはないが心が通っていないセックスは虚《むな》しさだけが残り、あとで後悔する羽目になるのである。心の結びつきを求めているという点では自分は純情な乙女のようだ。

その後、樋口が買い込んできたビールとつまみで一杯やっていると鉄平のスマホが震えた。

訝《いぶか》った。非通知の電話だった。これは――西野からの電話ではないだろうか。鉄平は数回咳払《せきばら》いをしてから画面の上で指をスライドさせた。スマホを耳に当てたまま黙って相手の出方を待つ。すると数秒置いて、〈おたく、栗山鉄平さん？〉と男の声が発せられた。

西野じゃない。誰だ。

「……おたくこそどちらさんや」

〈訊いてるのはこっちだボケナス。おまえは栗山鉄平かって訊いてんだよ。それとも森口って呼んだ方がいいのか〉

瞬間、頭に血が上った。相手がわかった。ジョンだ。

「きさま、ジョンか」鉄平は立ち上がった。

〈わおっ。マジで栗山鉄平かよ〉打って変わってはしゃいだ声が鼓膜に飛び込んでくる。

〈会いたかったぞ～。おまえを捜してたんだぞ～。情報提供者のＮＪさんに感謝しないとな。みんなー。みんなの大好きな森口改め、栗山鉄平くんだぞー〉

「テメェ、また配信してんのか」

〈だから配信しないでおまえと電話して何が楽しいんだよ。オレ様はカリスマユーチューバーだぞ。ところでおまえ、オレ様を捜して東京に来るっていってただろ。マジでこ

っちに来てるわけ？〉

「ああ。おまえをぶっ殺しにはるばる東京まで来てやったわ」

〈へえー。そりゃご苦労ご苦労。で、今どこ？〉

鼻で笑った。「いうわけないやろ」

〈なんで？　ビビってんの？〉

「誰がビビっとんねん。先に手の内を明かしたくないだけや」

〈ははは。手の内ときたか。ところでおまえさ、暴走族やってホストやって架空請求業者やって、次は何やるわけ？〉

鉄平が押し黙る。こいつ、自分の過去を知っている――。

〈おまえのことならなんでも知ってるぞこっちは。写真だって持ってるしな〉

「写真？」

〈一回切ってやるからオレ様の配信見てみろよ。三分後にまた電話掛けるからちゃんと出ろよ。それじゃあな〉

通話が切れた。スマホを投げつけたい衝動をぐっと堪《こら》えた。代わりに枕を壁に投げつける。

「今のジョンですか」

わかりきったことを樋口が訊いてきた。鉄平は答えなかった。

スマホを操作し、ユーチューブのジョンの生配信番組にアクセスした。すると画面の中央にタイガーマスクを被《かぶ》ったジョン、そしてその両サイドに二つの画像が貼られているのがわかった。どちらも自分だった。暴走族時代のものと、ホスト時代のもの。こんなものどこで手に入れたのか──。

改めてインターネットは、いや、人は怖いと思った。きっと昔の知人が自分を売ったのだ。どこの誰だか知らないが見つけ出して八つ裂きにしてやりたい。

画面ではジョンがハイテンションでベラベラとしゃべっている。

〈──おーい、見てるかー、栗山鉄平くーん。君はもう有名人だよ。素顔で街歩けないんじゃない？　だってもうかなりファンがついてるぜ。ほら、今もコメントがきてる。『ふつーにイケメンなんだけど』『めっちゃタイプ』だって。おまえ実際イケメンだよなー。性根は腐ってるくせに顔だけは俳優みたいじゃん。あ、おまえ、そのルックスを生かして芸能界入りを目指せば？　月9出ろよ月9。ただなー……残念！　おまえは無理。過去の悪行がこれだけ晒《さら》されちまってるからおまえはもう何者にもなれないのであーる。芸能界どころか一般の仕事にもつけないのであーる。もう人生詰んでしまっているのであーる。やべ、このあーるってのにハマりそう。ぎゃははは。あ、そろそろ三分経ったかな。んじゃ、電話してやるから出ろよ〉

殺したる。腹の中で叫んだ。

数秒後に鉄平のスマホが再び非通知の着信をした。

〈お、えらい。逃げないでちゃんと出てくれたな。お利口さんだぞ〉

スマホから再びジョンの声がした。虫唾《むしず》が走る。

「きさま、覚悟しとけや」腹の底から言った。

〈ってことは直接対決はしてくれるんだよな?〉

「上等や。やったろうやないけ」

脊髄《せきずい》反射でそう答えてしまった。いいのか? もう一人の自分が胸中で問いかけている。

〈いよいよご対面かー。緊張しちゃうなー。いつ、どこで会うかなー。うーん、そうだな、今週末の土曜日なんてどうだ?〉

「土曜日? なんでそんな先なんや。こっちは今すぐだって構わん」

〈焦んなよ単細胞。イノシシかおまえは。オレ様はおまえみたいにヒマ人じゃねえんだぞ〉

いちいち癇に障る野郎だ。

〈いっとくが逃げんじゃねえぞ〉

「おまえみたいなクソガキ相手に誰が逃げるか。土曜日がおまえの命日や」

勝手に口が動いている。ジョンを相手にしているとどうしても感情が先立ってしまう。

〈じゃあ四日後の土曜日な。詳しい時間と場所はあとでおまえにメールするわ。オレ様はおまえのメアドも知ってんだぞ。すげーだろ? そのうちLINEもしような〉

「じゃかあしいっ。おい、なんで今この場でいわんのや」

〈こんなところで対決の詳細を伝えたら、その場にオレ様のファンが集まっちまうだろ

うが。ジョン様の人気をナメるなよ。いいか、オレ様はおまえと二人きりで勝負したいんだよ。誰にも邪魔されずにな〉

「ふん。あらかじめいうとくが、おれはわざわざおまえと会って口ゲンカするつもりはないぞ」

〈こっちだってそのつもりだよ栗山くん。正義の申し子と悪徳業者、どっちが強いか決闘しようじゃあーりませんか〉

変な節をつけやがって。「もう切んで」

〈おい、待て待て。悪かった悪かった。せっかく久しぶりにこうして電話してるんだから、そんなつれないこといわないでもう少し会話を楽しもうぜ。オレ様とおまえの仲じゃねえかよ。な？〉

鉄平は通話を切りベッドにスマホを放った。すると一度ぽよんとバウンドして床に落ちた。

血管がはち切れそうだった。今の電話の受け答えは正解だったのだろうか。失敗したのではないだろうか。なぜなら自分はジョンを自宅近辺で拉致する腹積もりだったからだ。もちろん先ほどの約束を違《たが》えて拉致作戦を決行してもいいのだが、そうなると自分は世間に、卑怯《ひきょう》者で負け犬のレッテルを貼られてしまう。それは我慢ならなかった。自分は名前はおろか写真すらも公開されてしまっているのだ。

ただ、先ほどのジョンの態度は意外といえば意外だった。あくまでジョンは撮影をしながら立場の弱い鉄平を口で詰《なじ》るのが目的だと思っていたからだ。奴の言葉を鵜呑《うの》みにすれば、本気で自分とやりあうつもりのようだ。本当にジョンが決闘してくれるなら自分は喜び勇んで直接対決の場に向かうつもりだ。たとえ天変地異が起きようがあんなひ弱な野郎に負けるはずがない。

「兄さん、ええんですか。あんな約束してもうて。作戦が台無しやないですか」

樋口が顔をしかめて訊いてきた。

「うるせえ。今話しかけんな」

「兄さん」

「話しかけんなっていうたやろ。おまえは日本語もわからんのか」

「また鳴っとります、電話」

樋口が指差した先のスマホがたしかに震えていた。今度はちゃんと番号が表示されていた。ただ、登録していない番号で相手が誰だかはわからない。

またジョンか？　今度こそ西野か？

訝って電話に出る。若い、女の声が聞こえた。

## 11

昨夜から、萌花の心はふわふわと浮遊している。慌ただしいわけではないがあっちへ行ったりこっちへ来たり落ち着きがない。その動力はたぶん、熱だ。心が微熱を帯びている。こんなこと、十五年生きてきて初めてだった。

「――萌花ってば」

梢枝に両のほっぺをむぎゅうとつままれ、萌花は意識を目の前の友人に向けた。そのとなりには蘭子もいる。蘭子は今日、久しぶりに登校してきた。当人は「まだ八割」というが、誰が見ても顔の腫《は》れはもうわからない。

「ごめん。何だっけ?」

「もう」と梢枝が呆れている。「だからその関西男の名前は?」

「わかんないの。いわなかったし、こっちも訊かなかったし」

「ほんとダメな子だねえ、あんたは」

「でもその人、そんなにイケメンならあたしも会いたかったなあ」

これは頬にパフをあてている蘭子が言った。机の上には手の平サイズの携帯鏡が立てられている。

「近いうち会えるんじゃない? その男、あんたのお兄さんのファンなわけだし。っていうか蘭子のお兄さん、やばくない? ファンが自宅に来るなんて相当有名なユーチューバーじゃん。今度ハンドルネーム訊いてみてよ」

「イヤだ。あいつが何をやっていようが興味ない」と蘭子は切り捨てる。

蘭子のお兄ちゃんが本当にユーチューバーをやっていることはわかったが、どんなハンドルネームで、どういった配信を行っているのかは依然わからずにいる。

結局、萌花はあの関西弁の男との約束をあっさり破って、梢枝と蘭子に昨日の出来事を話してしまっていた。当初は生真面目に約束を守るつもりでいたのだが、梢枝が蘭子の家を出たときに変な男に声を掛けられたと話題を切り出し、「萌花は大丈夫だった？」と水を向けられ、黙っていることができなかった。ちなみに梢枝は男を一切無視してやり過ごしたらしい。

萌花は窓の外へ目を転じた。膝《ひざ》の怪我の説明もしなきゃいけなかったし、やっぱり友達に嘘はつけないし、仕方なかったんです――。この雨の空の下、どこかにいるであろう男に心の中で言い訳をした。

放課後のグラウンドでは運動部の面々が雨に打たれながらせわしく動き回っている。こういった光景を目にすると心から尊敬してしまう。大半が自分と同じ女子なのだ。ちなみに萌花は中学のとき、所属していたバレー部を途中で辞めていた。きつい練習よりも、プレーで周りの足を引っ張っている状況に耐えられなかった。

きっと運動音痴だから昨日もあんなすっ転び方をしたのだ。視線を落とし、包帯が巻かれた自身の両膝にそっと手を置いた。歩行に支障はないが、痛みはある。じんじんと熱も帯びている。ちょうど、この心と同じように――。

昨夜から男の顔が頭から離れない。イケメンだったからだろうか。もっとも男の容姿がよかったことに気がついたのは家に帰り、膝に気を遣って慎重にシャワーを浴びているときだった。ふと、思ったのだ。あの人、かっこよかったかも、と。

そこからは一気に妄想が弾《はじ》けた。初デートはディズニーランドだ。ミッキーとミニーのカチューシャをつけて夢の世界を歩き回り、一緒にチュロスを食べる。ジャングルクルーズで冒険し、スペース・マウンテンで叫声を上げる。大好きなプーさんのハニーハントで初めて手を繋《つな》ぎ、最後はエレクトリカルパレードで光のマジックに浸る。そして終盤に差し掛かったところで、男の手がさりげなく肩に回り、やがて顔が接近し、唇が触れ合いそうになる。ここで萌花はベッドの中で激しく足をバタつかせ、膝の痛みで悲鳴を上げるというみっともないコントを一人で演じた。

我ながら逞《たく》ましい想像力だが、きっと想像のまま終わるのだろう。あの男との恋愛はなんとなく現実味がない。だいいち幼い自分が相手にされるとは思えない。大前提、まだ好きになったわけではない。ただ、男が口にした一言が耳の深いところに居座って動かない。「一緒に行ってくれへん？ 夢の国」なぜあんなことを自分に言ったのだろう。できることなら、もう一度会ってみたい。

約束破ったんだから、針五万本飲ませにきてくれないかな。萌花は頰杖《ほおづえ》をついて、放課後の教室にぽわんとシャボン玉のようなため息を浮かべた。

その後は三人で学校を出て近くにあるサイゼリヤに向かった。蘭子の快気祝いをすることにしたのだ。店内には同じように制服を着た生徒たちが点在しており、それぞれおしゃべりに夢中だ。

三人でドリンクバーに向かい、梢枝はホットコーヒー、蘭子は野菜ジュース、萌花はカルピスソーダを入れて席に戻り、自分たちも競っておしゃべりを始めた。女子三人が集うと話題に事欠かない。そんなにドラマチックな日常を送っているわけではないのだが、自分たちにだってちっぽけでも毎日がある。

ちょうど時計の長針が一周したところで、梢枝のスマホが着信し、席を立った。するとすかさず蘭子が「ここで話せばいいのに」と言った。その顔に少しだけ皮肉の色が滲んでいた。梢枝がこうする相手は彼氏のマーシーしかいない。

「そういえばあたし、謝られてない」続けて蘭子がそんなことを言う。

「何を？」

「昨日のこと。梢枝すぐ帰っちゃったじゃん」

「あ、うん」

萌花はうなずきながらも違和感を覚えた。そういうのは謝るべきなのだろうか。梢枝は途中で帰ったといってもお見舞いには来たのだし、逆に蘭子がお礼を言うべきじゃないのだろうか。もちろん梢枝から「昨日は途中でごめんね」くらいあってもいいと思うが。

こういう場面に遭遇すると、世の中には本当にいろんな人間がいるなあと萌花は思い入る。梢枝も蘭子も、もちろん萌花だって性格がまったく違う。だから人間関係は厄介で、おもしろいのかもしれない。

萌花が頭の中で小さな哲学を膨らませていると、梢枝が戻ってきた。そして椅子に腰を下ろすなり、「二人は今週の土曜日何してる？」と唐突に訊いてきた。こういうのは梢枝にしては珍しい。

「わたしは何も予定ないけど」先に萌花が言い、蘭子も「あたしもとくには」と続いた。

「何かあるの？」

萌花が訊くと梢枝が少しだけ息を吸い込んでから口を開いた。「クルージング、行かない？」

「クルージング？」蘭子と声が重なった。

話を聞くと、マーシーが同じ大学の友人たちと相模湾《さがみ》の海でクルージングをするのだという。天気予報によると週末は久しぶりに晴れるのだそうだ。

「お昼過ぎに神奈川の葉山《はやま》を出発してね、海のど真ん中で夜空を見ながらバーベキューするんだって。超素敵じゃない？　どう、行かない？」

どうと訊かれても、である。たしかに魅力的ではあるが、クルーザーでバーベキューなんて大人過ぎる遊びだし、どうもリアリティがない。まるで映画の世界のようだ。それになぜ自分たちが、というのもある。梢枝の友達といえど自分たちはまだ十五歳の高校一年生だ。

「みんな彼女いないみたいで、男だけだとさみしいんじゃないかな。あたし一人で行ってもいいんだけど、女一人じゃあたしだって心細いし、お願い。東京から車で葉山まで向かって、帰りもちゃんと車で東京まで送ってくれるって。もちろんお金は一円もかからないよ」

ふだんクールな梢枝がなんだか必死だ。笑顔を作っているが若干顔が強張っている。きっとマーシーから友達を連れてきてほしいとお願いされていて、その期待に応《こた》えたいのだろう。

「うーん、萌花どうする？」

蘭子に訊かれ、萌花はしばし返答に困った。

「でも、わたし船なんて乗ったことないし」と頓珍漢《とんちんかん》な返答をしてしまう。「船酔いしないかな」

「そんなの酔い止め飲めばいいじゃん。っていうかあたしだってクルージングなんて初めてだよ。蘭子もお願い。もし来てくれたら蘭子が狙ってる北高の彼とのグループデート、あたしも行くからさ。もちろん萌花も連れて」

梢枝が勝手なことを言い、「ほんと？　うーん、それなら交換条件ってことで行こうかな」と蘭子が態度を軟化させる。

「うん、行こ行こ。萌花もだよ」

結局、萌花は行くとも行かないともはっきりとした返答をしないまま、参加が決まってしまった。こういう自分の性格をいつか直したい。

ふと、昨日のあの男のことが頭をよぎった。あの人は何をしている人なのだろう。年齢的には梢枝の彼氏と同じ大学生くらいだろうが、学生には見えなかった。とはいえ社会人にも見えない。じゃあなんだ、と問われると困るのだけど。ただ、なんとなく自分とは違う世界で生きている人という感じがした。それがどんな世界なのか、萌花には見当もつかない。

風呂《ふろ》を上がってパジャマに着替えた萌花は自分の部屋にこもり、学校に行っている間に母親が購入してきてくれた真新しいスマホを握りしめ、ベッドの上でひたすら呻吟《しんぎん》していた。濡れた頭にタオルを巻いている状態で、そろそろ洗面所に戻りドライヤーを当てなくてはならないのだが、それを後回しにして自分のどこかにあるであろう小さな勇気を探しているのである。

男に、あの人に、電話でお礼を言いたい。

男の連絡先は思わぬところで手に入れた。夕方帰宅し、家族で夕飯を食べ、リビングのソファでテレビを見ていたところに家の固定電話が鳴ったので萌花が取った。相手はやたら滑舌の悪い老人で、結局それはただのまちがい電話だったのだが、受話器をカタンと戻したところで、あ、と気づいたのだ。すぐに着信履歴を洗い出すと、昨日の十八時前、090で始まる携帯電話からの着信があり、それは萌花が掛けたものなのだが、電話自体はあの男のものだ。

つまりこの番号に電話をすれば男につながる。ただ、その勇気が湧かない。どうしてこんなにも自分は臆病者《おくびょう》なのか。昨日はありがとうございました。それだけでいいのに。

「プーさん、わたしに勇気をちょうだい」

萌花は窓辺に置かれている、短い両足を前に突き出して座っているハチミツ色のぬいぐるみにお願いをしてみる。だけどプーさんはにっこり笑ったままうんともすんとも言ってくれない。

……よし。萌花は立ち上がり、出窓に歩み寄ってプーさんを手に取った。そして、「ごめんね」と一言つぶやいて、サイコロのようにカーペットの上に放った。プーさんがちゃんと座ったら男に今すぐ電話をする、座らなかったら明日に見送る、というルールを勝手に作る。

全体的に丸っこいプーさんがカーペットの上をコロコロと転がっている。結果は……座らなかった。鼻を床に当て、四つん這《ば》いのような不恰好《ぶかっこう》な体勢で止まったのだ。

だがその滑稽《こっけい》な姿を見て、なぜか電話をしようと決めた。じゃあ今のはなんだったのだと思わないでもないが、結果オーライだ。萌花はベッドの上のスマホを手に取り、部屋の中央で立ったまま男に電話を掛けた。

ただ数十秒経っても男は応答してくれなかった。なんだよ、せっかく勇気を振り絞ったのに。萌花があきらめかけたとき、コール音が止まり、〈誰や〉と男の声が鼓膜に触れた。少し警戒したような声色だった。

「あ、あの、わたし、眞田萌花です」

告げてそもそも自分の名前を相手が知らないことに思い至る。すでに心臓はロデオのように暴れまわっている。

〈サナダ……モエカ？　誰やっけ？〉

「き、昨日、転んだときに助けてもらった――」

〈おお、昨日の〉男の声から警戒が消えた。〈あれ？　おれの番号どうやって知ったん？〉

萌花が男の番号を手に入れた経緯を説明すると、〈ああ、なるほど〉と納得していた。

「昨日はありがとうございました」

萌花は部屋でひとり、腰を深く折り曲げて告げた。

〈ええのに、そんなん。おれが怖がらせたせいでもあるしな〉

「いえ、あの、本当にありがとうございました」

男が笑う。〈そんなお礼いわれるようなことしてへんって。怪我の手当てをしたわけでもないし。ま、ご丁寧にどうも。ほんじゃ〉

「あ、えーと、その――」なぜか引き止めていた。萌花は視線を慌ただしく散らす。すると四つん這いのプーさんのところで目が留まった。

「ディズニー、一緒に行きます」

え、今、わたし何言った？　胸の中で自分に訊いた。

男は黙っている。きっと困惑しているのだろう。当たり前だ。

「す、すみません。わたし、何いってるんだろう」

男はまだ黙っている。そして、ようやく口を開いた。〈じゃ、行こうか〉

「え……本当に、行くんですか」

〈どっちやねん〉

どうやら男には共にディズニーに行ってくれる相手がいないらしい。上京したてでき
っと友人もいないのだろう。何はともあれ、具体的な日程を決めることにした。身体は
インフルエンザで寝込んだときより熱を放っている。

〈おれ、今週の土曜日だけはあかんけど、それ以外の日ならいつでもええよ〉

「わたしも土曜日はダメです」

土曜日は梢枝たちとのクルージングがある。正直、楽しみな予定とは言い難いのだが。

〈じゃあ明日行こうか〉

「あ、ごめんなさい。平日は学校があるので全部ダメです」

すると男は笑った。〈ちゃんと学校行くんや〉

どこか小馬鹿にしたような感があった。「あの、アフターシックスとかならいいんで
すけど、どうせ行くなら一日満喫したいし……」

〈アフターシックスって何？〉

そんなことも知らないのか。「えーと、アフターシックスっていうのは――」

〈あーええよええよ。じゃ、日曜やな。平日と土曜があかんのやったら〉

「はい。あとでショートメールでわたしのLINEのID送るんで登録してください。そこで時間とか待ち合わせ場所とか決められたらありがたいです」

〈うん、わかった〉

「では、その、おやすみなさい」

〈おやすみ〉

「あ、ごめんなさい！　待ってください」

〈次はなんやねん〉

「あの、名前」

〈名前？　ああ、鉄平。栗山鉄平〉

クリヤマテッペイ――。なんか名前もいい感じだ。「ありがとうございます。では、おやすみなさい」

通話が切れる。心臓が破裂しそうなほど激しく脈を打っている。全身が汗ばんでいた。せっかくお風呂に入ったのに。

ただ、そんなのどうでもいい。今のやりとりはすごかった。ものすっごくすごかった。あんな自分、わたしのどこに潜んでいたのだろう。初めて出会った眞田萌花だった。

「わたし、勇気ありまくりじゃん」

四つん這いのままのプーさんに言った。

## 12

認めたくはないが、やっぱり大阪は東京にちょっとだけ負けているかもしれない。土曜日、休日の渋谷の人の多さは暴力的なほどで眩暈《めまい》すら覚える。鉄平はスクランブル交差点を横断する際に何人もの人間と肩がぶつかり、思わず「待てや」と声を上げそうになった。そんな中、中国人と思《おぼ》しき団体が自撮り棒を持って交差点のど真ん中で立ち止まり、撮影に及んでいたのには唖然《あぜん》とさせられた。チャイニーズにはアウェイが存在しない。どんな国だってホームにしてしまう。どうして同じような顔をして日本人とこうもメンタリティが違うのか。

今日は久しぶりに雨がなく、快晴だった。雲ひとつない青空と焼けるような陽光を浴びながら、鉄平は樋口を引き連れて神宮《じんぐう》通りを原宿《はらじゅく》方面に向かって進んでいた。ショーウインドウに映る自分の姿が若干猫背気味なのに気づいて、意識的に胸を張った。そんなわけはないのだが、なんだかすれ違う人々がみんな自分を見下している気がした。この田舎者が、という蔑《さげす》みの視線を勝手に感じてしまうのはなぜだろう。

「おまえ、また動画回してるやろ。鬱陶《うっとう》しいから止めろ。おまえはジョンか」

鉄平がスマホを手にしながらとなりを歩いている樋口を小突いた。

「初めてなんですもん、渋谷。そんなことよりジョンのやつ、本当におるんですかね」

「そら、おるやろ。あれだけ吹いとったんやから。これでおらんかったら許さん」

道路を挟んだ右手にタワーレコードがあるところで、鉄平は一度スマートフォンのナビを確認した。距離的にはあと百メートルほどで目的地のシダックスに到着する。もちろん昼間から樋口とカラオケをするわけではない。ジョンとの決闘に向かっているのだ。数分前にメールで指定されたのがこの大手カラオケチェーンだったのである。その前は十二時半に渋谷駅のハチ公口に来るように指示されていた。

すぐにジョンの考えが読めた。気の遠くなるほど人の多い休日の渋谷で、二十四時間監視下にあるカラオケ。つまり手は出せないということだ。ちゃんとジョンは算段を立てていた。

「兄さん、やっぱりどう考えても分が悪いでっせ」

「わかっとるわ。ここにきて今更なことをいうな」

それなのにこうしてここへ素直にやってきてしまったのは、ちっぽけなプライドからだった。世間の奴らにナメられたくない。決闘の場に姿を現さなければ、尻尾《しっぽ》を巻いて逃げたと思われるだろう。それだけは我慢ならなかった。たとえ、口ゲンカで勝てなくとも。いや、場合によっては手を出すかもしれない。たとえ人が駆けつけようと、それが生配信されていようと、結果それが原因で警察に捕まることになろうと。そのときの自分の気分次第、サイコロの目次第で、ヤるか耐えるか決めようと考えている。つまり出たとこ勝負だ。鉄平は大阪を捨てたあの日からどこか自棄《やけ》っぱちだ。

ただ——今日身柄を拘束されるとなると明日、夢の国へは行けなくなる。

眞田萌花。ジョンの家から出てきた女子高生。乳臭いガキ。

なのにひそかに明日を楽しみにしている自分がいる。ここ数日、鉄平は遠足の日を指折り数えて待つ小学生のような気分でいた。もちろん楽しみにしているのはディズニーランドで、あの少女とのデートではない。自分はロリコンではない。

それにしても我ながら能天気なものである。夢の国よりも、現実の世界で解決せねばならない大きな問題を二つ抱えているというのに。もちろん今から対決するジョンと、自分たちを追っている西野のことだ。いったい西野は今どこにいるのだろう。

「ジョンのやつ、本当に一人ですかね？　兄さん、やばかったら逃げましょうね」

「何がどうあったらやばいねん」

「何が待ち構えているかわからんじゃないですか」

「ふん。なんでも来いや。ヤクザでも警察でも」

そうこうしているうちにシダックスの巨大なビルの前に到着した。鉄平はその威容におののいた。いくつ部屋があるのか知らないが余裕で百部屋以上入ってそうだ。

スマホで時刻を確認する。十二時四十分だった。

「まだもう少し時間ありますね」横から樋口が言った。

ジョンからのメールには十三時ぴったりに来いと書かれていたのである。

「なんでそこまであいつの指示に従わなあかんねん。学校早く登校して教師が怒るか？

よっしゃ、行ってくるわ」

意気込んで中に入ろうとする鉄平を、「ちょっと待ってください」と樋口が引き止めた。鉄平が振り返る。

「やっぱり自分もついて行きます」ここにきて樋口がまたそんなことを言う。

「何度いうたらわかるねん。一対一で会う約束をしとるんや。おまえがとなりにおったらおれが卑怯者みたいやないか」

樋口とは道すがら、現場に同行する、しないでずっと揉《も》めていたのだ。

「おまえはマルキューで買い物でもしてろ」

「兄さん、マルキューは女の行くとこらしいです」

「男用のマルキューもあんねんぞ」

「どこにですか」

「知らん。どっかにある。とにかくおまえはついてくるな。ほら、行け」鉄平が追い払うように手を振る。

樋口は不服そうに頬を膨らませ、「ほんじゃあ終わったら連絡ください」と背を向け、今来た道を引き返して行った。

ふん。鼻を鳴らした。あいつは何を心配しているのか。まさか自分が負けるとでも思っているのだろうか。

鉄平は排気ガス臭い空気を肺いっぱいに吸い込み、勢いよく自動ドアをくぐった。

# 13

周囲の人間はタイガーマスクを被った男に眉《まゆ》をひそめるものの、それ以上に警戒されることも、興味を示されることもなく、結果誰一人として声を掛けてくることはなく渋谷のシダックスまでやってこられた。西葛西にある自宅からは電車を利用してきたので、唯一その車内で幼い子供に指差されたくらいだろうか。交番前を通っても職務質問を受けることもなく、カラオケの受付をしても店員に何らツッコまれることもない。

「ほーら、だからいったろう、こんなもんなんだよ。この姿のまま外に出たってよ。オレ様のタイガーマスクなんてさほど気にされねえのさ」

団体客用の広々とした部屋で独りごちた。正確には胸の中で眠っている純に告げているのだが、今はジョンが人格の主導権を握っているので返事はない。ジョンは言葉を続ける。

「中年のおっさんがセーラー服着て街中を歩いたってOKな国だからな。結局何でもアリなんだなこの国は。まったく、日本に生まれてハッピー」

ジョンが一人かぶいているとスマホが短く鳴った。栗山鉄平からのメールだった。

『渋谷に着いたぞ』

ジョンはマスクの下でニヤリと笑った。やはりあのバカはノコノコとやって来た。

すぐさま返信の文面を作成した。

『神宮通り沿いにあるカラオケシダックスに十三時ぴったりに来い。いいか、ぴったりだぞ。早くても遅くても許さねえからな。ルーム番号は4012。十人以上入れる大部屋を取ってやったぜ、感謝しろよ。デュエット曲は考えておいてやる』

現在の時刻は十二時三十分。ライブ配信開始は十二時五十五分の予定だ。まずはジョンが一人で決闘への意気込みをしゃべり、盛り上がった状態で栗山鉄平を迎えたい。

もっとも、腕力による決闘をする気など毛頭ない。直接対決はあくまで口撃のみだ。約束を反故《ほご》にする形になるが知ったことではない。こんな場所ではさすがに栗山鉄平も手は出せないだろう。部屋には監視カメラもあるし、当然内線電話もある。

おっと、肝心の内線電話はそっちか。ジョンは腰を上げ、内線電話のある向かいのソファに移動した。少しでも雲行きが怪しくなってきたら、暴力の匂いが漂ってきたら、いや、栗山鉄平が指一本触れてこようものなら、ジョンはすぐにでもこの受話器を手にし、助けを呼ぶつもりだ。

ジョンのシミュレーションはこうだ。まずは栗山鉄平を徹底的に罵倒《ばとう》する。あの単細胞のバカはおそらく少ない語彙《ごい》を駆使して応戦してくるはずだ。それだけで撮れ高は十分だが、最後にここに警察を踏み込ませるクライマックスが待っている。

ジョンは栗山鉄平とのバトル中に、頃合いを見計らって警察にこっそりと通報する算段なのである。通報先は『警察庁110番アプリシステム』だ。ここは聴覚障害者や言語障害者など電話通報が困難な状況の者向けにあるサイトで、二十四時間通報を受け付けているのである。アプリのフォームに用件を入力する形で通報するのだが、助けを求める文面はすでに作成してあり、クリックひとつで送信されるように事前に用意を済ませてある。

ここに警察が踏み込み、栗山鉄平を事情聴取でも何でも構わないので連行してくれればいい。そしてその一部始終をカメラに収められれば最高だ。

これで悪徳業者にカリスマユーチューバーが正義の鉄槌《てっつい》を下した伝説の動画が完成する。

そのためには多少のリスクを背負うのは構わない。仮に一発二発殴られても、もちろん癪にはちがいないが、それはそれで栗山鉄平を暴行犯として逮捕できるのでありがたい話だ。

ただここで少し懸念されるのが、栗山鉄平が本当に捨て身でこの場に乗り込んで来た場合だ。通報してから警察がどれほどの時間で駆けつけてくれるのかわからないし、内線電話でシダックスの店員に助けを求めても暴れ狂う栗山鉄平を恐れて仲裁に入ってくれない可能性がある。なぜなら仮に自分がここの店員なら警察がやって来るのを待つだけだからだ。大前提、元暴走族の栗山鉄平と戦ったらまず勝ち目はない。こちとら何を隠そう、未《いま》だかつて人と殴り合いのケンカを演じたことはない、か弱い身だ。それこそ三秒で殺される自信がある。

そんな思索に耽《ふけ》っていたら自然とマスクに手が伸び、それを取っていた。

「ジョン。本当に大丈夫なの」純に人格が切り替わる。

再びマスクを被る。「純。急に現れるんじゃねえよ。今日はおまえの出番はねえんだぞ」

マスクを取る。「もちろんジョンに任せるつもりだけど、不安でさ……」

マスクを被る。「ったくどこまでも気の小せえ野郎だな。いいからおまえはオレ様の中でのんびり戦況を見守ってりゃいいんだ」

マスクを取る。「……殺されたりしないよね？」

マスクを被る。「殺されるわけねーだろ。オレ様を誰だと思ってんだ。ジョン様だぞ。おまえじゃねえんだぞ。いいか、むしろ殺されるのは栗山鉄平の方なんだよ。この後この場で起こる一連のやりとり、その動画を公開すれば、社会的に完全にあいつを抹殺できんだよ。つーか、おまえもう勝手に出てくんな」

ジョンはソファの背にもたれ、大きく息を吐き出した。

「あーあ、純の腰抜けのせいで決闘の前にテンションだだ下がりだぜ。ったくよォ」

そのとき部屋がコンコンとノックされた。「失礼します」と従業員が入ってくる。銀色のトレーにジョッキのコーラが二つ載っている。栗山鉄平が到着してから従業員に邪魔をされたくないので先に二つ頼んでおいたのだ。

「ご苦労」右手を上げてそう告げた。

従業員は明らかに笑いを堪えていた。きっとタイガーマスクを被ったイカれた客がいると裏でも話題になっているのだろう。ふん。カリスマユーチューバーが目の前にいるとも知らないで。

コーラをストローで一口すすり、時刻を確認した。まだ配信開始までに二十分ある。栗山鉄平がここに到着するまでには二十五分だ。だいぶ時間が余っている。

ジョンは背負ってきたリュックから少し厚めのスマートフォンのような機械を取り出し、そこに接続されているイヤフォンをマスクの下から耳に差し込んだ。

機械を操作すると、ザーザーというノイズと共に男の声が聞こえた。

――そろそろ出発するけど、みんなちゃんと酔い止めは飲んだ？　今日は凪《なぎ》だけど、それでもやっぱり船は揺れるからね。

――あたしはさっき飲んだ。萌花と蘭子も飲んだよね？

――うん。わたしは飲んだ。

――あたし、飲んでない。なんか薬って苦手なんだもん。酔い止め飲んで酔いそう。

――バカなこといってないでちゃんと飲みなよ。こうして停まってるだけでも揺れてるのに、動き始めたらきっとやばいよ。

――梢枝のいう通り。ちゃんと飲んだ方がいいよ。この前初めて乗った人は船上で吐いたからね。大切なゲストさんをグロッキーにさせられないからさ。

――はーい。ところでマーシーさんたちはクルージング仲間なんですか？

――ううん。サークルの仲間だよ。一応、シーズンスポーツをするっていうのが大義名分なんだけど、実際はほとんど飲み会がメインかな。

――いつも酔っ払って電話かけてくるもんね。ねえ聞いて、この前なんか赤ちゃん言葉だったんだよ。

――きゃー。可愛い。

――サークルには男だけしかいないからさみしくなっちゃうんだよね。だから今日は萌花ちゃんと蘭子ちゃんが来てくれて助かったよ。

――あの、本当にお金払わなくていいんですか。

――いい、いい。お金なんて高校生の女の子からもらえないよ。それにあいつら金持ちだからさ。

――マーシーだってお金持ちじゃん。

――おれなんか全然。上には上がいるってことだよ。

――はあ。なんかやんなっちゃう。あたし、そんな人たちと遊んでいいのかな。

――そんな気を遣うような連中じゃないよ。むしろ医大生なんてこんなものかってがっかりさせるんじゃないかな。さぁ、出発するよ。

蘭子は今日、葉山の海へ友人たちと遊びに出かけている。ガキのくせにクルージングなんて気取ったイベントに参加していることが腹立たしい。

充電器型盗聴器は狙い通り蘭子の手元へと渡った。母親からプレゼントをされ、「ママ、ほんとありがとう」とはしゃいでいるのを横目で見てほくそ笑んだ。ちなみに母親には、自分からのプレゼントだという事実は絶対に蘭子に言うなと固く口止めしてある。基本が善人の母親はそれを息子の照れ隠しと捉《とら》えたのか、目尻に涙を浮かべて喜んでいた。本当に兄妹《きょうだい》が仲直りしてくれるきっかけだと考えているのだ。

ちなみにこの盗聴器は衛星を介しており、電波さえ届けばどんな場所でも盗聴が可能だ。GPS機能も有しており、その居場所も正確にわかるようになっている。十五万もしたが性能を考えると妥当だろう。

盗聴はもう日課になっていた。もっとも、まだ蘭子のこれといった特筆すべき隠し事は摑んでいない。あいつは意外と健全な日常を送っている。そこそこ勉強もしていることにも驚いた。

蘭子の交友関係はよくわかった。梢枝と萌花という先日家にもやって来た女二人と仲がいいらしく、休み時間や放課後も大抵この二人とつるんでいる。ちなみにこの梢枝という女友達にはマーシーと呼ばれる医大生の彼氏がいて、今日はそのマーシーの仲間たちとクルージングに出かけているのだ。

蘭子のリア充ぶりが癪に障る。もっとも蘭子に彼氏はいないようで、盛りのついた雌のごとく毎日男の話ばかりしている。また、盗聴している会話の中で蘭子が処女であることも知ってしまった。ほっとした。兄が童貞なのに妹が先を越すなんて許せない。

キリのいいところで盗聴をやめた。今は栗山鉄平のことに集中したほうがいい。

改めて時刻を見る。十二時四十分。まだ栗山鉄平が到着するまでに二十分もある。

少し早めに始めるか。

ジョンはスマホを操作し、ユーチューブライブをスタートした。

「ジョジョジョジョジョーン。笑いを愛し、笑いに愛された正義の申し子、ジョン様の登場だっ。今日もおまえらにジャスティスなショーをお届けするぜーっ」

いつもの冒頭挨拶《あいさつ》をする。すぐさまコメントが流れてきた。いつもより視聴者数が圧倒的に多い。きっと皆、ジョン対悪徳業者の直接対決を待ちわびていたのだろう。

「さーさーさーさー。ついにこの日がやってきたぜベイベー。おまえらもう気づいてると思うけど、ここはジョン様の部屋じゃなく、某カラオケルームなのであーる。そう、初めてのロケなのであーる。もちろんこのあとここで悪の化身、栗山鉄平と決闘するのであーる。思えばここまで長いようで短いようでやっぱり長かった。うんうん。おまえらの協力もあってこうしてこの日を迎えられたわけだ。感謝してるぜハニー。ぶちゅー」

《ついに決闘！》《初ロケおめー》《キモwww》《ボコボコにしてやれ》《本当に栗山鉄平って奴来るの？》《ぶちゅーに吐いた》《なあ、みんなこれマジで信じてるわけ？　全部ヤラセだろ》《栗山鉄平もユーチューバー疑惑》《なんかこっちが緊張してきた笑》《そこって渋谷のシダックスじゃね？》《バカ同士で思う存分殺し合えw》《キチガイ対DQN》《キックオフ！》

視聴者たちの熱が手に取るようにわかる。とはいえこいつらは所詮《しょせん》刺激を欲しているだけの野次馬で、心からジョンの勝利を願っている者などいないだろう。もちろん栗山鉄平を応援しているわけでもない。何かが起きることを期待しているのだ。それで構わない。ジョンは彼らを興奮の世界へと誘《いざな》う案内人なのだ。

「あと二十分後くらいかなー。栗山鉄平ちゃんがここに到着するのは。よっしゃ。景気付けに一曲歌うか。おまえらジョン様の美声を聞いてみたいだろ?」ジョンは耳に手を当てる。「いいぜいいぜ、そんなに欲しいなら初披露してやるよ。仕方ねーな。今日は特別だぞ」

ジョンはデンモクを手に取り、最近お気に入りの女性アイドルグループのロックナンバーを入れた。スマホはこちらの様子が映るようにモニターの脇に立てかけた。

やがてプロモーション映像が流れ、大音量でBGMがかかる。マイクをつかみソファの上に土足で立った。

歌い始めたらテンションが猛スピードで駆け上がり、あっという間に興奮の最高潮を迎えた。マイクに叩きつけるようにシャウトする。フリも自宅で練習してるから完璧《かんぺき》だ。

やっぱりオレ様は最強だ。ファンタスティックなカリスマユーチューバーだ。今からカーニバルが始まるのだ。

必ず、栗山鉄平を葬ってやる。

## 14

受付の従業員には「連れが先に入ってるから」と伝え、エレベーターで四階に上がった。指定された4012号室へ緊張に包まれながら廊下を歩いていく。

この先どんな展開が待ち受けているのか。何度も唾《つば》を飲んだ。ここに来て臆病な自分に腹が立つ。どうしてこんなにも身体が強張っているのか。武闘派で知られていた暴走族との決戦に向かうときよりも緊張しているかもしれない。相手はひ弱なユーチューバーただ一人だというのに。

角を曲がると、数メートル先に目的の4012号室を発見した。ゆっくりとした足取りで部屋へと近づく。

そして外から室内をそっと覗《のぞ》き込み、鉄平は眉根をぐっと寄せた。

タイガーマスクを被った男がソファの上で踊り狂い、「シュビドゥバラシュビドゥバラ」とよくわからない歌をシャウトしているのである。背中を向けられているが、タイガーマスクを被っているところを見ると、こいつがジョンでまちがいないだろう。

しかし、まさかこういう出迎えられ方をするとは予想していなかった。ただ、ジョンがこの決闘にまったく緊張していないことだけはよくわかった。恥ずかしくなった。この時点で自分は負けている。

鉄平は両頰を思いきり二回張った。この先何が起こるかわからないが、ここまで来て尻尾を巻いて逃げ出すなんてありえない。ケンカは最初が肝心だ。鉄平はL字形のノブに手を掛け、勢いよくドアを開けた。すぐさまカラオケの大音量が鼓膜を襲う。

「オラァ、テメェがジョンかこの野郎」

怒鳴り込んだがジョンは反応をまったく示さず、まだ歌い続けている。どうやら夢中になっていて声が聞こえていない様子だ。

舌打ちをした。このまま後頭部に回し蹴りを見舞ってやろうか。

いや――ちがうな。鉄平はそっとジョンの頭頂部に手をやり、タイガーマスクをつかみ、そのまま真上にすぽんと抜き取った。

直後、ジョンがバッと振り向いた。目を丸くし、口を半開きにしている。

ジョンの素顔はそこらにいる、気の弱そうなガキだった。

こいつがジョンか――。ある程度予想はしていたが、こうして見るとなんだか拍子抜けしてしまう風貌《ふうぼう》である。

ジョンは微動だにせず鉄平をきょとんとした面持ちで見ている。BGMがやかましいので鉄平はモニター下にある機械に歩み寄り、電源から落とした。途端に部屋の中が静まり返る。

「ようジョン。ようやく会えたな。おれが栗山鉄平や」

鉄平は親指で自身を指し、声を低くして凄んだ。

「そ、そ、それ、それ返して」声が震えている。

「あ？　これか？」手にしているタイガーマスクを顔の高さまで持ち上げる。「こっちも素顔晒《さら》しとんのや。おまえだけこんなん被っとるのは卑怯とちゃうか。ジョン様よォ」

「な、な、なんていうか……ぼ、ぼくはジョンではありません」

「ああ？　何いうてんねん。おまえがジョンやろ？」

「つ、つ、つまり、手に持っておられるそれがジョンなんです」

「トチ狂ったことぬかすな。とにかくそこ座れ」

鉄平が顎《あご》をしゃくって促すと、ジョンは身体を小さくしてそっとソファに腰を下ろした。その姿はまるで蛇に睨まれたカエルだ。身体つきも映像で見ていたよりも貧相で、デコピン一発で隣町まで吹っ飛んでしまいそうだ。どうしてこんな奴が自分にケンカをふっかけてきたのか。こいつの思考がまるで読めない。

いや、油断してはならない。何か作戦があるはずだ。これももしかしたらジョンの罠《わな》なのかもしれない。

「へえ。これがジョンの素顔ですか」

背中から声がした。振り返るとホワイトタイガーのマスクを被った男が立っていた。

## 15

　ぶつかってくる海風を全身で受け止めるように、萌花は両手を大きく広げた。ゆらゆらと揺れる水面が太陽の光を跳ね返している。頭上では海鳥が空を泳ぐように舞っていた。オーシャンブルーとスカイブルーに挟まれて、萌花は船上にいる。まるで自分が羽の生えた人魚にでもなったような気分だ。

「マジで来てよかったねーっ」

　傍らに立つ蘭子が麦わら帽子を押さえ、風に声がかき消されないように叫んだ。眩《まぶ》しそうに目を細めている。ここ最近ずっとお休みしていた太陽は元気いっぱいだ。

「ほんとほんとー。梢枝に感謝だねー」

　葉山マリーナからクルーザーに乗船したのは十分ほど前で、ここ葉山には東京から梢枝の彼氏、マーシーの車で二時間かけてやって来た。梢枝から誘われたときは、クルージングという上流階級の遊びにあまり気乗りがしなかったが、いざ来てみると断らなくてよかったと心から思った。こんな経験、めったにできない。

　全容が真っ白なクルーザーは水平線に向かってぐんぐんと突き進んでいた。このクルーザーは豪華絢爛《けんらん》だった。エンプレスシリーズというもので、全長が二十メートル以上もあり、中にはトイレはもちろん、キッチンにバスルーム、寝室まである。船体後尾のアフトデッキには十平米くらいのスペースがあり、フライングブリッジと呼ばれる二階には防水加工の施されたソファやテーブルまで備わっている。乗船してすぐに「レンタル料いくらなんだろ」と蘭子と話していると、「レンタルじゃないんだってこれ」と梢枝がささやいたので驚いた。操縦を務めている男の父親の持ち物だというのだ。金額は「三億以上」とのことで、萌花は蘭子と同時に目を剝《む》いた。萌花の家もどちらかといえば裕福な部類に属していると思っていたが、桁《けた》が違う。そしてそんな家庭に生まれ育った人間ばかりがこのクルーザーには乗船している。

やがてクルーザーは減速し、穏やかなペースになったので、萌花と蘭子は二階のフライングブリッジに登った。

「梢枝の彼氏もいいとこのお坊ちゃんなんだもんね」蘭子が嘆息交じりに言う。「やっぱりあたし、こんなお金持ちに囲まれるとなんか気後れしちゃうなあ」

「うん。わかる」と萌花も同調する。「『花より男子』の世界だよねえ」

「けどさ、実際に梢枝はマーシーと付き合ってるわけだから、うちらにもチャンスがないわけじゃないよね」

「え、何？　蘭子、そういう感じ？」萌花は蘭子に向けて首をひねった。「例の北高の男の子はもういいの？」

「だって、あの人たちみんなカッコイイんだもん」

手すりから身を乗り出した蘭子が、一階のアフトデッキを見下ろして言った。そこでは梢枝とマーシー、またマーシーの友人の男たちがにぎやかに談笑している。

蘭子のいうように、マーシーの友人の男たちは皆スマートで、オシャレで、ジェントルマンだった。こういう人たちが将来医者になったら女性の患者にモテて大変だろう。

ちなみにこのクルーザーに乗船しているのは九名で、萌花と梢枝と蘭子の女三人を除いた六名はマーシー同様に医大生たちだった。

男が六で女が三の構図はなんだか申し訳ない気がしてしまう。これが合コンなら男性側は不服なはずだ。もっとも合コンではないし、そもそも自分たちのような子供は女として見られていないだろう。大人っぽい梢枝だけが例外なのだ。

「それに比べてうちのゴミ兄貴といったら」蘭子が心底うんざりした顔で言った。「本当にあの人たちと同世代の男とは思えない。というか同じ人類なのが受け入れられない」

あまりの言い様に萌花は笑った。

「受け入れられないといえばね」そう前置きした蘭子がぐっと距離を縮めてきた。「うちの兄貴、とんでもないユーチューバーだった」

「とんでもないって、どういうこと？」

「うん。あのね――」

「萌花、蘭子っ」下から梢枝が叫んだ。「もうすぐ泳げるって。水着に着替えよーよ」

「わかったー」蘭子が手を上げて応える。「萌花、行こ」

女三人で船内のサロンに入り、内側からロックをして水着に着替えた。昨日買ったばかりの水着だ。梢枝から水着を持参するように言われたのは二日前で、昨日慌てて蘭子と学校帰りにマルイのデパートに駆け込んだ。

萌花はフリルの付いた花柄のオフショルビキニで、蘭子は水玉模様の三角ビキニ、梢枝は黒で統一されたレースアップだった。セクシー度でいうと上から梢枝、蘭子、萌花の順である。

さすが梢枝、と友人の水着姿を見て萌花は唸《うな》った。バストの真ん中が紐《ひも》で結ばれていて、豊満な胸がくっきりと谷間を作っている。自分なら死んでも着れない。梢枝のとなりに並んでしまうと自分がまるで小学生のように見える。

カシャ。シャッター音がした。蘭子が早速自撮りを始めている。手の中のスマホはコードで充電器と接続されていた。やたら派手な充電器だ。マイメロのキャラクターが中央にあり、ビーズなどで華やかにデコレーション加工が施されている。

「その充電器可愛いね」

萌花が言うと、「でしょう」と蘭子が目を輝かせた。

「ママがね、プレゼントしてくれたの。多分あたしが怪我して凹《へこ》んでたから元気付けようとしてくれたんだと思う。ちょっと重たいんだけど、気に入ってるんだ」

「あたしもそういう充電器欲しいなあ」横から梢枝が言った。「最近、すぐ充電なくなっちゃうんだよね。そろそろこのスマホも換え時かなあ」

手にしているスマホに目を落として鼻から息を漏らしている。

「ねえ」萌花は自撮りを続けている蘭子に声を掛けた。「さっきのお兄ちゃんの件だけど、何がどうとんでもなかったの？」

蘭子が途端に顔をしかめ、自撮りをやめた。そして「これ見てよ」とスマホを操作して見せてきた。

差し出されたスマホの画面に目を落とすと萌花は息を呑《の》み、口に手を当てた。それはユーチューブの動画だったのだが、映っていたのはジョンだったのだ。三週間ほど前、夜中に見たあの不気味なタイガーマスクの男。

「ね、ドン引きでしょ。なんなのこのマスク。でもね、見た目以上に中身がヤバいの」

知っているとは言えなかった。自分ははっきりと嫌悪感を抱いていたのだから。

「ねえ何なに」うしろから梢枝も覗き込んできた。「誰、こいつ？」

「蘭子のお兄ちゃん」萌花は蘭子の顔を見ながら答えた。

「え、そうなの？　ごめん。こいつとかいっちゃって」

「ううん。それは別にいいんだけどさ。でもあたしマジショックなんだよね。たしかにあいつって昔から根暗だし、超内弁慶野郎なんだけどさ、でもまさかこんな動画上げてるとは思わなかった」

「そんなヤバイ動画なの？」と梢枝。

「ヤバいなんてもんじゃないよ。どう見たって狂ってるでしょ、これ」

蘭子のスマホの中でジョンが高笑いしている。たしかに薄気味悪い狂気が滲んでいた。

もっとも自分はそれを知っている。

「どんな内容かっていうとね——」蘭子が梢枝に対して説明を始めた。

萌花は頭の中で別のことを考えていた。栗山鉄平は蘭子のお兄ちゃんのファンだと言っていた。だとするならば当然、ジョンのファンだということになる。それは萌花もショックだ。めちゃくちゃショックだ。

「あ、お兄さん、今ライブ中じゃない？」梢枝が言った。「ほら、ここにライブのマークが出てる」

16

「――とにかくそこ座れ」

想定外。超絶想定外だ。マスクを剝ぎ取るなんて、ルール違反だろう。いや、なぜその可能性に、リスクに思い至らなかったのか。純がバカなのか、ジョンがバカなのか。きっとどちらも大バカなのだろう。

何度もシミュレーションを重ね、練り上げた作戦は肝心なところが抜け落ちていた。

純は対面の栗山鉄平を正視することすらできず、うつむき震えている。十三時ぴったりに来いと伝えたじゃないか。約束じゃないか。なんでこんなに早く来るんだよ。頼むからマスクを返してくれ。ぼくはジョンじゃない。ジョンじゃないんだ――。

「へえ。これがジョンの素顔ですか」

その声で純はスッと顔を上げた。目を丸くした。ドアの前にホワイトタイガーのマスクを被った男が立っていたのだ。

誰だこいつは。栗山鉄平の仲間だろうか。手にスマホを持っている。何やらこちらを撮影している様子だ。

もうパニックだった。何から何まで想定外だ。

「樋口。なんでおまえまで入ってくんねん。外で待っとる約束やろ。それになんやねんそのおかしなマスクは」

「まあもう細かいことはええじゃないですか」

「あかん。今すぐ出て行け――ジョン、ちゃうぞ。勘違いすんなよ。こいつは別になんでもないねん。ただの付き添いや」栗山鉄平が焦って弁明している。

いったいどういうことなのか。このホワイトタイガーマスクが入室してきたことは栗山鉄平にとっても想定外だった様子だ。

「ジョンさん、どうでっか今の心境は？」

ホワイトタイガーマスクが栗山鉄平を無視して自分にそんな質問を飛ばしてきた。もちろん返答できる心境じゃない。

「コラ樋口、おまえ何しゃしゃりでとるんや。すっこんどれ」

ここでホワイトタイガーマスクのスマホが栗山へと向けられた。「では兄さんも決闘への意気込みをどうぞ」

「おい、どういうつもりやおまえ」栗山鉄平がホワイトタイガーマスクの胸ぐらをつかみ上げた。

「ただの記録係ですやん」

「そんなの誰が頼んだ」

「大切ですよ。記録は」

「樋口、ええ加減にせんとマジでキレるぞ」

何やら二人が揉めている。もうわけがわからない。

「わかりましたわかりました。隅っこでおとなーしくしてますから部屋にはいさせてください。お願いします」

そう言ってホワイトタイガーマスクが部屋の隅へ移動して勝手にしゃがみこんだ。ただ、スマホは常にこちらに向いている。

栗山鉄平は舌打ちし、「悪いな」と一言詫《わ》びてきた。「あいつはただの傍観者や。この決闘には一切関係ないからな。で、どうやって勝負するんや」

「あの、だからその、まずはマスクを――」

「マスクは返さんいうとるやろ」

「マ、マスクを返してもらわないと――」

「マスクマスクうっさいのう。きさま、散々おれをおちょくってくれたな。あんなにコケにされたんは初めてやで。この落とし前どうつけてくれるんや。ああ？」

「すみませんでした。すべてなかったことにしてください」

純がそう告げると、栗山鉄平の顔が豆鉄砲を食った鳩のようになった。

「……なんやねん。どういうことやねん。何がしたいのかさっぱりわからん」

しばし、沈黙が流れる。栗山鉄平もどう行動に出ればいいのか判断に迷っている様子だ。「決闘したかったんちゃうんかい」独り言のように漏らしていた。

室内に白けた空気が漂い始めた。

栗山鉄平は背もたれに身を預け、腕を組み、対面の純をじっと見つめている。やがて深々とため息を漏らし、口を開いた。

「なあ、一つ訊きたいんやけど、おまえ、なんでおれをここに呼び出したんや」

「ちょっと、おしゃべりしてみたいなと思って」

栗山鉄平は不可解だとばかりに顔を歪《ゆが》め、ますます脱力していた。

「そういえば、これ、配信せんでええのか。おれが心配することちゃうけど」

言われて気がついた。純は首をひねり、カラオケのモニターの脇に立てかけられているスマホに視線を送った。

「なんやきさま、やっぱりしとんのかい」栗山鉄平が顔色を変えて立ち上がり、そのスマホを手に取った。

「あの、もう消してもらって結構ですので」そう告げたが、「おお、おお。五千人も見とるやないか」と栗山鉄平は無視している。

「このヒマ人どもが。そうや、おれが栗山鉄平や。逃げも隠れもせんわ。ケンカ売ってくれんなら喜んで買《こ》うたるぞ。ん？　『死ね田舎ヤンキー』やと？　ふざけやがって。

おまえら所詮ネット通じてしかケンカできひんのやろ。こいつがええ例や」

栗山鉄平がこちらにスマホを向けてきた。「ほれ、見い。これがおまえらのアイドルのジョン様や。小さくなって震えとるわ」

純はマスコミを前にした犯罪者のように両手で顔を覆った。

ここで栗山鉄平が「くくく」と笑い出した。「おい、ジョン。おまえ散々ないわれようやで。ここのコメントで。いくつか読み上げたろうか」

「……遠慮しておきます」

知りたくない。きっとここぞとばかり馬鹿にされているのだろう。そして素顔をついに晒してしまった。一番恐れていたことが起こってしまったのだ。

ジョンは愚か者だ。あいつのシミュレーションは現実世界では通用しない。すべて机上の空論だ。そしてジョンを信用した自分はもっと救いようがない。

ジョン——。あいつはいったい何者なのだろう。純は頭を抱えた。

いつ、あんな怪物が自分の中に生まれたのか。

そもそもあいつは自分なのだろうか。自分は、あいつなのだろうか。

やはり、自分は解離性同一性障害という病気なのだろう。

純がそんなことを考えていると、「もうええわ。終わりにしよ」と栗山鉄平が力なく言い、再び純の目の前に座った。

「ただし、けじめはつけなあかんわな。なあ、ジョン」

純は顔を上げた。「けじめ？　それはどういう……」

「カメラの前で謝れ、おれに」

「………」

「ぼくは栗山鉄平さんとの勝負に敗北しました。栗山鉄平さん、今までご迷惑をおかけして申し訳ありませんでした。また今回の責任を取り、ぼくはユーチューバーを卒業することに決めました。もう二度と動画配信を行わないことをここに誓います――台詞はこんな具合やな」

……最悪だ。

「おいコラ。はよいわんかい」

## 17

なんとも言えない変な空気がサロンの中に充満していた。誰一人声を発しなかった。

蘭子の手にあるスマホの向こう側では、異様で珍妙なやりとりが繰り広げられている。

萌花、梢枝、蘭子の三人は水着姿のまま、呆然《ぼうぜん》とジョンのライブ動画を視聴していた。

「なんなんだろ、これ」ぼそりと梢枝が言った。

本当に、なんなのだろう。まったく意味がわからない。

まず蘭子のお兄ちゃんであるジョンが一人でカラオケを歌っていた。そこに現れたのはあの栗山鉄平だった。そしてジョンの背後からそっと忍び寄ると、いきなりジョンのマスクを剝《は》ぎ取った。

ジョンが蘭子のお兄ちゃんであることはまちがいないようだった。ジョンの素顔が晒《さら》された瞬間、萌花が横目でそっと蘭子を見たら、顔を引き攣《つ》らせていたからだ。

さらにはカラオケルームに白いトラ模様のマスクを被《かぶ》った男が現れ、現場はよりいっそう混乱していた。

そして今現在は栗山鉄平がスマホをジョンに向け、自分に謝罪をしろと要求している。

萌花にはもう何がなんだかさっぱりだった。

一つはっきりしたことは、自分はとんでもない人間と夢の国へ行く約束をしているということだ。栗山鉄平がどういう人物なのか、詳しいことはこれだけではわからない。ただし、関わってはならない類《たぐい》の人間であることは十分わかった。栗山鉄平は危険な男なのだ。

画面には視聴者からたくさんのコメントが寄せられている。そのどれもが嫌悪すべきものばかりだった。

《ジョン、ダセー》《素顔やっぱりキモかったｗｗｗ》《決闘はー？》《栗山、イキがってんじゃねえぞ》《ほら、早く殺しあえよ》《心底くだらねえ。二人とも人生終わってる》《なんだよこの茶番》

この人たちはいったい自分を何様だと思っているのだろう。なぜだかわからないが萌花はひどく腹が立った。安全な立場から言いたい放題の第三者たちに激しい怒りを覚えていた。

でもきっとその感情は栗山鉄平に対して幻滅した分の、八つ当たり的なところから発生したものなのかもしれない。憧《あこが》れていただけに、落胆の気持ちは大きい。

「もうやめよ」

蘭子がその言葉と共に画面を消した。その顔は曇っている。「二人とも引いたでしょ。こんなのがうちの兄貴だよ」

「引いたっていうか、何やってんのかよくわかんなかったけど」梢枝が遠慮がちに言う。「なんかトラブってたみたいだね。お兄さん、大丈夫なの？」

「別にあたしには関係ない。あんな奴がどうなろうとさ」

蘭子は肩を落としている。

それは萌花も同じだった。栗山鉄平を勝手に彼氏候補にしていた自分がバカみたいだ。

パンパン。梢枝が手を叩《たた》いた。「はい、暗い顔はもうおしまい。せっかくの海だよ。沈み込んでたらもったいないよ。思いっきり泳いで忘れよ」

その後、三人で日焼け止めローションを全身に塗りたくった。手の届かない背中なんかは三人で円を作って同時に塗り合った。

「ああいう奴じゃなかったんだけどな」

蘭子がポツリと言った。それが誰のことを指しているのか訊《き》くまでもなかった。萌花はその蘭子の背中に日焼け止めローションを手でのばしている。

「小さい頃、あたしものすごい乾燥肌でさ、毎日朝と夜に薬用の保湿クリームを塗らなきゃいけなかったのね。ちょうどこんなふうにさ」

蘭子が梢枝の背中に手を這《は》わせながら言う。萌花の背中では梢枝の手が動いている。

「ママの手が空いていないときなんかはお兄ちゃんが塗ってくれてさ、嫌がるあたしに『もうちょっとで終わるから泣かないの』なんていって」

「小さい頃は仲良かったんだ」萌花が後ろから言った。

「うん。昔はね。よく遊んでもらったし。いつからだろ、こんなに犬猿の仲になったの」蘭子が自分に訊くような感じで言う。「たぶん、お兄ちゃんが引きこもったあたりからだな」

「お兄さん引きこもってたの？」と梢枝。

「中一から中二にかけての一年間くらいかな。これはママがいってたんだけど、お兄ちゃん、小学校で友達いなくて、中学に入ったら絶対に友達作るって意気込んでたらしいのね。でも結局中学でもぼっちだったみたいで、それで学校に行きたくないってなっちゃったらしいの」

「そっか」梢枝が吐息を漏らした。「それはちょっとせつないね」

「今思えばね。でも当時のあたしはそんな奴がお兄ちゃんだってことがマジで恥ずかしくてさ」

「うん、それもなんとなくわかる」

「きっと人とのコミュニケーションが究極に下手なんだよ、あいつ」

沈黙が流れた。エンジン音がサロンに響いている。上下に揺れながら船は海を突き進んでいく。

そんな沈黙の中、萌花はこっそりため息をついた。

明日の、栗山鉄平とのディズニーデートは中止だ。深入りせずに済んだからよし。そういうことにしておこう。そう思わなきゃ、やってられない。

18

テーブルを挟んで向こう側にいるジョンは、魂が抜けてしまったかのように虚《うつ》ろな目をしている。

「おい、早くいえ」

「あのう、せめて、マスクを――」

「マスクはあかんいうたやろ」

ジョンががっくり首を落とした。

ったく、なんやねんこいつは。まるでこっちが弱いものいじめをしているようではないか。

鉄平はまったく意味がわからなかった。なぜ、どうしてこの場に自分を呼び出したのだろう。ここに至るまでの経緯とまったく整合性が取れないではないか。

中学時代に先輩連中から呼び出しを食らったことがある。どうやらケンカ一番で名前を売っていた鉄平が気に入らなかったらしい。ただし、いざ現場で鉄平が好戦的な態度を見せると一転して仲間に引き入れようとしてきた。先輩たちは鉄平が下手に出てくるものとばかり思っていた様子だった。

これはあのときの状況と同じだろうか。いや、それともまた違う気がする。

何はともあれ、わざわざ大阪から出てきて、意気込んでケンカしにきた結果がこれだ。くだらないドラマを散々見せられた挙句、目も当てられないほど杜撰《ずさん》な最終回を迎えた。そのダブル主演の片棒が自分なのだからたまらない。

正直もうどうでもよくなっているが、一応世間には自分の勝利を知らしめておきたい。ジョンに引導を渡し、自分の完全勝利で幕を閉じた事実をちゃんと記録に残しておくのだ。

鉄平はカメラに収まっているジョンに向けて「ほれ」と顎《あご》をしゃくった。

「……ジョンは栗山鉄平さんとの勝負に敗北しました。栗山鉄平さん、今までジョンがご迷惑をおかけして申し訳ありませんでした。また今回の責任を取り、ジョンにユーチューバーを卒業することを決めさせます。もう二度と動画配信を行わないことをここに誓わせます」

「おい待て。きさま、なに他人事《ひとごと》みたいに話しとるんじゃ。おまえがジョンやろうが」

「……そうなんですけど——いや——待てよ。ぼくは、ジョンなのか」

ジョンが眉間《みけん》にシワを寄せ、意味不明なことを口にした。

「ちがうな。ぼくはジョンじゃないな」

「おい、何をいうてんねん」

「ジョンだってぼくじゃない」

この期に及んでふざけているが、その表情はなぜか演技には見えなかった。虚空をじっと透かし見るように、イっちゃっている眼つきをしているのだ。

こいつ、頭がおかしいんとちゃうか。鉄平はなんだか薄気味悪い気分になってきた。

やがてジョンはかすれたような声でブップッと何事か唱え始めた。「そもそもあいつのせいじゃないか」「ぼくは悪くないんじゃないか」「そうだ、ぼくは悪くない」

ますます茶番劇の様相を呈してきた。鉄平はなんだかもう、すべてがバカバカしくなってしまった。ジョンを捜しに上京したことも、ジョンに腹を立てていたことすらも。

鉄平は腹の底からため息を吐き出し、手元のスマホをタップし、配信を止めた。

そして腰を上げた。

「帰るぞ」部屋の隅にいる樋口に告げた。

「えっ。こっからですやん」とホワイトタイガーマスクを被った樋口が応《こた》える。

「何がこっからや。もう終わったんや——おい、ジョン、もう二度とおれに関わるなよ。

とりあえずこれまでの罰としてこいつは没収や」

鉄平はジョンのスマホを尻《しり》のポケットに差し込んだ。

「ああ、こっちは返したる。ほれ、愛《いと》しのマスクや」

タイガーマスクを放ると、狙ったわけではないのだが、偶然、ジョンの頭の上に落ちた。

「それと、これ飲んでいいか」

テーブルに二つ置かれていたジョッキのコーラを指差した。ジョンが反応を示さないので勝手に手に取って一気飲みした。不味《まず》い。炭酸が抜けきっていてただの甘い水だった。ただしのどが渇いていたので、もう一つのジョッキにも手を伸ばし、二杯続けて飲み干した。

盛大なゲップを場に残し、渋る樋口の首根っこをつかんで部屋を出た。エレベーターに乗り込み、一階ボタンを押す。

「ちょっと兄さん、戻りましょうよ。決闘どころか、口ゲンカもなんもしとらんじゃないですか」

「あっちがやる気ないんやからしゃーないやろう」

「だったらもっとジョンをいたぶってやりましょうよ」

「そんなつまらんことしたないわ」

「こんな中途半端なの誰も納得しませんよ」

「誰を納得させる必要があんねん。だいたいおまえはなんやねん。勝手に動画回しやがって」

「ですから自分は記録係を——」

「そんなの頼んでへん。それといい加減そのマスク取れ」

樋口の頭からマスクを剝ぎ取り、強めのゲンコツを二発落としてやった。

一階でエレベーターを降り、フロアを進んで受付の前を通り過ぎると、従業員の声が背中に降りかかった。「あ、お客様、お帰りですか」

「お帰りや。部屋に一人残っとるから、支払いはそいつ持ちや」

そう言い残してシダックスを出て表の歩道に立った。相変わらずたくさんの人が行き交っている。先のガードレールの向こうの車道には黒のハイエースがハザードを出して停まっていた。

空を見上げた。眩《まぶ》しい太陽に目を細める。今日が晴れでよかった。こんなふざけた日にせめてもの慰めだ。

「あーあ。なんか不完全燃焼やったなあ」

樋口が伸びをして言った。すぐに頭を殴ってやった。

「何が不完全燃焼や。かわりにおまえが燃え尽きろ」

「もう。すぐにどつかないでくださいよ」顔を歪《ゆが》めて頭をさすっている。「ところで今からどこ行きますか。このままホテル帰るんですか」

「そうやな——渋谷でもブラついたるか。ええ天気やし」

「イヤですわ。目的もないのに」

「目的がないからええんやないか。その前にまずは便所探そ。ちょっとションベンしたいねん」

「コーラがぶ飲みするからですやん」そう言って樋口が親指で後方を指す。「シダックスの借りればええやないですか」

「もう客じゃないやろ」

「三十秒前まで客やったでしょ」樋口が吹き出す。「前々から思ってましたけど、兄さんってちょっとおかしいですわ」

「どこがや」

「ケンカは鬼のように強いし、基本悪人のくせに、妙なところで生真面目っていうか。でもその生真面目さもちょっとズレとるし」

「おまえがいうな。大阪一のアホのくせに」

「今は東京人です」

「じゃあ日本一のアホや。ここで待っとれ」

樋口に告げて、鉄平は今さっき出たばかりのシダックスに再び入った。受付にいた従業員に「便所貸して。さっきまで客やったんやから文句ないやろ」と告げた。

トイレに入り、盛大に放尿しながら、鉄平はあくびをした。屁《へ》もこいた。

こんなところで何してんのやろなおれ——。決闘どころか、ションベンをしに来ただけやないか。

用を足して、受付にいる従業員に「おおきに」と言い、外に出ると樋口の姿がなかった。首を振って辺りを見渡す。

やっぱり見当たらなかった。はて、あのボンクラはどこへ行ったのか。

舌打ちをした、そのときだった。「死にたくなかったら動くな」と後ろから耳元でささやかれた。同時に背中に何か固いものを押し当てられた。

ごくりと唾《つば》を飲み込む。いきなりのことに思考がうまく巡らない。声の主も誰かはわからない。初めて聞いた声だ。

「そのまま前の柵《さく》を越えて車に乗れ。樋口はもう預かっとる」

――――。

「はよせい」

数秒考えて、鉄平は足を一歩踏み出した。反抗はできない。背中に当たっているそれがどんな物なのかわからないからだ。それに樋口を置いて逃げられない。

数メートル進み、ガードレールを跨《また》いだところで、ハイエースの後部座席のドアがスライドした。背中を小突かれ、ドアが開き切る前に車内に押し込められた。

床に、手足を粘着テープで拘束された樋口が転がっていた。目が合う。顔色を失っていた。

視線を転じる。最後部座席に、顔見知りの男が座っていた。

「よお。鉄平、久しぶりやな」

頭に包帯を巻いた西野が口の端を持ち上げてそこにいた。手には小型の拳銃《けんじゅう》が握られており、その銃口はこちらに向けられている。

「おまえ、えらい有名人やないけ。あんな生番組に出演しとるなんて知らんかったわ。おかげでこうして居場所がわかったけどな」

## 19

栗山鉄平の手から放たれたタイガーマスクはなんのイタズラか、頭の上に落ちた。純はそのままの状態で放心していた。

二人が部屋から去り、静けさを取り戻すと、徐々に思考が回り始めた。

惨憺《さんたん》たる結果だった。ある意味、伝説の動画が配信されてしまった。自分はカメラの前で初めて素顔を晒し、悪徳業者にひれ伏し、あろうことかユーチューバー引退宣言までさせられた。

ジョンは威勢のいいことばかり言っておきながら、大事な局面でマスクを剝ぎ取られるという、とんでもない失態を演じた。仮面ライダーが怪人との対決を前にして生身の人間に戻されてしまった。それで地球の平和を守れといわれても無茶な話だ。

プルルルル。部屋の内線電話がけたたましく鳴った。やたら馬鹿でかく部屋中に響き渡る。きっと利用時間の終了が迫っているのだろう。

立ち上がろうとすると、ここでようやくパサッと頭からマスクが膝下《ひざした》に落ちた。手に取る。きつく握りしめた。捨てるか、燃やすか、切り刻むか。それくらいしてやらないと気が済まない。

が、しかし、純はマスクを被った。ジョンが今どういう心理状態にあるのか知りたかった。いったいあいつはどういう言い訳をするのだろう。

「ざけんじゃねえっ」いきなりジョンが怒声を上げた。「純、テメェ、なんだあのザマは」

予想外な態度だった。ジョンは純に怒っていた。

プルルルル。電話は鳴り続けている。

マスクを取る。「ちょっと待ってよ。ぼくは悪くないじゃないか。マスクを取られたのもジョンのせいだろう」

マスクを被る。「黙れっ。なんで取り返さねーんだ。つーかおまえ、何勝手にオレ様を引退させてんだよ。冗談じゃねえぞ。オレ様は絶対に引退なんてしねーぞ。死ぬまでユーチューバー続けんぞ」

プルルルル。

マスクを取る。「そういうことはぼくにいわれても」

プルルルル。

マスクを被る。ジョンが奪うようにして電話を取った。「サノババビッチ。今すぐ帰る」受話器を叩きつけるようにして戻した。「おい純、今すぐあいつらの後を追え」

マスクを取る。「へ？　なんで？」

マスクを被る。「このまま負けっぱなしでいいわけねーだろ。リベンジすんだよ。スマホだって取り返さなきゃなんねーだろうが」

マスクを取る。「ジョン、落ち着いてよ。とりあえず家に帰って冷静に考えようよ」

マスクを被る。「うるせえ。オレ様に恥かかせやがって。あいつだけは絶対に許さねえ」

マスクを取る。「あいつらの後を追ってどうするつもりなのさ」

マスクを被る。「どうするもこうするもねえ。ただ、このままじゃ終われねえだろう。オレ様のユーチューバー生命がかかってんだぞ。とりあえずオレ様は行くぞ。純は昼寝でもしてろ」

ジョンは純にそう言いつけると、リュックを背負って勝手に部屋を飛び出た。廊下を走り、エレベーターを待つ。ただ待ちきれなかったのか、非常階段を使って一階まで駆け下りた。

すると受付前を通り掛かった栗山鉄平の姿を発見した。物陰にさっと身を隠した。栗山鉄平は「おおきに」と従業員に告げ、店の外へ出て行く。

距離をはかってその後ろをついていこうとすると従業員から「あ、お客様、お会計を」と引き止められた。

しまった。伝票を部屋に忘れてしまった。取りに戻っている時間はない。

ジョンは財布から素早く一万円札を抜き取り、カウンターに置いて「４０１２号室。釣り銭を世界の恵まれない子供たちに募金するか懐に入れるかはおまえ次第だベイベー」と告げた。従業員はあんぐりと口を開けている。

栗山鉄平は店先の歩道で左右にせわしく頭を振っていた。誰かを捜している様子だった。そういえば仲間のホワイトタイガーマスクの姿がない。

ジョンは自動ドアを隔てた店内からそれを見守っていた。するとここで妙なことが起きた。ガラの悪そうな若い男がそっと栗山鉄平の背後から近づき、ピタッとその身体を密着させたのだ。二人はそのまま十秒ほど静止した状態でいたが、やがて車道のある前方へと向かって歩き出した。その先にはハザードを点灯させた黒のハイエース。二人がガードレールを跨ぐと、後部ドアが開いた。栗山鉄平は押し込まれるような形で乗車した。そしてハイエースはハザードを消し、右にウインカーを出して、発車した。

訝《いぶか》った。なんだ今のは――。慌てて自身も表に飛び出た。そのままガードレールを乗り越え、車道に出て、タクシーを捕まえるべく高らかに右手を上げた。その間も黒のハイエースからは目を離さない。五十メートルほど先にある信号機に捕まっていた。

やってきたタクシーは一旦《いったん》スピードを緩めたものの、ジョンを無視して通り過ぎて行った。タイガーマスクを被った不審な男を乗せたくないのだろう。「ファッキン！」叫び、マスクを取った。

「ちょ、ちょっとジョン、本当に尾行するつもり？」純が言った。

当然、ジョンは答えない。

次にやってきたタクシーは純の前でなんなく停まり、後部ドアを開けてくれた。マスクを被りながら乗車する。

白髪頭の運転手のぎょっとした顔がミラーに映し出された。「あそこに見える黒のハイエースを追うんだ。急げドライバー」前方を指さしながらそう伝える。「え、あの車を追うの」と運転手は困惑しながらも、タクシーを発進させた。

「真後ろや横にはつけるな。できるだけ目立たないように尾行しろ。おまえの長年培ったドライビングテクニックを今こそ発揮するんだ」

ジョンが身を乗り出して言った。

「えーと、あのう、揉《も》め事とかじゃないよね」初老の運転手が遠慮がちに訊いてきた。

「いいかよく聞け。あのハイエースにはある犯罪組織に属している極悪人が乗っている。きっと中にいる連中はその仲間だ。このまま尾行していれば奴らのアジトを突き止められるかもしれないんだ」

「はあ。それでおたくはどういう――」

「オレ様はジョン、正義の申し子だ」

「……よくわからんけども、とりあえずあの車についていけばいいのね」

「そうだ。ついていけばいい。これでおまえも正義の使者だ」

運転手は首をかしげていた。

車を二台挟んで、黒のハイエースの後ろにつける。車は神宮通りから玉川《たまがわ》通りに入り、三軒茶屋《さんげんぢゃや》方面に向かった。

「お客さん。あの車、池尻《いけじり》で高速に乗るつもりなんじゃないかなあ。どうするの」

「もちろん追え。地の果てまで」

「高くなっちゃうよ」

「案ずるな。金なら掃いて捨てるほどある」

いつも交通機関で利用する電子マネーの入ったスマホは栗山鉄平に奪われているが、現金も十万以上持っているし、半年前に作ったクレジットカードだってある。

ハイエースは本当に池尻で高速に乗り、下り方面に入っていった。左車線をゆったりしたペースで進んでいく。あの車はどこへ向かっているのだろうか。

そして先ほどのシダックス前でのあの出来事、あれはなんだったのか。待たせておいた仲間の車に乗っただけという見方もできるがどこか動きが不自然だった。何はともあれアジトに向かっているのなら大チャンスである。悪党どもを一網打尽にできるかもしれない。そうすれば先ほど被った汚辱を帳消しにできる。

「ドライバー、相談がある。スマホを貸してくれ」

こんなスリリングで貴重な体験を中継しない手はない。我が愛するスマホは悲しいかな、憎き栗山鉄平に奪われている。

「わたしの？」

「ああ。オレ様のスマホはあの車にいる悪党の手の中だ。頼む」

「えーと、そういうことは今までしたことがないんだけど……」

「悪を成敗するためなんだぞ。金なら払う。レンタル料一万円でどうだ」

「いや、お金の問題じゃないんだけどさ。警察に通報するの？」

「愚か者。この段階で通報しても警察は動かないだろう。公僕どもはいつだって腰が重いんだ」

「それはわたしにはよくわからないんだけど……」

「誰が頭を下げてるのかわかっているのかきさま」

「誰よ」

「ジョン様だろう」

「知らないよ」吐息を漏らしている。「わかりましたよ。少しだけだよ。ちょっと待ってて」

運転手が片手でハンドルを握りながら、空いたもう片方の手で自身のセカンドバッグの中からスマホを器用に取り出す。そしてリレーのバトンの要領で、スマホを後ろに差し出してきた。

「サンクス」さっと受け取る。「おおっ、最新モデルの iPhone。あんた最先端を突っ走るファンキージイさんだったのか」

「いや、その前はガラケーっていうの、そういうのを何年も使ってたんだけどさ、さすがにもう調子悪くなっちゃって、先週孫についてきてもらって新しいのに変えてもらったのよ。でもなんだかごちゃごちゃしててよくわからないね。こっちは電話とちょっとしたメールしか使わないんだから」

運転手の話を聞き流し、素早くスマホを操作した。グーグル経由でユーチューブにアクセスし、自身のアカウントにログインした。早速配信を開始する。

「ジョジョジョジョジョーン。笑いを愛し、笑いに愛された正義の申し子、ジョン様の登場だっ。今日もおまえらにジャスティスなショーをお届けするぜーっ」高らかに叫んだ。

「今、オレ様はタクシーに乗っている。何をしているのかって？　栗山鉄平率いる悪党どもを追跡しているんだ」

運転手の啞然《あぜん》とした表情がミラーに映っている。

「ああ、それとオレ様は引退なんてしないんでよろしく。驚かせたと思うが、さっきの引退宣言はちょっとしたジョークだ。安心しろ。オレ様は死ぬまでユーチューバーだ」

# 20

真っ暗な闇の中で鉄平は全身に振動を受けていた。いったいこの車はどこへ向かっているのだろうか。

シダックスの前で車に乗せられたのが、数分前だ。先に捕まっていた樋口同様、粘着テープで手足の自由を奪われ、アイマスクで目隠しをされ、床に寝転がされた。

西野の持っていた拳銃はオモチャのエアガンだったようだ。「この小ささが逆にリアルやろ」とネタバラシをされたが、鉄平はおそらくそうだろうと思っていた。拳銃なんてそう簡単に手に入るわけがない。

反抗しなかったのは樋口がすでに拘束されていたからだ。その樋口は自分のとなりで同じように寝転がされている。このハイエースの後部座席の作りはちょっと特殊で、西野の座っている三列目は三人掛けシートが通常通りあるのだが、一列目と二列目は座席が一つしかなかった。おそらく何かしらの業務用なのだろう。そしてその空いたスペースに鉄平と樋口が並んで寝転がされているのだ。

車内には鉄平と樋口を除いて四人の男が乗っていた。運転手が一人、助手席に一人、後部座席の一列目に一人、三列目に西野だ。ちなみに西野以外の三人の男たちはいずれも鉄平たちと年齢が変わらない若者だった。目隠しをされる前に確認したが誰一人知らない顔だった。車内でいくつか交わされた会話と、この配席からすると全員が西野の子分だと思われる。

居所がバレたのはいうまでもなくジョンのユーチューブ配信のせいだった。その中で「渋谷」「シダックス」というキーワードを摑《つか》み、急いで駆けつけたらしい。

近くでゴソゴソと何かを漁《あさ》るような物音が聞こえる。「二十四万しかありません」誰かがしゃべった。漁られていたのは樋口の持っていたセカンドバッグだ。

「鉄平、樋口」西野がここで口を開いた。「わしの頭割ってくれた礼はきっちりさせてもらうつもりやけども、その前に残りの金がどこにあるのか教えてくれんか」

「使《つこ》うてもうた」鉄平が答えた。「もう残っとるのはそんだけや」

西野の乾いた笑い声が聞こえる。「寝言は寝てからいえや」

「寝言もクソもないわ。ほんまに使《つこ》うてもうたんや」

「アホ。どんな使い方したら三百万もの金が一週間で消えるんや」

「……三百万？」

「白々しい。どっかに隠しとるんやろ。今すぐ案内せえ」

おかしい。樋口が西野から奪った金は五十万だったはずだ。「樋口、どういうことやねん。聞いてた金額とちゃうぞ。五十万ちゃうんかい」

となりの樋口に訊いたが、返答がない。

「ほほう。鉄平には五十万いうとったんかい。せこい男やな樋口。まあおまえらしいっちゃおまえらしいわな」

「おい、樋口。どういうことやって訊いてんねん」見えないので膝で小突いた。

「……もう、ないんです」蚊の鳴くような声が聞こえた。

「もうないってどういうことや」

「……借金の返済に使《つこ》うたんです」

樋口の話はこうだ。西野から三百万を奪った翌日、自宅アパートで上京の身支度をしていたところにスジのよくない借金取りがやってきた。その際に金が見つかってしまい、二百五十万を奪われてしまった。

「で、残ったんが五十万ちゅうわけかい」西野が低い声で言った。「おとぎ話やな」

「元々は百万も借りてへんのです。それがえげつない利子つけられて――」

「そんなんどうでもええわっ」いきなり西野の怒声が車内に響き渡る。「人を舐《な》め腐るのもええ加減にせえよ。あの金はな、新しいビジネス始めるための支度金やったんや。布佐総業さんのシマで不動産構えさせてもらうためにわしが用意したもんで、いわば礼金みたいなもんや。わしらみたいな半グレが商売させてもらうには挨拶《あいさつ》が必要なんや。わしかて毎日あんな大金持ち歩いとるわけちゃうぞ。借金返済に使《つこ》うたやと？　冗談やないぞこの抜け作がっ」

「……すんません」

「すんませんで済んだら警察もヤクザも要らんわっ」

西野が何かしたのか、樋口が「グアッ」と呻《うめ》き声を上げた。

「やめえやっ」鉄平が叫んだ。

「鉄平、きさまも同罪じゃ。いや、実行犯は樋口かもしれんが、こいつを差し向けてわしの頭割らしたんはおまえや。さらに罪が重いど」

鉄平は否定しなかった。ここで樋口が勝手にやったことだと弁明はできない。無論、そうしたところでこの状況が変わるわけでもない。

「西野さん、元はといえばあんたが悪いんとちゃうんかい。後輩の女寝取るなんて下衆《げす》の極みや。殺されなかっただけ儲《もう》けもんと思わなバチが当たるで」

「ああ反省しとるわ。ついムラムラしちまってな。おまえの女だと思ったら余計にな。謝っとくわ。すまんすまん」

舌打ちした。「それなら手打ちにするんが筋とちゃうんかい」

「頭割って三百万奪って手打ちか。笑わしよるわ。あの女にそんな価値はない」

「最低やな。今まであんたを慕ってきて損したわ」

「ふん。大いに後悔せえ」西野が一つしわぶいた。「おまえら、誰かここらで人目につかん場所を知ってる奴はおらんのか」

西野が子分たちに訊いたが誰も返答をしなかった。

「誰も関東に土地勘ないんか。使えんのう。ほんなら、相模湖向かえ」

「相模湖、ですか」運転手が言った。

「ああ。大阪に帰るついでや」

それからは沈黙が車内を支配した。車のエンジンと風を切る音だけが絶え間なく続いている。

しばらくすると車内にピコンと機械音が鳴った。ETCの音だとすぐに気づいた。どうやら高速に乗ったらしい。

この先、自分と樋口はどうなるのだろう。無事に明日を迎えられるのだろうか。

いずれにせよ、明日、眞田萌花とのディズニーデートに行くことは叶《かな》わなそうだ。

こんなときなのに、鉄平は闇の中でそんなことを考えていた。

## 21

「ちょ、ちょっとおたく、な、何してるのよ」

ミラーに映る初老の運転手と目が合った。その顔には困惑が広がっている。

「しーっ。今配信中だろうが」ジョンがスマホを遠ざけ、声を潜めて言いつける。「さー、奴らはどこへ向かっているのか。このまま尾行を続け、奴らの巣窟《そうくつ》を発見し、栗山鉄平はもちろん、その一味を必ずや一網打尽に――」

「何をしてるのって。わたしのケータイで変なことしないでよ」

ジョンは顔をしかめてまたスマホを遠ざけた。「ジイさんのスマホを介してインターネットを利用してるだけで、何も実害はない。通信料が気になるなら十分千円払う。わお。太っ腹――おまえらちょっと待っててくれ。取り込み中だ」

「お金の問題じゃないんだって。とにかくやめてよ。ケータイ返してよ」

「犯罪者たちを追跡する記録を残してるんだろう。『警察24時』みたいなものだと思え」

「だから知らないって。いいから早く返して」

「伝説が今作られようとしているんだ。その一翼を担おうとは思わないのか」

「やめてくださいといっているんです。もし返してくれないなら次の出口で強制的に降りるからね」

舌打ちした。「非国民め」つぶやいてスマホを運転手に返した。

## 22

支度を済ませてデッキに出ると、男たちがドライヤーみたいな機械を片手に浮き輪やゴムボートを膨らませてくれていた。医大生は空気の入れ方までスマートだ。

みるみる浮き輪が膨張していく様を女三人は傍らで眺めている。チラチラと男たちの視線を感じた。水着姿なので顔がかあと熱くなってしまう。

「浮き輪二つしかないんだけど、必要な子は？」

髪を薄茶に染めた男が萌花たち女三人に訊いてきた。

即座に蘭子が手を挙げ、「あたしカナヅチなんで、浮き輪なかったら水死体が上がります」と言って皆を笑わせる。

梢枝はマーシーと一緒にゴムボートに乗るというので、萌花のもとにも浮き輪が回ってきた。ほっとした。幼い頃にプール教室に通っていたので泳ぎは比較的得意なのだが、それはあくまでプールでの話だ。海は足が着くところでしか泳いだことがない。

ほどなくしてクルーザーが停まった。辺りをぐるりと見渡すとすべて真っ青な海だった。遠くに陸地や建物もうっすら見えるが、ここが海の中心、いや、世界の中心って感じがした。

みんなで船尾へ移動し、そこにあるスイミングラダーから男たちが次々海に飛び込んでいく。今回が初めてじゃないのだろう、男たちは慣れた様子だった。

蘭子がそれに続いてジャンプして海に飛び込んだので驚いた。浮き輪をはめているとはいえ、カナヅチなのに。蘭子には勇気がある。

萌花はまずラダーに腰を下ろし、膝下を海水に入れた。ひんやりとした冷たさが心地よかった。透かすように海中を見る。どれだけ深いのか知らないが、まちがいなく足は着かないだろう。

「萌花、早く早くーっ」数メートル先で浮かんでいる蘭子が手招きしている。

「ねー。そっちにサメいないよねー」萌花が叫んだ。

「やめてよそういうことというの」蘭子が顔を歪ませた。

そんなやりとりをしていると、「シャークシールドを垂らしてるから大丈夫だよ」と後ろから男の声が降りかかった。振り返るとこのクルーザーの持ち主の男が立っていた。頭の上にサングラスを載せている。

「サメを寄せ付けない特殊な電磁波を出してるから、安心して泳いできなよ」

「あ、はい。あの、泳がないんですか」

「うん。おれはあんまり海に興味ないんだよね」

「操縦できるのに？」

「まあね。あ、ちなみに船舶免許は持ってるよ」

そんなことを笑いながら言うので、萌花もつられて笑った。

「じゃあ今日はわざわざみんなのために船を出してくれたんですね」

「まあ、おれの楽しみは別にあるから」

「バーベキューとか？」

「そうそう。ほら、お友達待ってるよ」

蘭子が「萌花ーっ」と叫んでいる。萌花は一つ深呼吸をし、えい、と口の中で言って海に身を預けた。全身が海水に浸《つ》かると、冷たさに「きゃー」と自然に声が漏れた。バタ足で蘭子のもとまで泳ぎ、叫声を上げながら水と戯れた。

なんだかものすごく贅沢《ぜいたく》をしている気分だった。本当に来てよかった。今日は最高の休日だ。

しばらくして「海の中も見てみたいよね」と話をしていると、それが聞こえたのか近くの男が「どうぞ」とつけていたシュノーケル付きのゴーグルを外して貸してくれた。

ただ、蘭子はそれを「あたしはいいや」と萌花に差し出してきた。

「なんで？」

「メイク落ちちゃうもん」

「いいじゃんそんなの。あとで直せば」

「ううん、無理。それと――」ここで声を落とした。「間接キスになっちゃう」

萌花は吹き出した。蘭子は妙に乙女なところがある。

萌花は苦笑してゴーグルを受け取り、それを装着した。シュノーケルは初体験だ。浮き輪をはめているので転覆しないように前傾姿勢を取って、海水にそっと顔をつける。するとそこは水の桃源郷だった。海面から海底に向かって青が濃くなっており、そのグラデーションは実に神秘的だった。萌花はずっと海の世界に見惚《みと》れていた。

「蘭子、絶対見た方がいい。見ないと後悔する」

顔を上げてすぐに蘭子にそう訴えた。渋っていた蘭子だったが、「そんなにいうなら」とゴーグルをつけて海中を覗《のぞ》き込んだ。すぐに顔を上げ、「魚見えたー」と興奮していた。

しばらく蘭子と代わる代わる海の中を見ていると、今度は別の二人の男たちが近寄ってきた。

「ねえねえ、少し潜ってみない？　フィンもあるんだよ」

一人の男が言った。本当は会ってすぐ全員と自己紹介を交わしたのだが萌花は一人として名前を覚えていない。

「あたしは絶対無理です。死んじゃいます。萌花、潜ってみれば」と蘭子。

「えー。でも潜ったことなんてないし。怖いです」

「大丈夫だよ。どちらにしろ数メートルしか潜れないし、ちゃんと手を引いてあげるから」

男が相好を崩す。白い歯がキラリと光った。

少し悩んで萌花は挑戦してみることに決めた。海の世界をもっと堪能《たんのう》したい。それに、心待ちにしていた明日のディズニーがなくなってしまったのだから、今日はその分まで楽しまなきゃ損だ。

一度ラダーに上がって船に戻りフィンを装着した。これも初めてのことだ。少し大きいけど途中で脱げたりしないだろうか。

再び海に入り、男の肩を借りて水に浮かぶ。その間、海中では足で水を掻《か》いている。

「おれたちと手を繋《つな》いで、頭から海底に向かって泳いでいくんだよ。そのゴーグルをつけてれば鼻から水は入らないけど、呼吸はできないから苦しくなったら合図して。手を離してあげるから」

「はい」萌花がこくりとうなずく。

「よし。せーの」

男の合図で海に潜った。男二人に両手を引かれ、海底に向かって進んでいく。

萌花は頭を左右に振って、海中の景色を楽しんだ。海面から見るよりもさらに美しい。手が届きそうなところを小魚が悠々と通り過ぎていった。

若干息が苦しくなってきたところで、男たちに目で合図を出して、手を離してもらった。身体がふわーと浮き上がっていく。太陽の光に吸い上げられているようだった。この解放感はなんなのか。まるで水の宇宙にいるみたいだ。

そのあとも何度も男たちと一緒に海に潜った。慣れてきたので、より深いところまで潜っていった。将来スキューバダイビングの資格を取ろうと萌花は海中で決意した。酸素ボンベを背負えばより奥深くまで、長く潜っていられるのだろう。もっともっと海を知りたい、堪能したい。

蘭子も他の男たちと一緒に楽しそうに遊んでいたし、梢枝はマーシーにずっとべったりだった。さりげなくキスしている場面も見た。わっ、と思ったが、それ以上の感想は湧かなかった。この水で隔離された世界ではそれがごく自然な光景に映ったのだ。

海とキス。自分も初めてのキスは海がいいな。

ほんの一瞬だけ、栗山鉄平の顔が思い浮かんだが、慌てて頭から追い払った。

## 23

視界を奪われると時間の感覚が失われる。おそらく一時間ほど走っただろうか、やがて車は高速を降りたようだった。そこからは西野が口頭で運転手に指示を出し、二十分ほど右に左に下道を走った。ただ西野は「おかしいな。たしかこの辺りに森に入っていく小道があったはずなんやけどな」と、そんなことをぼやいていた。

「その先に何があるんです？」子分の一人が訊いた。

「廃屋や。昔な、そこで人を監禁してたことがあるんや」

鉄平はそれを聞いて思い出した。そういえば二、三年前、西野がそんなことを話していた記憶がある。海外に高飛びしようとしていた建設会社の社長を捕らえて、その見張り役として数日間そこに寝泊まりさせられていたらしい。西野はなぜ自分がそんなことをさせられているのか、結局最後まで教えてもらえなかったと憤慨して話していた。そしてこれをきっかけに西野は人に使われる人生はまっぴらだと思い、自分でビジネスを始めることを決意したのだという。

しばらくぐるぐると車を走らせていると、「ああ、ここや。ここを入っていくんや。思い出したわ」と西野が言い、ほどなくして車が停止した。

「西野さん。行き止まりです」運転手が言った。

「ああ？」

「道にごっつい杭《くい》が刺さってるんです」

西野が舌打ちする。「そんなもん前はなかったんやけどな。しゃーない。こっからは歩きや。降りるぞ」

足を拘束していた粘着テープが剥がされた。ドアが開く音がして、鉄平は髪の毛を引っ張られ、下車した。

鳥や虫の鳴き声が聞こえる。微《かす》かに緑の香りがした。露出した肌に陽の光が当たっているのがなんとなくわかるが、少しだけ肌寒い。アイマスクのせいで視界は真っ暗だがここが森林の中だということはわかった。

「兄さん。ぼくら、どうなるんですか」傍らにいる樋口が小声で言った。

「知らん」

「……殺されたりせえへんですよね」

鉄平は返答しなかった。改めて後ろに回された手に力を込めてみる。だめだ。粘着テープがきつく巻かれていてまったく自由が利かない。

「で、その廃屋ってのは？」「ここからもう少し深く入った先にあるんや」「車はどうしますか」「放置でええ。こんなところ車も人も通らんわ」

西野と子分たちがそんなやりとりを交わしている。

「オラ、進め」

男たちにドンと背中を押され、視界を奪われたまま恐る恐る前方に足を繰り出した。地面を踏みしめる足裏の感覚から、やはりここが草の生い茂った場所だとわかる。落ち葉も溜《た》まっているようだった。凸凹がわからないので、鉄平も樋口も二回ずつバランスを崩し転倒した。その度に「何しとるんじゃ」と蹴《け》りを食らった。視界を遮断され、手も使えないので、起き上がるのにも難儀した。西野もそんな鉄平たちを面倒だと思ったのか、ここでようやくアイマスクが取られた。数時間ぶりの光は刺激が強すぎて、視界が定まるのに数秒の時間を要した。

辺りを見渡す。高い木々に囲まれていた。樹海の中といった雰囲気だった。見上げると覆われた枝葉の間から青空が望めた。時刻は何時だろうか、まだ日は高い。

ここでガシャン、というガラスが割れたような音が遠くの方で聞こえた。

「なんか今、音がしませんでした？」「音？　聞こえへんかったぞ」「あっちの方から聞こえた気がしたんですけど」「空耳や。ほれ、行くぞ」

そこから数分歩いた先に平屋建てのログハウスが出現した。いったい誰がこんなところに造ったのだろうか。もっともその外観から管理がされていないことは一目瞭然《りょうぜん》だった。屋根には落ち葉が溜まっており、丸太の木々は腐っていて、窓ガラスも割れている。

「嫌な記憶が蘇《よみがえ》るわ」西野が顔をしかめて言った。

「そういえば西野さん、ここの鍵《かぎ》持ってはるんですか」

「アホ。鍵なんか掛かっとるわけないやろ」

西野の言う通り、ドアは難なく開き、全員で中に入った。若干すえた臭いがした。板の間の広々としたダイニングと、その奥に寝室があった。家具も冷蔵庫や食器棚、テーブル、椅子などが一通り揃っている。とはいえ、どれもやはり経年劣化が激しい。床にはコンビニ弁当の空き容器、空き缶、タバコの吸い殻、雑誌などが散乱している。角材なんかも落ちていた。だいぶ長いこと放置されている別荘なのだ。

「電気も点《つ》かないんですね。自分らこれからこんなところで暮らすんですか」子分の一人が顔を引き攣らせて言った。

「誰が暮らすいうたんや。人目につかん場所で知っとるのはここだけやったっちゅう話や。用が済んだらすぐに大阪に帰る」

用、というのは訊くまでもない。これから西野お得意の拷問が始まるのだ。もっとも殺されることはないだろう。自分と樋口を殺したところで西野は何も得をしない。

ダイニングの中央で、樋口と並んで正座をさせられた。窓から陽が差し込んでいて、床に四角い陽だまりを作っている。

「さて、ぼちぼち始めようか」

改めて対峙《たいじ》した西野が下卑た笑いを浮かべながら言った。手に電子タバコを持っている。この男はヘビースモーカーだったのだが、一年ほど前から電子タバコに換えていた。それ以来、鉄平や樋口のタバコを臭いと言って嫌がっていた。

その西野の後ろにいる三人の子分たちは、鉄平と樋口に向けて睨《にら》みを利かせている。ただ、その表情はどこか作りものめいて見えた。考えてみればこいつらに私怨《しえん》はないのだ。あくまで西野の命令で動いているに過ぎない。その顔もどこかまだあどけない。きっと三人ともまだ十代のガキンチョだ。多少はケンカ慣れしているのだろうが、身体だってひょろっとしていて薄っぺらい。

だとすれば、この両手さえ自由になれば勝機はある。西野含め、四人が相手では相当分が悪いが、やるだけやりたい。おとなしくしていてもどの道やられるのだから。

「さて、もう一度訊くわ。樋口、金はほんまにないんやな」

樋口が力なく低頭する。

「そうか。ほんならきさまらにもう用はないわ。そこらの土の下にしっかり埋めたるから安心せい。その前にたっぷり可愛がってやるがな」

「か、金は返します」樋口が顔を上げて言った。

「ほう」電子タバコをくわえた西野が目を細めた。「どうやって返してくれるんや」

「また働きます。架空請求の仕事やって、毎月返済していきます」

「くく。笑わしよるわ」口から白煙を吐き出している。「わしはな、人を見る目には自信あんねん。樋口、おまえの薄汚い根性はようわかっとるつもりや。元よりわしはおまえのことなんぞ信用しとらん。それでも手元に置いとったのはな、鉄平よりはまだ使えるからや。口八丁は詐欺に向いとるしな。そういう意味ではおまえには才能があった。けどな、ここにきてそんな言葉信用するわけがないがな。すぐに姿くらますのは火を見るより明らかや」

「そんなことないです。絶対に逃げません。借金でもなんでもして金こさえます」

「たわけが。おまえみたいなあほんだらにどこぞのお人好《ひとよ》しが金貸してくれるっちゅうねん」

「おれが返す」鉄平が言った。

西野の目が鉄平に転じられた。「当てはあるんかい」

「沙織に出させる。あいつは銀行預金に三百万くらいなら余裕で持っとる。嘘やない。あいつが水商売で稼いどるのはあんたも知っとるやろ」

でまかせを口にした。沙織は浪費癖が激しく、まとまった金はほとんど持っていない。

とにかく、まずはこの場から逃れることが先決だ。スキを見て逃げ出すのだ。西野の一番の目的が金の回収なのは明白だ。これはそのための茶番なのだ。

「そら名案やな。けどな鉄平、三百万でちゃんちゃんはないやろ」

「……いくらや」

「わしは頭割られて、こうしておまえらの捜索に時間も金もぎょうさん使《つこ》うたんや。こいつら若いもんにも駄賃やらなあかん。そうやな――倍の六百万が妥当やろうな」

何が妥当だ。「わかった。六百万やな。なんとかする」

「なんとかする、か」

「約束する」

西野がため息をついた。「どうも信用ならんわ」

「ほんじゃあどうしろいうねん。ここで沙織に電話したってもええわ」

西野はしばし黙り込んでいた。口の中で舌を動かしているのが頬の動きでわかった。西野が考え事をしているときの癖だ。

「ふむ。まあ、ええ。沙織から金を引っ張れんでもおまえらを売り飛ばして金にする方法はいくらでもあるがな。北九州の新門司《しんもじ》港から豪華漁船が出とるのを知っとるか？　世界旅行いかせたるで楽しんでこいや。マグロ漁船は迷信や昔話ちゃうぞ。今もほんまにあるんやぞ。かくいうわしも昔ヘタこいて危うく乗せられるとこやったんや」

「ちゃんと返すいうとるやろ」

「ちゃんと金が戻ってきたらその言葉信用したるわ。さて、金のことは一旦置いといて、次は――」西野が煙を吹き上げ、「この頭や」と包帯の巻かれた頭を指差す。

「六百万も払うんやからもうええやろ」

「ドアホ。それとこれとは別の話や」

口の中で舌打ちした。頭の分も入れての六百万ちゃうんかい。

「三十針やで。医者がいうとったわ。一歩まちがえたら死んどるぞって。きっともう傷口に毛は生えてこんのやろな。なあ、樋口」

「すみません。勘弁したってください」樋口が額を床にこすりつけて言う。

「まだズキズキと疼《うず》くわ。知っとるか。今はな、糸で縫うんやないねん。ホチキスみたいなのでバチンバチンと傷口を合わせていくんや。これがまた激痛でな」

「……はい」

「はい、ちゃうやろ。何が、はい、やねん」

「…………」

「ところで、これは鉄平の命令でやったんか」

「……そうです」

鉄平は首をひねって横を見た。耳を疑った。「おまえ、何いうてんねん」

西野が笑い声を上げる。「まあ、そんなのはもうどっちでもええわ。けど、おまえの頭もキレイにぱっくり割れてもらわな、どうしたってわしの腹の虫はおさまらんねん。

そうやろ、樋口」

「なんでもします。勘弁したってください」

「道理のわからんやっちゃ」ここで西野が鉄平に視線を転じた。「鉄平、おまえが樋口の頭割らんかい」

やはりこのパターンかと思った。心のどこかでそうくるのではないかと思っていた。暴走族時代、西野は敵対していた相手チームを拉致《らち》しては、仲間内で互いに暴行をさせた。そうすることで精神的にもいたぶるのだ。

それにしても樋口だ。鉄平は首をひねってこの裏切り者の後輩を睨みつけた。樋口は目を合わさずうつむいている。許せない。

「鉄平の粘着テープを剝がせ」西野が子分たちに顎をしゃくった。

一転してチャンスだと思った。粘着テープで巻かれているこの両手が自由になればスキを見て反撃に出られる。

子分たちが鉄平の背後に回った。

「ああちょっと待て」西野が制止した。「鉄平、おまえはたしか左利きやったな。なら右手は胴体に巻きつけておけ」この狂犬はすぐ暴れ出しよるからな」

ちくしょう。やはり西野は用心深いし、
改めて子分たちが鉄平の背後で作業に入る。「あんたら大阪のどこの人や。西野の子分なんかよした方がええぞ。おれらを見てみい」と口を開いたら「黙らんかい」と頭を小突かれた。西野は電子タバコを吹かしながら笑っている。

一旦、両手が自由を得たが、すぐに右手は粘着テープで胴体に固定されてしまった。準備が整ったところで西野が「ほれ。こいつで樋口の頭をパックリやったれや。スイカ割りみたいにな」と落ちていた角材を蹴って寄越《よこ》した。正座をする鉄平の膝元に滑ってくる。

鉄平はその角材を見つめ、そしてとなりの樋口を見た。

「兄さん。やめてください」

樋口の声は震えていた。目には涙も溜まっている。

「おいコラ。はよせんかい」子分たちの怒声が響き渡る。

鉄平は左手を伸ばし、角材を握った。重さは二キロくらいか。西野の顔面めがけてぶん投げてやろうか……ダメだな。当たる確率は低いし、当たっても致命傷にはならないだろう。それに、あっという間に子分たちにボコボコにされてしまう。

さすがにこの状態で戦っても勝ち目は薄い。だからこそ西野も凶器を与えたのだろう。

仕方ない。

立ち上がり、樋口を見下ろした。顔が恐怖で歪んでいる。

「やめて。やめてください」

「しゃーないやろ。それにおまえ、さっきはよくもおれを売りよったな。西野の頭割ったんも、金取ったんもおまえが勝手にやったことちゃうんかい。おまえはもう後輩でもなんでもない」

鉄平は左手を高く振りかぶった。

## 24

ハイエースは東名高速道路をひた走り、やがて相模湖近くのインターチェンジで降りた。意外だった。きっとこのまま栗山鉄平の出身地である大阪まで帰るのだろうと想像していたからだ。もっともこの辺りでドライブを終えてくれるのならありがたい。初老のタクシー運転手の体力が限界に差し掛かっていたからだ。先ほどから「いったいどこまで行くのよ」とぼやきが止まらない。

ハイエースは曲がりくねった峠道を進んでいく。その二百メートルほど後ろをタクシーが追従している。この辺りは車の通りがほとんどないので、迂闊《うかつ》に近寄ることができないのである。

ただ、見失うことはない。なぜなら――。

「ねえ、お客さん、そろそろケータイ返してちょうだいよ」運転手が疲れた口調で言う。

「ダメだ。これがないとハイエースを見失う」

ため息が聞こえた。

GPS。栗山鉄平が純のスマホを奪ってくれたおかげで、こうして追跡ができているのである。文明の利器に感謝だ。

ちなみに一度返却をしたスマホは運転手に再度頼み込んで貸してもらった。当然渋られたのだが十万円を差し出したら、「もう変なことしないでよ。はい」と態度を軟化させた。先ほどまで金じゃないと言っていたのは建前だったようだ。

ただし、こうしてGPS機能を使っているとライブ配信が出来ないのが歯がゆかった。もう一つ端末があれば解決するのだが、ないのだから仕方ない。

時刻は十五時半。まだまだ日は高い。峠道の中腹あたりまで登ってきただろうか、ヘアピンカーブを曲がり切ったところでいきなり視界が開けた。だがハイエースは見当たらなかった。

慌てて手の中のスマホに目を落とす。「おい、奴らどうやら森の中に入ったようだぞ。多分、そこの小道だ」斜め右前を指差し、運転手に曲がるよう指示を出した。

「こんなところに入るの？」

「どんなところだって入るんだ。けけけ。逃さんぞ」

タクシーは徐行で森の中を進んで行く。舗装されていない凸凹道なので車がロデオのようにホッピングした。両脇から枝葉が伸びていて、それが車に当たりガサガサと耳障りな音を立てている。

やがて五十メートルほど前方にハイエースが停まっているのがわかった。

「ストップっ」ジョンが声を張り上げる。「少しだけバックしろ。早く。見つかっちまう」

指示通りタクシーが停止し、十メートルほどバックする。その間、身を乗り出して目を凝らした。するとハイエースの車内から数人の男たちが吐き出されたのがわかった。

様子がおかしかった。誰かが突き飛ばされているように見えたのだ。

「ねえ、もういいでしょう。そろそろ追跡ごっこも終わりに――」

「しっ。黙れ。シャープ」

またため息が聞こえた。

男たちはそのまま車を置いて、さらに森の中へ入っていった。やっぱり様子がおかしかった。二人の男が捕虜のように背中を小突かれているのである。どうやらどちらも手が不自由な様子だ。そのうちの一人は服装から栗山鉄平のように見えた。

「よし。ちょっと偵察に行ってくる。おまえはここで主人の帰りを待つんだ」

「なんだっていいけど、とりあえずケータイは返して。それを持っていかれたままおたくが帰ってこなかったら困っちゃうもの」

「すぐ帰還する。オレ様を信じろ」

「ダメ。これだけは絶対に譲れない。返して。じゃないとおたくを待たないで行くからね」

「金を支払わんぞ」

「もうお金はいただいてます。あれで十分です」

「くっ……」

仕方なく、スマホを返した。後部座席のドアが開いた。「ちゃんと待ってろよ」念を押して下車し、ドアが閉まった瞬間だった。タクシーがバックで急発進した。

　三十メートルほど進み、停まる。運転席の窓からドライバーが白髪頭をひょっこり出した。

「あんたにはもう付き合えないよ。ヒッチハイクでもして車捕まえて。そんな変なマスク被ってたら誰も停まってくれないと思うけどね」

「……きさま。謀反を起こすつもりか」

「何が謀反だよ。一度病院に行くことをオススメするよ」かぶりを振っている。「では、ご乗車ありがとうございました」

　捨て台詞《ぜりふ》を残し、バックで走り去っていった。この狭い小道でなんて器用な運転をするのか。あっという間にその車体が視界から消えた。

「ファック！　サノバビッチ！」地団駄を踏んで叫び、慌てて口を手で塞《ふさ》ぐ。

　クソっ。老い先短いジジィのくせにジョン様をナメやがって。名前を控えておけばよかった。そうすれば後日ユーチューブでこの愚行を取り上げて血祭りにしてやれたのに。

　何はともあれ、栗山鉄平だ。ジョンは眼前に広がる広大な森を見つめた。こんなところにどんな用があるのか知らないが、悪事には違いない。だとすれば正義の申し子ジョン様の出番だ。その一部始終を配信してやる。

　まずはすぐそこに停められているハイエースに向かった。その車体の鼻先に太い杭が二本、地面に突き刺さっていた。なぜこんな中途半端なところで停められているのかがわかった。これ以上先には進めなかったのだろう。

後部座席の窓から車内をそっと覗き込む。スモークガラスだが中が見えないわけではない。やはり人は残っていない。一応、ドアが開くか確認してみる。当然ロックされていた。

ジョンは角度を変え、立ち位置を変え、目を凝らして車内を覗き込む。

あった！　オレ様のスマホだ。命の次に大切なインターネットを繋ぐアイテム。

辺りを見渡した。草木が生えた地面の一帯にいくつか石が落ちている。その中からこぶし大の石を拾い上げた。ひんやりと冷たい。

よし。

そのとき、無意識にマスクに手が伸びた。「ちょっとジョン。何するつもりなのさ」

現れた純が切迫した口調で言った。

マスクを被る。「決まってんだろ。窓ガラスぶち破ってスマホを奪還すんだよ」

マスクを取る。「やめろって。そんなの犯罪じゃないか」

マスクを被る。「バカかおまえ。犯罪者に何を遠慮することがある。そもそもオレ様のスマホをパクったのはあいつだぞ。目には目を。歯には歯クソをだ」

マスクを取る。「ねえ、もうやめようよ。そもそもこんなところまで追ってきて何考えてるんだよ」

マスクを被る。「うるせえな。伝説の動画を撮るっていってんだろ」

マスクを取る。「もうそんなのいいよ。どうやって東京に帰るのさ。なあ、よせって。頼むからもうやめてくれよ。めちゃくちゃじゃないか。本当にお願いだよ。思いとどまってよ」

マスクを被る。「あーうっせうっせ。おまえは引っ込んでろ」

ジョンは純を封じ込めてハイエースに歩み寄る。そしてためらうことなく、後部座席の車窓に石を叩きつけた。

ガンッ。予想以上に大きい音が響き渡った。だが車窓は派手なヒビが入っただけで割れなかった。己の非力を嘆く。次で決めるしかない。奴らに気づかれては大変だ。

今度は少し助走をつけて石を叩きつけた。やった。見事にでかい穴が開いた。

縁に残っている窓ガラスを押し込むようにして少しずつ車内に落とした。安全を確認し、身体を持ち上げ、車内に忍び込んだ。

数時間ぶりにスマホを手にし思わず頬ずりした。電池の残量を確認する。まだ七十パーセント以上残っている。

早速ユーチューブにアクセスし、配信を開始しようとしたところで、ジョンの手が止まった。

はて、待てよ。ジョンは目を細め、手の中のスマホを凝視した。こいつはちょっとリスクが高いかもしれない。

仮にこれからライブ配信を行うとする。もしも奴らがそれを見ていたら自分の尾行がバレてしまうのではないか。

舌打ちした。なぜそんなことに気がつかなかったのか。そうなると先ほどタクシーの中でちょこっとだけ行った配信が気になる。時間にしたら一分に満たないが。

「シット。オレ様としたことがうっかりしてたぜ」

仕方ない。ここはインターネットを介さず動画を回すだけに留《とど》めておいて、ユーチューブへのアップロードは後ほど行おう。まずはきっちり奴らの悪行を記録に残すことが何より先決だ。

ハイエースを出たジョンは小道を奥に向かって進んで行った。もちろんスマホ片手に動画を回している。

一帯は草木が生い茂っていて、落ち葉が溜まっていた。枝葉の間から木漏れ日が射していて所々にまだらな陽だまりを作っている。空気が美味《うま》いというのはこういうことかと思った。

「RPGの森のダンジョンを進んでる気分だぜ。おまえら勇者ジョンの冒険をしかと見ておけよ」

声を落としてしゃべる。もちろん配信しているわけではないので反応はないが、動画を上げたときのことを考えて臨場感を演出しているのである。

地面が少しぬかるんでいたので、すぐに奴らの足跡を発見することができた。昨日まで連日の雨だったのが幸いしたのだ。

「これはまちがいなく奴らの足跡だぜベイベー」

足元を確認しながら歩を進める。落ち葉を踏むたびにガサ、ガサと足音が響く。

そうして数分進んだとき、「おいコラ。はよせんかい」と遠くで声が聞こえた。どこから聞こえたのか。右に左に首を振った。耳をすませた。「オラァ」また声が聞こえた。複数の男の声がする。

なるべく足音が立たないよう慎重に声のする方に近づいて行った。

男たちの姿は確認できなかったが、その先に家を発見した。平屋建てのログハウスだ。どうやらあの家の中から声がしている様子だ。

ジョンは一旦、横の森の中に分け入って行った。このまま進んでいくと正面のドアから誰かが出てきたら姿を見られてしまう。姿を隠しながら近づくのだ。

そうして迂回し、家の裏手に回った。足早に近づき、家の外壁に張り付く。屈《かが》みながら抜き足差し足で移動すると、窓を発見した。ガラスが半分ほど割れている。

そこからタイガーマスクを被った頭だけをぽこっと上に出して中の様子を確認すると、はたして室内に男たちの姿はあった。

男が二人、床に正座をしている。その前に頭に包帯を巻いたスーツ姿の男が一人。そのスーツの周りにはチンピラ風の若い男が三人いた。

正座をしている二人のうちの片割れはまちがいなく栗山鉄平だった。そしてもう片方の坊主頭は服装からするとあのホワイトタイガーマスクの男に違いない。あんなブサイクな顔をしていたのか。

何はともあれ、この状況をどう解釈すればいいのだろうか。仲間割れでもしたのだろうか。もともと仲間ではなかったのだろうか。どちらにせよ、危険な香りがプンプン漂っている。

「オーマイガ。いきなりウルトラデンジャラスシーンじゃねえかよ」

スマホのレンズ部分を窓ガラスの下部から出して、しっかりと室内が撮影できるようにした。

栗山鉄平が片膝を立ててゆっくりと立ち上がった。その手には角材が握られている。

そして坊主頭の目の前に立つ。

何をするつもりだ。

唾を飲み込んだ。

栗山鉄平が左手を高く振りかざした。

## 25

鉄平は角材を握りしめた左手を思いきり振り下ろした。

ただしそれはビュンと空を切った。

その動作に間髪を容《い》れず、一番近くにいた子分の腹を蹴り飛ばした。いい感触だった。

鳩尾《みぞおち》にもろに決まった。

「この野郎っ」残りの二人の子分が血相を変えてファイティングポーズを取る。繰り出されたパンチを間一髪かわした。横にステップを踏み、その背中に角材を振り下ろした。「ぐえっ」と呻き声を発して倒れこむ。

最後の一人には角材を投げつけると同時に突っ込んでいった。投げた角材は手でガードされてしまったが、体勢を崩したところで勢いよく顔面にヘッドバットを叩き込んでやった。相手は弾《はじ》かれたように後ろに吹っ飛んだ。

鉄平は足元に落ちた角材を再び拾い上げた。

「役に立たん子分を連れてるんやな。ケンカ慣れしてないのがようわかるわ。片手で勝ってもうたで」

西野に向けて余裕の笑みを飛ばした。

「鉄平。テメェ」西野が吠《ほ》える。ただ、その顔には狼狽《ろうばい》が広がっている。

「おれにこんなエモノを与えたんが失敗やったんや」角材で肩をトントンと叩いた。

「西野、決着つけようや」

リーチはこちらに分があるが一発で決めないとやられる。右手が使えないのだ。

鉄平は獲物を前にした肉食動物のようにジリジリと距離を詰めていった。

西野は怯《ひる》み、一歩後ずさった。これは勝ったなと思った。この男はもう腑《ふ》抜《ぬ》けてしまったのだ。いや、もともと真っ当なケンカをする度胸など持ち合わせていなかったのだろう。思えば自分によくしてくれていたのも自分の腕っ節が役に立つと思っていたからに違いない。西野は策を弄《ろう》することしかできない臆病者《おくびょうもの》だ。

そんな人間を兄貴分として慕っていたのだから、己の人を見る目のなさは度し難い。ただその幻想も完全に消え去った。

鉄平は昂《たか》ぶった気持ちを抑えつけて、冷静に西野の足元を見ていた。次、うしろに重心がかかったときがチャンスだ。一気に間合いを詰め、勝負を決める。

西野が右足を後方に引いた。

今だ。

「動くんじゃねえっ」後ろから怒声が上がった。

振り返る。樋口ののど元にナイフが押し当てられていた。ナイフを持っているのは最初に腹を蹴り飛ばした子分だった。

ちくしょう。回復しやがった。

「武器を捨てろ。こいつの首かっさばくぞ。早く捨てろっ」

子分が叫ぶ。樋口は顔面蒼白《そうはく》だった。

鉄平は少しだけ考え、吐息を漏らし、脱力した。そして角材を手放した。

するとすかさず西野に間合いを詰められ、一本背負いの形で投げ飛ばされた。背中を床にしたたかに打ちつける。

「調子に乗るんやないぞ。このクソガキがっ」

そのあとは足蹴の雨が落ちてきた。

西野の巨体から打ち下ろされる足は重く、杭のように身体が床にめり込んでしまいそうだった。

鉄平は左手で頭を守り、身を丸くして、ひたすら一方的な暴力を浴び続けた。

## 26

ジョンは息をするのも忘れて、立ち尽くしていた。

室内にスマホを向けているがうまく撮れているかわからない。画面を見ていないからだ。

目の前でリンチが行われている。それはあまりにリアルで生々しい光景だった。

インターネットに転がっている凄惨《せいさん》な暴力を捉《とら》えた映像は学生時代から散々見てきた。日本のものも海外のものも、あらゆるバイオレンス映像を好んで探し回った時期があった。最初は興奮を覚えていたが、やがてそこにも慣れてしまった。いつしかそれを映画の中の世界のように、フィクションとして捉えている自分がいた。

しかし、これは違う。目の前で行われているそれは、完全なノンフィクションだった。

巨体の男はまるで憎らしい虫にするように栗山鉄平を容赦なく踏みつけている。

もういいだろう。さすがに死んじまうだろう。いい加減やめてあげてくれ。

純ではなく、ジョンが心の中で叫んでいた。

ジョンはたしかな戦慄《せんりつ》を覚えていた。もしかしたらそれは初めてジョンが足を踏み入れた感情かもしれない。

気づいたときにはスマホをポケットにしまい込み、その場を離れていた。

音を立てぬよう気をつけて両足を交互に繰り出す。何度も倒れそうになる。膝が笑っているからだ。

もう十分、撮れ高はあった。あとは自宅に戻り、この動画を編集し、ユーチューブに晒す。ついに伝説の動画の完成だ。

正義の申し子、ジョン様の仕事はそこで終了――なのか？

はたしてそれで、ジャスティスと大声で叫べるのか――？

「仕事はバッチリだな。我ながらあっぱれだ。な、純。そうだろ」

そう話しかけ、マスクを剝ぎ取った。

「何があっぱれだよ。見つかったらジョンも――ぼくだって殺されてたかもしれないじゃないか」詰問口調で純が言った。

マスクを被る。「そう怒るなよ。まあ、ただ、なんだな、ああいう奴らと関わるのはしばらく控えとくかな」

マスクを取る。「そうだよ。そもそもジョンはネットの世界で生きるユーチューバーじゃないか。ああいうDQNなんかとリアルで関わっちゃいけないんだって」

マスクを被る。「だよな。ああいう奴らを安全な場所からおちょくるのがオレ様の仕事だよな」

マスクを取る。「そう。その通り。きみは我が家の聖域から出ちゃいけないんだよ」

マスクを被る。「……あいつ、どうなるのかな」

マスクを取る。「あいつって、栗山鉄平？　知らないよ。いいじゃんあんな奴どうなったって。栗山鉄平は極悪人だよ。今まであいつに苦しめられてきた人がたくさんいたと思うよ。それを思えばあいつがボコボコにされて喜ぶ人もたくさんいるでしょ。つまりバチが当たったんだよ。よくジョンがいってるじゃん、天誅《てんちゅう》だって」

マスクを被る。「そうか。そうだよな。正義の鉄槌《てっつい》が下ったんだよな」

マスクを取る。「あの連中の中に正義はないだろうけどさ。ＤＱＮ同士の醜い争いだよ」

マスクを被る。「はは。それなら何も問題はねえな。うんうん」

足早に歩を進めながらマスクの脱着を繰り返しているので視界が目まぐるしく変わる。端から見たらかなり危険な奴だろう。

マスクを取る。「それよりどうやって東京に帰ろうか」

マスクを被る。「なんとか大通りまで出てヒッチハイクするしかねえだろ。純、おまえがやってくれよ。オレ様はちょっと疲れたから眠る」

マスクを取る。「ちょっと。ずるいよ、こういうときばかり。ぼくにそんなことできるわけがないだろ」

マスクを被る。「そうか。おまえは究極のコミュ障野郎だったな」

マスクを取る。「だからジョンが生まれたんだろ。明るく、ハッピーな正義の申し子が」

マスクを被る。そこで足が止まった。

気がつけば日がだいぶ陰っていた。急激に肌寒くなった気がする。

耳をすます。もう、奴らの声は聞こえない。

「なあ。栗山鉄平のやつ、さすがに殺されないよな」

しん、とした一帯にそのつぶやきが妙に響き渡った。

そっとマスクを取る。「……さっきからなんでそんなこというの」

マスクを被る。「いや、さすがに死なれたら寝覚めが悪いかなって。ほんのちょびっとだけ。それと、いくら悪人でも殺されるのを見過ごすってのは正義の申し子としてどうなのかなーってさ」

マスクを取る。「なんだよそれ。急にジョンらしくないこといわないでよ。ねえ、バカなこと考えないでよ。ほら、行くよ」

マスクを被る。「うん…………でも、やっぱり、戻らないか。助けに入るわけじゃなくてよ、その後の様子を確認しにさ」

マスクを取る。「いい加減にしろよっ」一喝して分身との会話を打ち切った。

マスクを手にしたまま純は足を踏み出した。ガサガサと落ち葉を踏みしめる音が響く。

走った。邪念を振り払うよう、全力で駆けた。

ぬかるみに足を取られ、純はすっ転んだ。落ち葉と土の香りが鼻腔《びこう》に充満する。手からマスクが離れ、落ち葉の敷かれた地面に落ちた。

純は立ち上がり、汚れた服を手で払った。

地面のタイガーマスクを見下ろした。

トラ模様の覆面を、静かに見つめた。

タイガーマスク——自分が生まれる前の大昔のマンガで、それがアニメ化されたものをたまたまユーチューブで発見して、暇つぶしに視聴してみたのが出会いだった。おもしろかった。夢中で全話ぶっ通しで見た。悪役レスラーなのに、施設で暮らす恵まれない子供たちのためにリングに上がるというところが気に入った。勝つためには反則技も辞さないところもカッコよかった。

ジョンにもそうあってほしかった。世間の悪い奴らを叩きのめす正義のヒールであってほしかった。そして、自分はヒーローなんだと思いたかった。存在感の薄い、コミュ障の純の方こそ仮の姿なんだと思いたかった。

ただ、その思いに反してジョンはどんどん変な方向へ進んでいった。いつの間にか純ですら恐怖を覚えるほど歪んだ人格を形成していった。冷酷なサディスト野郎に成り果ててしまった。

それなのに、なぜここにきて、あんなことを言うのか——。

純は腰を折ってタイガーマスクを拾い上げた。

丸めて手の中できつく握りしめる。

踵《きびす》を返した。

## 27

西野の息が上がり、後ろに尻もちをついたところでようやくリンチは止んだ。

鉄平はもはや息をするのも精一杯だった。全身に痛みが広がっており、どこがどのように痛いのかさえも曖昧《あいまい》だ。

薄眼を開く。黒目だけを動かし状況を確認する。西野はすぐそこで床に座り込み、手を後ろについて肩で息をしていた。ぜー、ぜーと痰《たん》が絡んだような荒い呼吸を繰り返している。その傍らには子分の三人の男の姿があった。ただし、立っているのは一人だけで、残りの二人は床に横たわっていて動かない。一方には顔面に頭突きを、もう一方には背中に思いきり角材を叩きつけてやったので重傷なのだろう。

立っているのは樋口ののど元にナイフを突きつけていた男だ。この男は腹に蹴りをもらっただけなので軽傷なのだ。

ふいに西野と目が合った。

「大人しくしておけばええものを」かすれた声で口を開いた。「逆らうからこんな目に遭うんや。おどれは昔からそうじゃ。勝てないケンカとわかってて無茶をするイカレポンチや。その度に誰が尻拭《しりぬぐ》いしてやった。誰が病院に運んでやった。お？　ぷらぷらしとったおまえに仕事を与えたんは誰や。その仕事もろくにできんおまえを使い続けてやったんは誰や。わしやろう。全部わしやろう。……恩を仇《あだ》で返しやがって。なんや、安い女を一晩借りただけやないか。たかだかそれだけやないか。おまえだって沙織のことを大切にしとったわけちゃうやろう」

「……もう少しで、勝てそうやったやないか」鉄平は蚊の鳴くような声を発し、唇だけで笑んだ。

「ふん。あのままやっとってもわしが勝っとったわ」

「西野さん、こいつらどうしますか」

「どうもこうもあるかい。ほんまに殺すわけにはいかんわ。車に詰め込んで大阪に帰るんじゃ。マサとタカを起こせ」

その命令で子分が動く。倒れている二人に近づいて声を掛けている。

「鉄平。このまま大阪帰って沙織のとこ行くぞ。いうとくが金さえ払えばおまえはもうええ。堪忍したる。せやけど樋口、おどれはちゃうぞ。鉄平をおまえの代わりにボロ雑《ぞう》巾《きん》にしたったで、それに免じてこの場で危害は加えんが、おどれは豪華漁船コースや。わしは乗せるいうたらほんまに乗せる」

「ほんまになんでもします。堪忍したってください」

「なんでもするなら船乗って魚獲《と》らんかい。たっぷり脂がのったマグロを釣り上げてこいや」

「う、梅田の風俗店襲います。仲のええ従業員がおるんで金庫のありか吐かせます」

「ほんできさまが捕まったらわしも一緒に塀の中か。まだ寝言ぬかしとるようなら目ェ覚まさせたるぞ」

「ほんなら暴走族の後輩連中にパー券売りさばかせます」

「じゃかあしい。よくもまあ次から次へと中坊みたいな妄言が飛び出してくるわ。見苦しくてかなわんぞ。やっぱりおまえは気に食わん。おまえだけはどうしても許せん」

西野と樋口がそんなやりとりを交わしている。

鉄平は指先を動かしてみた。大丈夫だ。しっかり動く。続いて腕、足、首に意識を向けた。よし。痛むがちゃんと脳の指令を聞いてくれた。どこも骨は折れていなそうだ。全身打撲といったところだろうか。

だとしたらまだチャンスはある。きっと西野はもうこれ以上反撃されることはないと油断しているはずだ。

鉄平は視線を転じた。手を伸ばせば届くところに先ほどの角材も転がっている。

「西野さん、ダメです。マサは意識失っとって、タカは背中が痛くて起き上がれんいうとります」

「なんや情けない。——オラァ、小僧ども気合い入れて立ち上がらんかい」

西野が膝に手をついて立ち上がり、倒れている子分どものもとに歩み寄った。こちらに背を向けている。

「樋口」すかさず鉄平はささやいた。目線と首の振りで思いを伝えた。

樋口は眉根《まゆね》を寄せている。

おまえはあの子分の相手をしろ。おれが西野を仕留める。目に力を込めて念じた。

樋口が小刻みに頭を上下した。ようやく意味が伝わったようだ。

きっとこれがラストチャンスだ。再び車に乗せられてしまったら逃げ出すことはかなり難しくなる。

鉄平は左手を伸ばし角材をつかんだ。まだ西野と子分は背中を向けている。いくで。樋口に目で合図を出した。

鉄平は角材を支え棒にして立ち上がった。全身が悲鳴をあげたが無視した。

そして鉄平は西野に、樋口は子分に勢いよく向かっていった。

気づいた西野と子分が同時にぱっと振り向く。

手の使えない樋口は頭から子分に突っ込んだが、闘牛士にされるように間一髪かわされ、その先にあるテーブルに衝突した。

横目でそれを確認しつつ、左手を振りかぶる。西野が驚愕《きょうがく》の面持ちでうしろに仰《の》け反る。

その脳天へ思いきり角材を振り下ろした、つもりだった。先ほど受けた暴行のせいで腕に力が入っていないのだろう、自分でも驚くほど勢いがなかった。

角材は床を叩いた。かわされたのだ。

二撃目は横から薙《な》ぎ払うようにして狙った。

それもなんなくかわされた。

三度目のチャンスはもらえなかった。二撃目の反動で大きくスキを見せた鉄平に対し、西野は間合いを詰め、ボクシングのクリンチのようにして身体を密着させてきたのだ。

こうなると右手の使えない鉄平になす術《すべ》はなかった。

西野に押し倒される形で背中から床に落ちた。

「もう我慢ならん」

馬乗りになられ、両手で首を絞められた。西野は目を剝《む》いていた。

「どうして大人しくしとれんのや」

左手一本で抵抗したが無駄だった。ものすごい力だった。

あっという間に意識が朦朧《もうろう》としてきた。「西野さん、ヤバいっすよ。そいつマジで死んじまいますよ」子分の切迫した声が遠くで聞こえた。

「可愛がっとったんやぞ。おまえのことだけはほんまに可愛がっとったんやぞ。なんでおまえにこんなことせなあかんねん」

西野が自分の上で喚《わめ》いている。目が合った。少しだけ、悲しそうな目の色をしていた。

いよいよ意識が途絶えそうだった。酸素をもらえない脳が活動を止めようとしていた。

もうダメだな、そうあきらめかけたときだった。

ドアがバンッと音を立てて開いた。

「ジョジョジョ――省略。正義の申し子、ジョン様の登場だっ。悪党ども、おまえらをジャスティスする」

## 28

全員が呆気《あつけ》にとられ、こっちを見ていた。突如として現れたタイガーマスクをなんとも言えない、ぽかんとした表情で見つめている。

水戸黄門《みとこうもん》の印籠《いんろう》のようにスマホを突き出して見せた。

「おまえらの一連の悪事はすべてこのスマホに記録してある。オレ様がこのスマホをタップすればユーチューブ上に動画がアップされる。一人一人ばっちり顔が映ってるぞ。あとはどうなるか、みなまで説明する必要はないだろう」

まだ全員が固まっていた。場は動揺と困惑に包まれている。

「さあさあ勘弁してほしけりゃ栗山鉄平をこちらに引き渡せ。そいつはオレ様の獲物だ」

組み敷かれている栗山鉄平がこちらを見て目を見開いていた。

「おまえ……あの、ユーチューバーのガキやないか」

栗山鉄平の上に跨《また》がっている、西野と呼ばれていたスーツの男が口を開いた。こいつが悪の親玉に違いない。

「誰がガキだ。カリスマユーチューバー、ジョン様だ。オレ様のチャンネルの登録者数を知ってるか？　六十万人だぞ。鳥取県の人口よりも多いんだぞ。動画の拡散は風より速い」

「なんで、われがこんなとこにおんねん」

「聞いて驚くな。渋谷からつけてきたんだよ。タクシーでな。料金は請求しないから安心しろ。おまえらと違ってオレ様は金持ちだ。とりあえず栗山鉄平を引き渡せ」

西野は眉間《みけん》に深い縦ジワを刻んで、栗山鉄平の上で微動だにせずにいる。

長い沈黙が訪れた。屋外から鳥の鳴き声が聞こえる。

「カリスマユーチューバーさんよォ」ようやく西野が立ち上がった。「ひとつ訊《き》いていいか。おまえ、なんでこんなことすんねん。何が楽しいねん」

「ユーチューバーがユーチューブ動画を上げるのに楽しいもクソもない。それが仕事であり、神より与えられた使命なのだ」

西野は小さく頭を振っていた。

「おい、そんなことはどうでもいい。早くしろっていってんだろっ」ジョンは叫んだ。

「くくく」西野が笑い出した。「膝《ひざ》笑わせて何いうとんねんおまえ。そんな子供騙《だま》しみたいな脅しにビビるとでも思うとるんか。えらい勘違いしとるぞ」

「あ、そう。ならこれタップするけど、それでいいんだな？　本当にいいんだな？　とんでもない話題になると思うぞ〜。世間が騒げば警察だって動かないわけにいかないぞ〜。おまえらは一気に指名手配犯だ」

「やれるもんならやってみい。死ぬ覚悟ができてるんならな」

「…………」

「ふっ。黙り込んでもうたわ」

「……オ、オレ様を殺したらさらに罪が重くなるぞ」

「構わんわ」

「殺人罪で死刑だぞ」

「構わんいうとる」

「う、嘘つけ。そんなことできねえくせに」ジョンはマスクの中で唾《つば》を飲み込んだ。

「西野さん」傍らに立っていた子分の一人が口を開いた。「それ、たぶん押されても平気です」

みんなでそいつを見た。

「動画はアップロードされるのに時間がかかるんですよ。だからスマホを取り上げて途中で中止すれば動画は上がりませんわ」

「ほう」西野が栗山鉄平から離れて立ち上がった。「よう考えてみたらたしかにそうやな。おまえ、たわけのくせにめずらしく頭が回るやんけ。――さて、ユーチューバーさん、どうすんねん」

まずい。バレた。たしかにその通りだった。しかもこの動画は十分以上の尺がある。そうなるとアップロード完了までに数分の時間を要する。

ふう。ひとつ息をついた。こうなったら仕方ない。

ジョンは背を向け、一目散に駆け出した。「捕まえろっ。絶対に逃がすなっ」背中の方で西野の声が聞こえた。

外に出て五十メートルほど走ったところであえなく子分に捕まった。日頃の運動不足がたたったのだ。

そこからは反抗しようとは露ほども思わなかった。マスクを剝《は》ぎ取られてしまったからだ。臆病《おくびょう》な純はひたすら怯《おび》えることしかできない。

「それにしてもおかしな日やで。こんなドラマチックな日があるか」

一番後ろの座席にいる西野が言った。

捕まったあとは栗山鉄平たちと一緒に車に乗せられた。ハイエースの後部座席の窓ガラスが割られているのを見て、西野は「弁償代は高くつくからな」と顔を赤くしていた。おかげでこうして車を走らせていると車内に夜風が吹き込んでくる。

「西野さん、このユーチューバーのガキどうするんですか」

運転席でハンドルを駆る子分が言った。もう一人の子分は助手席、もう一人は運転席後ろの座席に位置している。二人は栗山鉄平にやられたダメージが大きいのか、目を閉じ、置物のように大人しくしている。

「それをわしもずっと考えてんねん。樋口のように船乗せるわけにはいかんからな」

「リリースしても厄介ですしね」

「そうやねん。変に騒がれても面倒や。かといってこのまま長時間拉致《らち》しとくのも具合がようない。こいつは意味わからんユーチューバーやけど一応は一般人や。それにな」

ここで西野は言葉を切った。「こいつは使えるかもしれん。有名なユーチューバーっちゅうのはええとこのサラリーマンなんかよりよっぽど稼ぐらしいやないか」

「らしいですね。仕組みがようわからんですけど」

「小学生のなりたい職業ランキングはユーチューバーが上位におるらしいからな。世も末じゃ」

「とりあえずこのまま大阪向かってええんですね」

「ああ。まずは沙織から金を引っ張ることが先決や。せやな、鉄平」

栗山鉄平は何も答えなかった。

車内では栗山鉄平、樋口と呼ばれているホワイトタイガーマスクの男、そしてその間に純が川の字で寝かされている。もっとも大人の男三人が横たわれるようなスペースはなく、三人とも片方の肩だけを床につけてぎゅっと密着している状態だ。ひどく狭苦しいのと、単純に身体が痛い。これだけで十分な拷問だった。

当然、三人とも両手首、両足首を粘着テープで拘束されていた。口も同様に粘着テープで塞《ふさ》がれている。

車は新東名高速道路を西に向かって進んでいた。もう外は暗く、行き交う車もヘッドライトが点《つ》いている。

なぜこんなことになってしまったのだろうか。純は車に揺られながらここに至るまでの出来事を思い返していた。

栗山鉄平を助けに入ったこと。栗山鉄平を尾行したこと。栗山鉄平を呼び出したこと。栗山鉄平と関わってしまったこと。

すべて失敗だった。すべてジョンのせいだ。一から十までジョンのせいだ。

「ああ、風がうっとうしくてかなわん。おい、次のサービスエリアに寄れ。テープで窓を塞ぐ。腹も減ったわ」

西野が命令し、ほどなくして車はサービスエリアに入った。「NEOPASA 静岡」と書かれた看板がチラッと見えた。

車が停止するとまずは割れた窓が粘着テープで塞がれた。その後車を出たのは、西野と二人の子分だった。助手席に座る男は見張り役として車内に残された。栗山鉄平から顔面に頭突きを食らった男だった。たぶんこの男が一番重傷なのだろう。なぜなら西野から買ってきて欲しい食べ物はあるかと訊かれた際に「何ものどを通る気がしません」と力なく答えていたからだ。

その助手席の男は西野たちが車を出ていってからほどなくしてゴォー、ゴォーと激しいイビキを掻《か》き始めた。血で鼻が詰まっているのだろうか、獣の唸《うな》り声のような音だった。

すると、真後ろにいる栗山鉄平が「んんっ」と低く呻《うめ》き、上半身を起こした。

何をするかと思ったら、顔を車の壁に擦《こす》りつけ始めた。粘着テープを剝がそうとしているのだとわかった。

その作業は一分ほど続いた。その間、助手席の男のイビキは続いている。まったく起きる気配がない。徐々に栗山鉄平の口を塞いでいる粘着テープは剝がれ始めている。もう少しだ。

「はあ。はあ。よっしゃ」唇を見せた栗山鉄平が小声で言った。

続けて栗山鉄平はキスを迫るように、純に顔を近づけてきた。そして歯で純の粘着テープを一気に剝がし取った。

純と場所を入れ替わり、今度は同様に樋口の粘着テープを剝がした。

「おい、おまえら。逃げるぞ」栗山鉄平がそうささやいた。

「お、大人しくしておいた方がいいんじゃないでしょうか。あとで解放してくれるみたいなこといってたし」純も声を落として言った。

「おまえはな。おれらはそうはいかん。大阪に着いたらアウトや。おい樋口、おれと背中合わせになれ。そんでおれの手首のガムテープを剝がせ」

指示通り樋口は栗山鉄平と背中合わせになって、作業を始めた。真っ暗な車内でカリカリと爪を立てる音が聞こえる。

「兄さん。切れ端がようわかりません」

「不器用なやっちゃ。もうええ。選手交代や。おれがおまえのを剝がす」

攻守が入れ替わり、今度は栗山鉄平が作業に取り掛かる。ただし、こちらも剝がれる様子はなかった。

「クソッ。ダメや。あいつら無駄にグルグル巻きやがって」

純は助手席の男に意識を向けた。相変わらずイビキが続いていて目を覚ます気配はないが、もう少ししたら西野たちは戻ってきてしまうだろう。

「いっそのこと人に助けを求めたらどうでしょうか。大声で叫んで」

純が焦《じ》れて言った。もっとも周辺に人の姿はない。人通りがなさそうな一番端の駐車スペースに車は位置しているのだ。

「アホか。そんなことしたらさすがに子分が起きるやろう。すぐに車走らせられて終わりや。キーはあいつが持っとるんやぞ。それよりおまえ、ボケっと見てないで手伝わんかい」

目を剝いて怒られた。もっともここで交わされている会話はすべてささやき声だ。

「おまえが指示しろ」命令されて、純が二人の合わさった手首に顔を近づける。角度を変えて目を凝らしていると、樋口の方の粘着テープの切れ端がわかった。「ありました。人差し指をもう少し右に。そこです、そこ」と小声で指示を与えた。

栗山鉄平が必死に爪を立てている。徐々に粘着テープが剝がれ始め、その切れ端を栗山鉄平の指がつかんだ。

そこからは早かった。二人とも手首を円を描くように動かし、粘着テープを巻き取っていく。やがて樋口の手が自由を得た。

「よし。おれのテープも剝がせ」

すると、ここで樋口の動きがぴたっと止まった。目を細め、虚空を見つめ出したのだ。

「おい樋口。何してんねん。早くしろ」

そう叱られ、樋口がようやく作業に取り掛かる。

やがて栗山鉄平、続いて純の両手の粘着テープが取り払われた。足首は自分で拘束を解いた。

「おい。聞け」改めて栗山鉄平が口を開く。「まずおれが助手席の男をこちら側に力ずくで引きずり込む。おまえらはすかさず二人で馬乗りになって身動きが取れないようにしろ。あとはそこに放ってある粘着テープでぐるぐる巻きや。いいな。いくぞ」

栗山鉄平が立ち上がり助手席に向かった。そしてチョークスリーパーのような形で子分の男の首に腕を回すと、運転席と助手席の間から一気に後ろへ引きずり込んだ。作戦通り樋口が胸、純が下腹部に馬乗りになる。男は数秒ほど暴れたが、すぐにあきらめ脱力した。

自分たちがされたように手首、足首、口に粘着テープを貼り、自由を奪った。純は無我夢中で作業した。とんでもない犯罪行為をしている気分だった。

「よっしゃ」ようやく栗山鉄平がでかい声を発した。「うまくいったぜ。あとはこの車で早いとこトンズラこくぞ」

「このガキっ」樋口がいきなり男の腹にパンチを打ち込んだ。男が声にならない声で呻いた。

「やめえや」栗山鉄平が一喝する。「おまえ何してんねん」

「仕返しですわ。散々やられたやないですか」

「おまえは何もされとらんやろ。やられたんはおれや」

「せやから兄さんがやられた分、同じだけシバき上げたるんですわ」

「そんなんはええ。こいつはここで降ろすんや」

栗山鉄平が後部座席のドアを開け、足で押し出すように男を蹴《け》った。男が車外へ転げ落ちる。

フロントガラスの先に目を転じた純が「ああっ！」と声を張り上げた。「た、大変です。西野たちが戻ってきました」

三十メートルほど先に西野と子分二人の姿が見えたのだ。当然こちらに向かって歩いている。

栗山鉄平が飛ぶようにして中から運転席に回った。車のキーはすでに男から奪っている。

「あかん。気づかれた」

本当だった。血相を変えた西野たちが猛ダッシュで向かってきている。

運転席からガチャガチャと音が鳴る。慌てているためキーが差し込めない様子だ。

「よしっ」その声とほぼ同時にエンジンがかかる。サイドブレーキが下ろされ、車が急発進した。

西野と子分二人が行く手を阻んだ。一瞬、西野の鬼の形相がヘッドライトの光線を受けて浮かび上がったがすぐに消えた。車が構わず加速し、三人もろとも弾《はじ》き飛ばしたからだ。

ミラーで後方を見る。倒れこんだ西野たちが映っていた。

そのままサービスエリアを出たところで、「ふーっ」と運転席の栗山鉄平が安堵《あんど》のため息を漏らした。

まさに危機一髪だった。純はしばらく心臓の鼓動が鳴り止まなかった。

## 29

レゲエだろうか、リズミカルな音楽が船上に響いている。この場の雰囲気も手伝って、さほど開放的ではない萌花ですらつい身体を揺すってしまう。

当たり前のように男からシャンパングラスを手渡された。「あの、ジュースとかは……」と訊いたら「ジュースなんてダメだよ」と笑われ、却下された。

「カンパーイ」

梢枝や蘭子とともに、男たちと次々グラスを合わせる。

萌花にとって生まれて初めての乾杯だった。ただし、飲んだフリだけして口はつけなかった。昔酔っ払った父親に冗談でお酒を一口舐《な》めさせられたことがある。それだけで数時間気持ち悪さが抜けなかった。母親がまったくの下戸なのでその体質を受け継いでいるのだろう。

萌花はこっそりとシャンパンを捨て、あとはクーラーボックスの中から勝手にスポーツドリンクを取り出し、それを注いで飲んだ。

「ほらほら。肉焼けたぞー」

豪華クルージング艇で、夜の海の上のバーベキュー。穏やかにたゆたう海面に月が映し出され、陽炎《かげろう》のように揺らめいている。見上げた夜空には銀沙《ぎんさ》をまぶしたように星が煌《きら》めいていた。なんてロマンチックなのか。酒なんかなくともこの雰囲気だけで十二分に酔える。

「萌花ちゃんはさー、彼氏とかいないの？」

近くの男が訊いてきた。このクルーザーの持ち主で操縦士の男だった。

「いないです。というかできたことがないんです」

「マジ？　なんで？」

「なんで、っていうか、なんででしょう」

「おれが高校生だったら即アプローチするんだけどなあ」

男が白い歯を見せて、グラスを傾ける。

「あたしにはアプローチしてくれないんですかあ」

蘭子が冗談めかして口を挟んだ。彼女はもうすっかりこの場に馴染《なじ》んでいた。浦島太郎ごっこと称して男たちの背中に乗り、「目指せ竜宮城」と海を泳がせていたのだ。亀役を演じていた男たちから「萌花ちゃんも乗る？」と誘われたが遠慮しておいた。さすがに蘭子ほどオープンにはなれない。

「このお肉やわらかーい。美味《おい》しー」と蘭子。

本当だった。口の中で肉の旨味《うまみ》がジュワッと広がり、ほとんど噛《か》まずに消えてなくなる。まちがいなく高級な肉だった。さすがはお金持ちの医大生。至れり尽くせりとはまさにこのことだ。

次々に皿に肉が盛られた。萌花は遠慮せずにたくさん食べた。半日海で遊びまくったのでいくらでもお腹に入る。きっと今日はたくさん運動をしてカロリーを消費したからプラスマイナスゼロなはずだ。


場が落ち着いてきた頃、萌花はそっと輪を離れた。手すりにもたれて夜の海を見つめる。ため息が漏れるほど美しい。昼間の青々とした海も好きだが、夜の静かな海もまた情緒深い。

船上でこんなふうに黄昏《たそが》れている自分が不思議だった。今日一日で大人の階段を一気に三段くらい登った気がする。

「萌花。大丈夫？」梢枝がとなりにやって来て顔を覗《のぞ》き込んできた。

「大丈夫って何が？」

「酔っ払ってない？」

「ううん。実はわたし一滴も飲んでないの。これもスポーツドリンクだもん」

「あ、そうなの。よかった」梢枝は安堵した様子で笑った。「あんたお酒なんて飲めなそうだったから」

そういう梢枝の手にはお酒の入ったグラスがある。別に違和感はなかった。この女子が自分と同じ十五歳であることを忘れてしまいそうになる。

「蘭子の心配した方がよさそうだけど」

男たちの輪の中心にいる蘭子を二人で見た。手を叩《たた》いて笑っている。顔が上気しているのが遠目にもわかった。蘭子はふつうにお酒を飲んでいた。

もしかしたら蘭子は本当にあの中の誰かと付き合うかもしれない。そうなると梢枝にはマーシー、蘭子も医大生の彼氏持ちで、自分は置いてけぼりを食うことになる。それはちょっと切ない。

「すごく梢枝に優しいね。マーシーさん」

「何、急に」

「だって少し前に急に呼び出されたりしてたから、なんかこう、もっとお殿様と家来みたいな関係なのかなって」

梢枝が吹き出す。「何よそれ。やっぱりあんたっておもしろいよね」

「そうかなあ。わたしのことをおもしろがってくれるのって梢枝だけだよ」

「じゃあライバルがいなくてよかった。萌花はあたしのもん」

ぎゅーっと抱きしめられたので、もっと強く抱きしめ返した。

梢枝や蘭子と知り合ってもうすぐ三ヶ月経つ。だけどもっともっと長く一緒にいた気がする。もう十分親友だ。

「来月ね、マーシーの二十一歳の誕生日なんだ」

「二十一歳、か。そう考えるとすごいね。わたしたちが小学一年生のとき、マーシーさんは六年生だったんだもんね」

「あ、そうか。考えたこともなかったな。やっぱりあんたはおもしろい」

「フツーだよ。むしろ梢枝の方が変わってるって。だってフツーはそんなに歳の離れた人と付き合えないもん。あ、別に嫌味じゃないからね。尊敬の意味だよ」

「わかってるって」梢枝が肩を揺する。「ねえ、プレゼント、何がいいと思う？」

「プレゼント？　うーん。なんだろう……相手はお金持ちだしなあ」

「そうなの。だから悩んじゃうんだよね。あたしが買えるレベルの服とかアクセサリーとかあげてもさ、もっといいものたくさん持ってるし」

「そうだねえ――じゃあ、手作りのお菓子は？　クッキーとかさ」

「クッキー？」

「うん。別にクッキーじゃなくてもいいけど、なんか作ってあげればいいじゃん。男の人はそういうの喜んでくれるんじゃないかな」

「うーん、さすがに子供っぽすぎないかなあ」

「子供なんだからいいんだよ別に」

「まあ、そうか。うん、じゃあそうしようかな。甘いもの好きみたいだし。あ、でもあたし、お菓子なんて作ったことない」

「一緒に作ってあげるよ。わたしこう見えて結構お菓子作り得意なんだよ」

「ほんと？　じゃあお願い。あ、それと、手紙も書いてみようかな。ふだんLINEばっかりだし、なんだかそれって味気ないし。可愛い便箋《びんせん》買ってきてさ」

大人っぽい梢枝が少女の目をしていた。それが妙にうれしかった。なんだかんだいってやっぱり自分と同じ十五歳の女の子なのだ。

「萌花。今日は来てくれてありがとね」少し改まった口調で梢枝が言った。

「何いってるの。むしろ呼んでくれてこっちの方こそありがとうだよ。こんな経験――」

「おーい。二人ともそんなとこで話し込んでないでこっち来てよー」

蘭子に呼ばれ、梢枝と二人でみんなのもとへ戻った。

雲行きが怪しくなってきたのは、ここからだった。

梢枝と二人で蘭子を支えて船内のサロンに運んだ。蘭子が突然「頭が痛い」と言い出したからだ。

「もう。お酒なんて飲むからだよ」

蘭子をソファに横にして、萌花が上から言った。

「ううん。ほとんど飲んでない」額に手を当てて目を閉じている蘭子が答える。

「飲んでたじゃん」

「最初だけ。あとは飲んだフリしてたの。お酒なんて美味しくないし」

「少しだって酔っ払うんだよ」

萌花は時計を見てこの後の展開を考えた。時刻は十九時。

予定ではバーベキューを終えたら、マーシーの車で東京へ戻り、梢枝の家に行くことになっている。今日は蘭子と共に梢枝の家にお泊まりをする予定なのだ。でなければこんな時間まで外にはいられない。もちろんお泊まりは本当だがクルージングのことは両親には内緒にしてある。男の人たちとクルージングをするなんてことを両親が許してくれるはずがない。萌花は今日のために梢枝の母親を巻き込んで色々と工作をしたのだ。

きっと両親は今も娘はその友人の家にいると思っているだろう。ないとは思うが、母が梢枝の自宅に電話を掛け、娘の所在を確認するかもしれない。そのとき梢枝の家にいられればいいのだけど。

と、そこまで考えて萌花は、あ、と口元に手を当てた。

ここから車で東京へ帰るのは無理だ。運転手であるマーシーがお酒を飲んでいたことに今更ながら気がついた。その他の男たちも全員飲んでいたはずだ。そうなると、いったい誰が車を運転してくれるというのだ。飲酒運転の車なんかに乗車したくない。

「ねえ梢枝。マーシーさんお酒飲んでるよね。運転どうするの？」

ベッドに腰を下ろし、うつむいていた梢枝が顔を上げる。なんだか梢枝まで顔色が悪い。

「……ごめん。あたしも気づいてたんだけど、なんか怖くて、マーシーに訊けなくて」

「う、うん。それより、ちょっと大丈夫？　もしかして梢枝も具合悪いの？」

「ほんの少しだけ、身体が気だるい。どうしたんだろ。今までお酒飲んでもこんなふうになったことなかったんだけど」

梢枝はそう言ってバタンと後ろに倒れこんでしまった。「ねえ平気？」訊くと「うん。平気」と言うものの全然平気そうじゃない。目が虚《うつ》ろなのだ。そして蘭子も似たような状態だ。

やっぱり何かがおかしい。

蘭子が「うぅ……」と呻いた。近寄って肩を抱いた。「どうした？」

蘭子は苦しげな表情を浮かべている。「……気持ち悪い。吐きそう」

慌てて近くにあったビニール袋をつかみ、蘭子の口元に当てた。吐きやすいように蘭子の体勢を横向きにして背中をさすってあげた。

蘭子がビニール袋の中に嘔吐《おうと》する。

「萌花、ごめん。お水、もらってもいい？」涙目でお願いされた。

「うん。わかった。すぐ取ってくる」

サロンを飛び出してデッキに向かった。

男たちは固まって話をしていた。萌花に気づくと一斉にこちらを見た。一瞬、立ち止まる。その視線の中に微妙に粘着質なものを感じたからだ。

クーラーボックスを開け、五百ccのペットボトルの水を二本手に取った。そして再び船内に戻ろうとすると背中に声が降りかかった。

「どこ行くの？」

萌花が振り返る。「梢枝と蘭子の体調が悪いんです」

「酔っ払っちゃったのかな。しばらく休ませておけばいいよ。それより萌花ちゃんは大丈夫なの？　どこもなんともない？」

「わたしは……大丈夫です」

男たちが顔を見合わせる。「お酒飲まなかったの？」

なぜそんなことを訊くのか――。

うなずき、逃げるようにして萌花はサロンに戻った。キャップを外して、二人に水を手渡した。

蘭子は自分で身体を少しだけ起こして口に水を含んだが、梢枝は握力がないのか、持っていたペットボトルを床に落としてしまった。慌てて萌花が拾い上げる。

梢枝も蘭子もやっぱりおかしい。ただお酒で酔っ払っているだけのように思えない。

「萌花、ごめんね」蘭子がかすれた声でつぶやいた。「あたし、ちょっと調子に乗りすぎたかも」

そうじゃない。この状況はそんなんじゃないのだ。

変なクスリを盛られた――？

そうだ。

鈍感な自分でもわかる。信じたくないが絶対にそうだ。

「大丈夫かい？」ここでサロンに男が三人、酒瓶片手に入ってきた。三人とも顔が赤く、酔っ払っているのが明白だった。

萌花が身構える。

「おれらが看病してるから、萌花ちゃんはあっちで楽しんでおいでよ」

そんなおかしなことを言う。なぜならこの三人の中にマーシーはいない。彼女である梢枝が酔いつぶれたのだとしたら、彼氏のマーシーが看病を買って出るのが自然な流れじゃないのか。それにとても三人とも看病をしにきたとは思えない。顔がニヤついているのだ。

「……大丈夫です。わたし、ここで二人を看《み》てます。それと、もうそろそろ陸に戻りますよね」

「さあ。どうだろ」

「………」

「そんなことより、萌花ちゃんはおれと一緒にあっちで飲もうよ」

一人の男の手が肩に回った。払いのけたい衝動に駆られたが、萌花にそんなことはできなかった。抵抗を示して豹変《ひょうへん》されるのが怖かった。

半ば強引にデッキに連れ出された。そこには残りの三人の男たちが待ち構えていた。その中にマーシーとクルーザーの持ち主の姿もある。よくよく考えれば操縦士を務めているこの男が酒を飲んでいることだっておかしい。船は車と違って飲酒運転が許されるのだろうか。そんなはずはない。

「マーシーさん。梢枝、だいぶ体調が悪そうなんです。病院に連れて行ってあげた方がいいと思うんですけど」

「平気、平気」マーシーが口元を緩めて言った。「酔っ払っただけだって。少し寝れば回復するよ」

「でも……それに、もうそろそろ帰らないと」

「冗談でしょ。今からじゃん」

何が、今からなのか。想像するだけで怖気《おぞけ》が走った。

男たちの顔から昼間の爽《さわ》やかさはすっかり消えていた。みな、目がギラついているように見えた。

ここにきて辺りの静けさと暗さが心を不安にさせた。つい先ほどまでロマンチックに思えていたのに。ゆらゆら揺れる船上も、萌花の心情をそのまま表したようであった。

椅子に座るよう促され、強制的に酒を手渡された。男三人は萌花を取り囲むような形で位置している。

「改めて乾杯しようよ」

男たちとグラスを合わせたが、萌花は口はつけなかった。絶対に飲んではならない。これはただのお酒じゃないのだ。何度も飲むように強要されたが、その度に萌花は「いいです」と断った。

「よし。じゃあゲームしよう。といっても単純。じゃんけんで負けた奴がグラスを空ける。ただそれだけ」

操縦士の男が提案し、他の男たちはこぞって賛同を示した。

「わたしは遠慮しておきます。本当にお酒は飲めないんです」

「そういうノリ悪いのは白けちゃうなあ」

「そうそう。こういうのはノリが大切だから」

「大人の世界で甘えは許されないんだよ」

わたしは子供だ。梢枝も蘭子も子供だ。

「ごめんなさい。わたし、やっぱり二人を見てきます」

萌花がグラスを置いて腰をあげると操縦士の男に手首をガッとつかまれた。

「あいつらが看病してくれてるから大丈夫だって。何度もいってるじゃん。それに、おれたちこれでも医者の卵だぜ」

だったら未成年に酒を強要しないでほしい。今すぐ船を戻して自分たちを解放してほしい。

「マーシーさん」萌花は友人の彼氏を見た。「マーシーさんは平気なんですか。自分の彼女が体調悪いのに放っておいて平気なんですか」

「もちろん心配だよ」鼻で笑っている。「心配だからこそ友達に介抱をお願いしてるんじゃん。あいつらおれより成績いいし」

男たちが皆で笑い声をあげた。

「さあ、そんなことよりゲームだよ、ゲーム。出さなかったらそいつが負けな。最初はグー、じゃんけん――」

そのとき「きゃーっ」と悲鳴が上がった。船内からで、すぐに蘭子の声だとわかった。

直後、萌花はつかまれていた手を振りほどき、駆け出した。「あっ。おいっ。待てよ」背中に声が降りかかる。

船内に入り、サロンのドアをぱっと開けた。すると、ソファの上で蘭子が腕を抱え、凍えたように身体を震わせていた。梢枝はベッドで目を閉じて仰向《あおむ》けになっている。その梢枝の着衣が乱れていた。閉じていたはずのパーカーのファスナーが開いていたのだ。いったい、何をしていたのか。

「どうしたの？　何があったの？」

蘭子に訊いたが、返事をしてくれない。ブルブルと身体を震わせている。

「二人に何をしたんですか」

二人の傍らにそれぞれ立っている男たちを睨《にら》みつけた。「何って、看病だけど」と、とぼけている。

デッキにいた男たちがぞろぞろとサロンに入ってきた。「おい、ちゃんと見てろよ」元からこの場にいた男の一人がやってきた男たちに対して小声で、ただし詰問口調で言った。

「わたし、着替えたいので、ここから出て行ってもらえますか」

自分でも驚くほど大きい声が出た。男たちは顔を見合わせていたが、「じゃ、後ほど」と言い残して、サロンを出て行った。

すぐにドアを閉め、内側から鍵を掛けた。改めて蘭子に駆け寄った。梢枝よりはまだ蘭子の方が意識がはっきりしている。「蘭子。何があったの？　教えて」その肩を抱いて揺さぶった。

「気がついたら、身体、触られてて、あたし、びっくりして、怖くて……」

「うん、うん」

「夢かと思ったけど、そうじゃなくて……ぅぅ。頭が痛い。ガンガンする」

「大丈夫。横になってて」

「でも……」

「あとはわたしがなんとかする」

そんな台詞《せりふ》が口からこぼれたが、なんとかするってどうするんだ。落ち着け。落ち着け。必死で思考を巡らせる。

とりあえず電話だ。もう親に連絡するしかない。

カバンの方に目をやる。え？　ない。なぜ？　たしかにすぐそこに置いてあったはずなのに。部屋中を見渡したがやっぱりない。梢枝と蘭子のカバンも見当たらなかった。男たちの仕業だとすぐにわかった。先ほどこっそりとカバンを持って出て行ったのだ。ますますヤバい状況になった。カバンにはそれぞれのスマホが入っている。

「……どうすればいいの」思わず口から漏れた。

二人に目をやる。蘭子は口を半開きにして目を閉じていた。眠っている感じとはどこか違って見えた。昏睡《こんすい》状態のように映ったのだ。

ベッドで仰向けの梢枝は、薄目で天井をぼんやりと見ていた。

梢枝の傍らに身を寄せて顔を上から覗き込む。黒目だけが動き、目線が重なった。

「ごめん。萌花、ごめん。二人とも、ほんとに、ごめん。ごめんなさい」

蚊の鳴くような声でつぶやいていた。

「あたし……彼女じゃなかったんだね」

梢枝の目には涙が溜《た》まっていた。その涙が目尻《めじり》からこめかみの方へ流れ落ちる。

その梢枝の額にポツンと一雫《ひとしずく》の水滴が落ちた。これは萌花の涙だった。恐怖と怒りの涙だった。

大切な友人を裏切り、傷つけたマーシーを、あの男たちを、許せない。

## 30

車が停まった。

「おまえはここで降りろ。お別れや」

運転席の栗山鉄平が静かに告げた。

先ほど高速を降り、なぜか車はそこからの最寄りである静岡駅へと向かっていたのだが、なるほど、理由がわかった。共に純を東京まで運んでくれる気はないらしい。ただ、こうして駅まで送ってくれたのだからこの男はそこまで悪人ではないのかもしれない。

助手席に座っていた純がドアノブに手を掛けると、「おまえやない」と制止された。

「樋口、おまえが降りるんや」

その言葉で純は振り返り、後部座席に目をやった。当の樋口はわけがわからないとばかり困惑した表情を浮かべている。「兄さん、それは、どういうことですか」

「どうもこうもない。おまえとはここで別れる」

栗山鉄平は前を睨んだままだ。

車内に沈黙が流れる。

「……なんですか」

「おれはおまえに西野を襲えと頼んだか。金を奪えと頼んだか」

「あれは、その……」

「樋口。おまえ、奪った金を借金取りに取られたいうとったな。だから五十万しか残らなかったいうとったな」

「はい」

「あれ、嘘やろ。ほんまはおまえ、まだどこかに金隠し持っとるやろ。いくらなんでも東京に来てからのおまえの散財ぶりはおかしかった。たった五十万しかないくせにな。せやけど三百万持っとるなら合点がいくわ」

「……あとで半分、兄さんに渡すつもりやったんです」

「いらん」

「……この金も、全部上げます」樋口がセカンドバッグごと差し出した。

「いらん」

「…………」

「降りろ」

栗山鉄平が運転席から操作して、後部座席のドアを開けた。

しばらく樋口は身動きを取らなかったが、やがて腰を持ち上げ、車外へ出た。

ドアが閉まりきる前に車が発進する。サイドミラーに立ち尽くしている樋口の姿が映っていた。

しばらく栗山鉄平は口を利かなかった。黙々と車を走らせていた。

ほどなくして車はガソリンスタンドに入り、従業員に満タンにしてもらい、料金を支払う段になって、「しまった」と栗山鉄平が漏らした。

「おれ、まったく金持ってへんねん。ジョン、貸してくれ」

心の中で舌打ちした。カッコつけて樋口の金を受け取らないからだ。

純はリュックから財布を取り出し、金を支払った。荷物は車内に放置してあったので無事だったのだ。ただ一番大事なスマホは今も西野が持っているはずだ。パスワードも教えたので隠し撮りした動画はまちがいなく削除されてしまっているだろう。

ちなみに栗山鉄平と樋口のスマホ、また樋口のセカンドバッグは助手席のダッシュボードの中で発見した。それを樋口は飛び跳ねんばかりに喜んでいた。それと、タイガーマスクも車内に雑に放置されていた。手にしたとき、なぜかホッとしている自分がいた。

やがて車は高速道路に乗り、左車線をゆったりとしたペースで走った。右車線から次々に追い抜かれていく。

「なあ、おい」

栗山鉄平がふいに口を開いた。

「今日は散々やったなジョン」

横目で見たら口の端が持ち上がっていた。

「おまえほどわけがわからん奴もおらんぞ。おれが今まで知り合った人間の中で、おまえは一番の変わりもんや。ダントツやで」

「……ぼくも、自分がわかりません」

「なんやそれ。やっぱりおまえは頭がおかしいんやな」

「……おかしいんだと思います」

しばらく沈黙が流れる。エンジン音だけが静かな車内に響いている。

「なあ。なんでおれを助けようとしたんや」

少し、間を置いて答えた。「ジョンが、見捨てておけないって。ジョンは正義の申し子だから」

鼻で笑われた。「やっぱりわけわからんわ」

途中、サービスエリアに寄って二人でご飯を食べた。周りの人が栗山鉄平を見てぎょっとしていた。栗山鉄平の顔がボコボコだからだ。まぶたの上を切り、頬《は》を腫らし、唇は赤黒く染まっている。西野たちにやられたのだ。

「こんなん、慣れっこや。もっとひどい目に遭《お》うたこともあるわ」

容体を訊《たず》ねると、なぜか誇らしげにそんな答えが返ってきた。ただ、飲み物が口内の傷に染みるのか顔をしばしば歪《ゆが》めていた。コーラなんか飲むからだ。そういうところはやっぱりバカなのだろう。

再び車に乗り込んだ。

不思議な気分だった。数週間前、たまたま電話をした架空請求業者とこうして二人、車に揺られている。人生はわからない。

「おまえ、ほんまの名前はなんていうねや」くわえタバコの栗山鉄平が訊いてきた。

少し考え、素直に答えることにした。今更隠してたって仕方ない。「純です。佐藤純」

「純でジョンか。おもろないな。捻《ひね》りが足りんわ」

純は首だけでうなずいた。

「笑いに愛された男いうとるけどな、おれはおまえの動画で笑ったことなんて一度もないぞ。全部見たったけど全然笑えんかったわ」

「あれは、芸人のをちょっとパクっただけです」

「わかっとるわ。あれも何がおもろいのかようわからんけどな。関西人は笑いに厳しいねん」

「あの、タバコの灰が落ちそうです」

純がそう指摘すると栗山鉄平は運転席の窓を下げて、タバコを外に投げ捨てた。こいつはやっぱり悪人だ。

「おまえ友達おらんやろ」

また新しいタバコに火を点けている。きっとこいつの肺は真っ黒だろう。

「まあ、おれもおらんけどな。たった一人おった仲のいい後輩ともさっき別れてもうた」

返答のしようがないので純は黙っていた。

「なったってもええで。友達に」

そんなことを急に言う。見るとニヤニヤ笑っていたので冗談だろう。それにこっちだってこんな奴を友達にしたくない。

「いっぺんでもおれを笑わせられたらな。それが条件や」

話を勝手に進めるので、「じゃあいつか挑戦します」と適当に返事をした。

しばらくして神奈川県に入り、そこからまたしばらく走って車は海老名《えびな》サービスエリアに入った。満腹になったら眠気が襲ってきたらしいので、仮眠を取るというのだ。純としては一刻も早く東京に戻り家に帰りたかったが、事故を起こされてもかなわないので異議は唱えなかった。

駐車場の一角に車を停め、栗山鉄平は運転席のシートを限界まで倒した。ただし、寝るのかと思いきや、スマホをいじっていた。暗闇の中でスマホの光を受けて顔が青白く光っている。

「なんで既読つかんねん」「このツラで明日ディズニーなんて行けんぞ」「もう充電切れてまうやないか」そんな独り言をブツブツしゃべっている。

栗山鉄平がスマホを膝元に放った。手を頭の後ろで組み、ぼうっと天井を眺めている。

「寝ないんですか」

「不思議なもんで運転中は眠いのに、こうして停まると急に眠たなくなんねん」

だったら車を走らせてほしい。早く家に帰りたい。

それと、なんとなく、母親の顔を見たい。

31

ジョンには眠気が去ったと言ったが、目を閉じたら鉄平はすぐに眠りに落ちた。やはり身体は相当に疲れているらしい。ぼんやりと夢を見ていた。行ったこともないディズニーランドを歩き回る夢だった。となりに少女がいた。あの女子高生だ。あっちへこっちへ手を引かれ、アトラクションに乗せられる。渋々という態度を取っていたが楽しかった。一時でもつらい現実を忘れている自分がいた。

そんな夢から現実に引き戻したのはジョンだった。横から身体を揺すってきたのだ。

「なんや」不快な気分で助手席を睨みつける。

「電話、掛かってきてますけど」

「あん？」と股《また》の間のスマホを見る。たしかに震えていた。

恐る恐るスマホを手にする。西野かと思ったからだ。

しかし、違った。母だった。舌打ちする。きっとまた金はどうなったのかと迫られるのだ。

身体を起こし、通話にした。

「なんや」

ジョンの前だったのでいつになく強気な第一声を発した。

母は言葉を発さなかった。様子がおかしかった。洟《はな》をすするような音だけが聞こえる。

〈鉄平。お母さん〉

ようやく声が聞こえた。

「わかっとるわ。どうせ金やろ。決めたわ。金は貸さん。ほんまのことというとな、おれは金なんて持ってへんねん」

なぜか素直にそう告げていた。今なら縁を切ると言えそうだった。

〈ううん。お金なんてもうええ〉

鉄平は訝《いぶか》った。「だったらなんの用や」

〈ごめんな。ごめんな。ごめんな〉

「なんで謝んねん」

母はしゃくり上げている。泣いているのだ。

〈この前……ヒッ、せ、せっかく会いにきてくれたのに、ヒッ、お金貸してなんていって……ほんまにごめんな。お、お母さん、あかんねん。ほんまダメな女やねん。ヒッ、自分でも自分が嫌になるねん〉

鉄平は黙って聞いていた。

〈許して。鉄平、許して〉

目を閉じた。

〈許して。許して〉

「ああ、別にもうええよ」

勝手に唇が動いていた。

でも、素直な自分の気持ちだった。

〈もう嫌や。死んでしまいたいわ〉

鼻で笑った。「死んだらあかんわ」

きっと男にフラれたかケンカでもしたのだろう。母が酒に溺《おぼ》れて涙を流すときはきまってそうだ。

けれど、うれしかった。胸の中がじんわり温かくなった。まったく、呆《あき》れるほどおれは単純でどうしようもない。

〈今度、またお母さんに会いにきてな。ヒッ、お母さん、次はちゃんと鉄平と――〉

そこで通話が切れた。

画面を見て理由がわかった。こちらのスマホの電池が切れたのだ。舌打ちした。

再びシートにもたれ、大きくあくびをした。今日は最悪な日だが、最後に少しだけいいことがあった。ほんの少しだけ。

「そろそろ行きますか」ジョンが促してきた。

「おまえが指示するな。楽しい夢を見とったのに起こしやがって」

「どんな夢を見てたんですか」

「教えるかい」鼻で笑って言い、助手席に首をひねった。「教えてほしいか」

「いえ、別にそこまで」

「なんやねん」鉄平は色をなし、鼻をほじってその指先をジョンに向けた。「ほれ。血の混じった鼻クソや。食わせたる」

「や、やめて。やめてください」ジョンが身をよじって逃げる。

「かっかっか。あ、また鼻血が垂れてきたわ。おまえのせいやぞ」

「ほじるからじゃないですか」

ジョンがリュックからポケットティッシュを取り出し、差し出してきた。

それを受け取り鼻に詰めながら、「おまえ、もう一台スマホ持ってんねや」と顎《あご》で指して言った。開いたリュックの中からでかいスマートフォンのような機械がのぞいているのだ。

「これはスマホじゃないです。盗聴器です」

「盗聴器？　誰を盗聴してんねん」

「……妹です」

「妹？　気色わるっ。やっぱりおまえはどうかしとる」

嫌がるジョンを制して、リュックの中に手を突っ込んでその機械を取り上げた。持ってみると意外と重量があった。

「ふうん。こんなのが盗聴器なんか」ためつすがめつ見る。「初めて見るわ」

「最新式なんですよ。衛星を介しているので、相手が電波の届く場所にいればどこにいても盗聴が可能です。居場所だって正確にわかる優れものです」

「偉そうに講釈垂れるな。やってることは変態やぞ」

と言いつつ、興味本位で勝手に操作する。電源を入れるとディスプレイが光った。その後の操作はわからなかったのでジョンに任せた。

「何も楽しくないですよ」

「ええねん。どんなもんかちょこっと知りたいだけや」

ザー、ザーと雑音があり、すぐにくぐもった声が聞こえた。

――やっぱりクスリの量が少なかったんじゃねえか？　だから途中で起きちまったんだよ。

――でもこの前みたいにずっと目ェ覚まさなかったらヤベーじゃん。

――ああ、あれは正直焦ったな。

男の声だった。複数人いるようだ。当たり前だが会話の内容はよくわからない。

――いっとくけど蘭子はおれが最初にもらうからな。

――出た出た。処女好き。

――おれは梢枝でいいや。マサシの使い古しだけど。

ジョンと顔を見合わせた。なんだこの会話は。

――とりあえず誰かあの萌花って女にクスリ飲ませろよ。

――あいつ警戒してて全然酒飲まねえな。

――多少強引に飲ませるしかねえだろ。なんだったらそこの水に混ぜようぜ。

――お、名案。

――つーかおれ、あいつが一番タイプなんだけど。ああいうふつうっぽいのがたまんねえんだよな。

――おい、女どものスマホはこれで全部か。別の端末持ってねえだろうな。

――ああ、カバンごと回収したから大丈夫だろ。

――じゃあそろそろ突入しようぜ。パーティーの始まりだ。

そこで会話は途切れた。男たちが盗聴器から離れたのだろう。聞こえるのは微《かす》かなノイズの音だけだ。

萌花――。ジョンの妹の近くにいて、萌花といえばあの眞田萌花しかいないだろう。

鉄平は助手席のジョンを見た。顔面蒼白《そうはく》だった。

「おいジョン。今の会話はなんだ。教えろ」

説明を求めたが、ジョンにもよくわからないようだ。ただ、今日妹は友人たちと葉山の海へクルージングに出掛けているのだという。友人の名は梢枝と、萌花。

まちがいない。あの少女だ。

「ジョン、妹に電話してみろ」

「ぼくのスマホは西野に取られてます」

舌打ちした。自分のスマホも電源が落ちている。ただ、先ほどの盗聴会話を聞いた限り、電話ができても意味はないかもしれない。本人たちは応答できる状況にないのだ。

「ジョン、その機械で場所わかるいうたな。行くぞ、そこへ」

鉄平はエンジンを掛け、車を急発進させた。

「な、なんで？」

「萌花を救うんや」

「へ？」

「知り合いやねん。明日一緒に夢の国に行く約束もしとる」

「え、え。まったく意味がわからないんですけど」

「わからんでええわ。葉山ってたしか神奈川やろ。だったらこっからそう離れてへんな。しっかりナビせえよ」

「でも、これを見る限り、思いきり海の上にいるようですけど」

「うるさいねん。とにかく向かうんや」

鉄平はアクセルを強く踏み込んだ。眠気は一気に吹き飛んだ。身体が熱を放っている。実際に熱があるのかもしれない。頭に疼痛《とうつう》も出てきた。

ただ、あの会話を聞いて放ってはおけない。

眞田萌花。別に惚《ほ》れてるわけでもなんでもない。数日前、たかだか数十分話をしただけの間柄で、取り立てて縁もない。

ただ、自分に好意を寄せてくれた。一緒にディズニーランドに行くと約束してくれた。あの少女は救わなければいけない気がする。

今までいろんな悪事を重ねてきた。別に後悔などしていないし、これからもアウトローな生き方しか自分にはできないだろう。

これで罪が帳消しになるわけではないけれど、どこかに神様がいるのだとしたら、これは自分に与えられた贖罪《しょくざい》の試練のような気がする。

鉄平はアクセルをベタ踏みした。ハイエースがウオンと吠《ほ》えた。

32

栗山鉄平はいきなりどうしたのか。なぜこの男が蘭子を救いに行くのか。いや、蘭子ではないのか。蘭子の友達の萌花という少女を救おうとしているのだ。

奇妙な話だった。いくら考えてみても、栗山鉄平と蘭子の友人の接点がわからない。栗山鉄平に訊いても「そんなのはあとや」と教えてはくれない。目を剝《む》き、前のめりでハンドルを握り、車をひた走らせている。

辺りの景色が後方に吹き飛んでいく。高速道路なのに周りの車が止まっているように見えた。

「ちょ、ちょっと、百八十キロですよ」

スピードメーターを見て驚愕《きょうがく》した。

「ああ、これが限界みたいやな。これ以上スピード上がらんねん。おまえ意外とデブなんちゃうか」

「死んじゃいますって」

「アホ。おまえなんかと天国行きたないわ」

おまえは地獄だろう。思わずツッコんでしまいそうになる。

Gを受けて背中はシートに張り付いている。まるで生きた心地がしない。レーシングゲームの世界に入り込んだみたいだ。ただし爽快《そうかい》さはまったくない。ゲームのようにコンティニューはできないのだ。

車は保土ヶ谷《ほどがや》バイパスを突き進み、やがて県道311号に入った。当たり前のように信号無視をするので驚いた。前の車を執拗《しつよう》に煽《あお》り、パッシングし、クラクションまで鳴らす。こういう荒い運転をする車の動画がユーチューブにたくさん上がっている。まさか自分が乗っている側に回ろうとは。

「ジョンッ。もう少しやろっ。葉山は」栗山鉄平が叫んだ。

「ここはもう葉山ですよ」手の中の機械に目を落としながら答える。「あ、次の信号を左です」

蘭子が今海上にいることはたしかなので、とりあえずそこにもっとも近い浜辺を目的地としている。その一帯にはいくつかの商業施設もあるようだった。

「きっとその中に船のレンタルショップもあるはずや」

車が左折するとキィィーッと甲高い音が鳴った。タイヤが滑っているのだ。ハイエースでドリフトをするなんてこの男はイカれてる。

「ふ、船を借りるつもりなんですか」

「ジェットスキーっていうんやったか、あの水の上で走らせるバイク。そいつでクルーザーに近寄るんや」

はて、何を言い出すのか。「あのぅ、もう店閉まってると思うんですけど。夜ですよ」

「緊急事態だから貸せと願い出るんや」

「貸してくれるわけないでしょう」

「強引に借りる」

それは脅すと同義語だろう。

「……そもそも運転できるんですか」

「したことはない。けどバイクは中一から乗ってる。人間は両生類や。なんとかなるやろ」

本当に何を言っているのかこの男は。

「あのう、一応訊きますけど、船舶免許、持ってないですよね」

「乗ったことないのに免許持ってる奴がいるか。おまえアホなんちゃうか」

アホはおまえだろう。死ぬほどアホだ。

「ちなみに車の免許も持っとらんで」

愕然として運転席を見た。栗山鉄平はゲラゲラと笑っている。開いた口が塞がらない。

想定の半分以下の時間で目的地に到着した。良いのか悪いのか、ヨットハーバー葉山マリーナZというレンタルショップも発見した。コンビニ程度の大きさの二階建ての建物で、栗山鉄平はその店先に車を停めた。そこから数十メートル離れた岸壁にはいくつもの小型船が係留されている。その中にはジェットスキーも数台あった。きっとここで受付を済ませて、あれらを借りるのだろう。

この時間なので当然シャッターが降りているが、二階の窓から明かりが漏れている。人がいるのだ。「おまえも行くか」と訊かれたので「車で待ってます」と即答した。

栗山鉄平は鼻を鳴らして車を降りた。そのまますたすたと店の前まで歩いていくと、シャッターを拳《こぶし》でガンガンと打ち鳴らした。「緊急事態やーっ。開けてくれーっ」と叫んでいる。

なぜあんな強引なことができるのか。自分はとんでもない人間にケンカを売っていたらしい。

やがてシャッターが開き、アロハシャツを着た中年の男が姿を現した。長い髪の毛を後ろで一つに結っている。一言二言会話を交わし、栗山鉄平が男を押しのけて強引に店内に入っていく。慌てて男がその背中を追っていった。その光景は犯罪以外の何物でもなかった。

純は腹の底からため息を吐き出した。

さざ波の音が聞こえる。海なんて何年ぶりだろう。

今のうちにこっそり逃亡しようか。手の中の盗聴器を見つめ、ふと思った。ずっと電源を入れているが、あれ以来、一切会話は聞こえない。きっとどこかにしまわれてしまったのだ。

蘭子は無事だろうか。考えると焦燥感に駆られる。

妹への憎しみの気持ちはまだ残っている。ただ、今この場では素直に妹の安否を案じている自分がいた。もしかしたら憎しみの大半をジョンが奪っていってくれたのだろうか。思えばジョンと純が明確に二分化されたとき、負の感情や思考の大部分はジョンが担っていた。純はそれを諫《いさ》める係で、つまりは自重を促していたのだが、そうした役割を演じているうちに純が日頃抱いていた鬱憤《うっぷん》、怨毒《えんどく》の感情は薄らいでいったのかもしれない。

純が難解な自己分析を試みていると、栗山鉄平が店内から出てきた。先ほどのアロハシャツの男の首根っこを捕まえて。どういうやりとりが行われたのか、それだけで十分理解できた。

栗山鉄平から顎をしゃくられ、純は車を降りた。そのまま二人の後を追っていく。陸にいくつかのジェットスキーが引き上げられていた。その中のイエローのジェットスキーをアロハ男がトレーラーごと海に向かって引いていく。純も栗山鉄平も後ろから船体を押した。

「あんたらむちゃくちゃだよ。信じられねえよ」

アロハ男が頭を振って嘆いている。

違うんです。むちゃくちゃなのはこいつだけなんです。心の中で弁明した。

「こんな夜の海にジェットスキー走らせるバカがどこにいんだよ。どう考えたって無茶だろう。控えめにいって死ぬぞ。ライトなんてついてねーんだぞ」

アロハ男のぼやきは止まらない。純は同情した。災難にもほどがある。

そのまま砂浜に入り、海に落としたジェットスキーにやがてエンジンがかかる。改造した原付バイクみたいな乾いた音だ。

早速、栗山鉄平が跨る。この男に躊躇《ちゅうちょ》というものはないのか。純は未《いま》だこのマシンに自分が乗り込むのを半信半疑でいる。先には真っ黒な海が果てしなく広がっているのだ。寄せては返すさざ波の音が純の心をさらに不安にさせた。この暗い海の中を航海に出ようとしている。このジェットスキーで。しかも免許も持っていない人間が。あまりに常軌を逸している。

「これがアクセルやな。どれがブレーキや」栗山鉄平が振り返って訊いた。

「ブレーキなんかねえって。アクセルを離すと水の抵抗で勝手に止まるの。ねえ、君やっぱり運転したことがあるっていうのウソじゃねえか」

「忘れとっただけや」

もちろんアロハ男に信用した様子はない。

「ったく。一応これ着ろよ」

ライフジャケットが放って寄越《よこ》された。私服の上からそれを着た。やたらゴッい懐中電灯も受け取った。「水死体が上がるなんて勘弁だからな」

「あの、今更なんですけど、いいんですか。貸してもらって」純がアロハ男にささやいた。

「いいわけねえだろう。こいつに貸さねえと店破壊するぞって脅されたんだよ。これって立派な犯罪だぜ？　わかってんのかよ」

「……わかってます」

「このあとすぐに警察に通報するからな」

「それはこっちから頼んだんやんけ。はよ、水上警察いうのに電話せい。船の上でいたいけな子羊たちがオオカミどもに襲われそうやって」

「それだってほんとかどうかわかんねえし。だいたいそれなら警察に任せればいいじゃねえか」

「おれは警察を信用してへんねん。それに、間に合わんかったらどうするんや。おまえが責任取ってくれるんか？　あ？　こいつの妹がキズモノになって暗い人生を歩んだらおまえが面倒見てくれるんやな？　その覚悟はあるんやな？」

「そういう言い方をするなよ」アロハ男が顔を歪め、そして純を見た。「本当に君の妹がそこにいるの？」

「はい。ピンチなのはまちがいないです」

アロハ男にじっと目を覗き込まれる。「そう。じゃあもう行きなよ。頼むから壊さないでよ。これ、うちのやつで一番高いんだから」

一応、うなずいておいた。

33

「準備はええか。しっかり前を照らしておけよ。よし、いざ出発——おい、抱きつくんじゃねえ」

後ろを振り返り、ジョンを睨みつけた。

「抱きつかないと振り落とされちゃうじゃないですか。——そうですよね？」

「当たり前だろ」腕を組んで見守るアロハ男が呆れたように言う。

舌打ちした。「じゃあ今だけ特別抱かせたるわ。ええか、出発するぞ」

少しだけ右手のアクセルを回してみた。おお。進んだ。アクセルを離した。前につんのめった。なるほど、これはブレーキいらずだ。

後ろを振り返り砂浜に立つアロハ男を見た。「そう心配そうなツラすんなや。ちゃんと戻ってくるわ」

「今からでも遅くないぞ。考え直せ。こんなの映画の見過ぎだ」アロハ男が言う。ただしどこかあきらめた口調だった。

鉄平はニヤリと笑った。「ちゃんと警察に通報せえよ」

前に向き直り、再びアクセルを回した。エンジンが唸りを上げ、両脇から水飛沫《みずしぶき》をあげて船艇が推進する。

前方には一筋の光線が伸びている。後ろにいるジョンが懐中電灯で照らしているからだ。意外と遠くまで照らされているが、光の外は闇だ。それこそ数メートル先も見えない。頭上の月もまったく役に立たない。今だけ太陽と交代してくれないものか。

そうした視界不良の中、左右に不安定に揺れながら前に進んでいった。なんとなくコツがわかってきた。どうやら体重は後ろに預けたほうがいいようだ。そしてスピードはある程度出したほうが船体が安定する。

慣れてきたので徐々にスピードを上げていった。水飛沫が肌に冷たい。服はもうビショビショだ。だがこれは楽しい。波にぶつかり船体がトビウオのように跳ねた。わお。ハマってしまいそうだ。

「ぎゃーっ。止まって。止まって」耳元でジョンが叫ぶ。「止めてくださいっ」

アクセルを離した。途端に減速し、流れるプールのようにゆったりと進んでいく。

「なんやうるさい」

「懐中電灯が落ちちゃいますよ。それに、方角の確認をしないと」

「おまえさっき真っ直ぐいうたやんけ。ちゃんと真っ直ぐ進んどるつもりやぞ」

「つもりじゃダメですよ。ちょくちょく現在地を確認しながら進まないと」そう言ってリュックから盗聴受信機を取り出した。画面が光っている。「ほら、見てください。少し左にずれてます」

「ふん。おまえのチンポが左に傾いてるからや」

「なんですかそれは。それとスピードはほんと抑えてください。ぼくが振り落とされたらこの機械もダメになります」

「防水ちゃうんかそれ」

「防水の盗聴器なんて意味がわからないじゃないですか」ため息をついている。「蘭子たちが乗っているクルーザーはあっちの方角にあと二キロ程度です」

ジョンが指す光線の先を睨んだ。

「見えへんな。おい、今更やけどその機械信用できるんやろうな」

「大丈夫なはずですけど。ただ、こうして使うのは初めてですし」

「おまえちょっと泳いで船がちゃんとあるかどうか見てこい」

「ぼくは筋金入りのカナヅチです」

「真面目に答えるなボケ」

そんな詮《せん》ないやりとりを交わす。暗い海にぷかぷか浮きながら。穏やかにたゆたう海面を見つめていると心までも沈静してしまう。ただ、今はそれではいけないのだ。

「やっぱりあれからなんも聞こえへんか」

ジョンに訊いた。受信機からはイヤフォンが伸びており、ジョンの耳に片方だけ差し込まれているのだ。これはジェットスキーに乗り込んでからずっとそうしている。

「さっぱりです」

「そうか。急ご」

「はい」

鉄平が前に向き直ると「あ、ちょっとだけ待ってください」とジョンが言った。再び後ろを見やると、ジョンがリュックを漁《あさ》っていた。

取り出したものは例のタイガーマスクだった。

「何すんねん」

「被《かぶ》るんですよ」

「被ったら何が変わんねん」

「すべて変わるんです。少なくともぼくよりジョンの方が頼りになると思います。このあと危ない展開が待ち構えていそうですし」

わけのわからないことを言っている。

そして、ジョンがマスクを被った——。

「ジョジョジョジョジョーン。笑いを愛し、笑いに愛された正義の申し子、ジョン様の登場だっ」

鉄平は口をあんぐり開けて、後ろの小男を見ていた。

「いいねいいねナイトマリン。ゾクゾクしちまうじゃねーか。おい、きさま。こんな海のど真ん中でアザラシみたいにぷかぷか浮かんでないで、とっとと出発しろ。おまえはゴマちゃんか。海中からジョーズの群れが近づいてきたらどうすんだ鼻毛野郎が。ま、ジョン様とジョーズのコラボも悪くねーけどな。今年の夏のイチオシ映画は『ジョーンズ様』、なんちゃって。だははは」

ジョンのバカでかい笑い声が静かな海に響き渡る。

ああ、わかった。今ようやくすべてを理解した。こいつは二重人格なんだ。きっとオンとオフのスイッチがこのタイガーマスクなのだろう。

「おい、いつまでオレ様のタイガーマスクに見惚《みと》れてるつもりだ。レッツゴーの命令を出しただろう。おっと、命の恩人を乗せていることをけっして忘れるなよ」

誰が命の恩人やねん——。思ったが口には出さなかった。否定するのもバカバカしい。

アクセルを回し、再びジェットスキーを走らせた。

「ひゃっほー。最高だぜベイベー」

後ろでジョンがはしゃいでいる。

どうせなのでフルスロットルにした。エンジンが唸りを上げる。海面を切り裂くように疾走した。

「バ、バカ野郎。死ぬ、死ぬーっ。ファーック！　ジーザス！」

どうやら人格が変わっても根っこはビビリに変わりないらしい。

34

「ねえ、萌花ちゃん、そろそろ開けてくれよー」

ドア一枚を隔てた向こうから汚い男の声がする。絶対に開けてはならない。誰が開けてやるものか。

「船を陸に戻してくれるまで絶対にここは開けません」

萌花は毅然《きぜん》と言い放った。大人しくて気の弱い自分とは思えない。友を救うためなら鬼にだってなってやる。

「おれらなんか怒らせるようなことしたかなあ」

「自分たちの胸に手を当てて考えてください。それとカバンを、スマホを返してください」

「カバン？　スマホ？　何それ。おれら知らないよ。なあ」

とぼけて笑っていた。

萌花は振り返り友を見た。ベッドには梢枝、ソファには蘭子が横たわっている。二人ともう完全に意識を失っていた。もちろん息はしているが、先ほどから何度身体を揺すっても一向に起きる気配がない。何を飲ませたのか知らないが、きっとイタズラをされても起きない程度の強力なクスリなのだ。この男たちは医学を自分たちの汚い欲望のために使おうとしている。こんな奴らが医者になるなど、悪い冗談にも程がある。

「楽しく飲もうっていってるだけじゃん。それなのにどうしてそんなに嫌がるんだよ。おれたちのこと嫌いなわけ？」

「大嫌いです。わたしたちに変なことしたら、訴えますから」

「何を訴えるんだよ」

「学校、退学になりますよ。いいんですか」

「会話になってないけど。きみ、偏差値低いでしょ？　勉強教えてあげようか」

「あなたたちなんかに教わることはありません」

「そんなこといわないでさー。こっちは色々教えてあげたいんだよ。萌花ちゃんが知らない世界をさ。なあ、お願いだからここを――」

「おい、もういい。こっちから強制的に開けるわ」

このクルーザーの持ち主の声だった。萌花はドアを睨んだ。

「これはおれの船だぜ？　スペアキーくらい持ってるんだよ」

たしかに鍵が差し込まれる音がした。萌花は飛ぶようにドアに駆け寄った。

とっさの機転でドアノブの上にあるサムターン部分を手で押さえ込んだ。ここさえ水平になっていればロックは解除されない。逆にこれが垂直になってしまったらアウトだ。

「あれ？　なんだ、開かねえな」

「その鍵合ってんのかよ」

「合ってるに決まってるだろ」

その後も外からガチャガチャとやっていたが、萌花も両の指先にありったけの力を込めてサムターンを固定して抵抗した。こうなるともう持久戦だ。

気が緩んだのか、一瞬、サムターンが垂直に動きそうになった。慌てて力を入れ直して水平に戻す。

「なるほど。わかった。あの女が内側から鍵んとこ押さえてんだ」

バレた。萌花は唾を飲んだ。

「さて、いつまで持つかな」

不敵に言われ、そこから本格的にドア一枚を隔てた攻防が始まった。男たちは「次はおれがやる」と代わる代わるメンバーを入れ替えて挑んでくる。こっちは一人なので、いくら力学的に有利とはいえ限界がある。腕に乳酸も溜まってきていた。

「あークソっ。開かねー。もうドアぶち破ろうぜ」

「こんな頑丈なドアぶち破れるわけねーだろ。それに親父に殺されるよ」

その後もしばらく格闘は続いた。萌花は額に玉の汗を浮かべ、歯を食いしばって耐えていた。

どれだけ時間が経過したろうか、急に外からの力を感じなくなった。物音も消えた。

ドアに耳を押し当ててみる。何も聞こえない。気配も感じない。

一息ついた、そのときだった。一気にサムターンが垂直に動いた。やられた。

慌てて肩を使ってドアを押さえ込む。ただし、ロックが解除されてしまった以上、女一人の力など抵抗になっていなかった。呆気なくドアごと押しやられてしまった。

男たちがぞろぞろとサロンの中に入ってくる。六人全員いた。部屋の中が一気に酒臭くなった。

「いやー、長い戦いだったなあ」クルーザーの持ち主の男が肩を揉みながら言った。

「油断したろ？　こっちの作戦勝ちだな。ま、ここがちがうんだよ、ここが」こめかみを指でトントンと叩いている。

「あらら。梢枝と蘭子ちゃんはすっかり酔いつぶれてるのか」今度はマーシーがニヤけながら言った。「じゃあやっぱり元気な萌花ちゃんとあっちで飲み直すしかないな」

「おれは今の労働で疲れたし、眠くなっちまったからここで少し仮眠取らせてもらうかな」

「おれもおれも」

二人の男がそんなことを言い出す。最初に梢枝と蘭子にイタズラをした男たちだ。

「わたし、行きません。ずっとここで梢枝と蘭子を看てます」恐怖で声が震えた。

「だからそういうのがノリが悪いっていうんだよ。一日楽しませてもらっただろ？　クルージングして海に潜って美味《うま》い肉食って、そういうのって庶民には中々出来ないことだぜ。わかってる？」

「そうそう。だったらおれらのことも楽しませてくれなきゃ。大人の世界はギブ＆テイクで成り立ってんだから」

「レ、レイプは犯罪です」

「レイプ？　おいおい、人聞き悪いこというなよ。いつおれらがレイプするなんていったよ。ちょっと一緒に酒飲んでくれってお願いしてるだけじゃん。あ、今更未成年とかそういう寒いこといわないでね」

「わたし、絶対にお酒なんか飲まないし、ここから一歩も動きませんから」

両の拳をきつく結んで萌花は言い放った。

本当は泣きたい。けれどそれは出来ない。こんな奴らに屈して涙を流したくない。

「仕方ねえな」

マーシーが男たちに向けて顎をしゃくった。その合図で男たちが動いた。萌花に手が伸びてくる。「きゃーっ」張り裂けんばかりの悲鳴を上げた。「ああ、うるさいうるさい」と男たちはおかまいなく萌花を捕らえようとしてくる。狭いサロンを必死に逃げ回ったがすぐに捕まった。

一人の男が萌花の身体をひょいと持ち上げ、肩に担いだ。

「さあ、いい子ちゃんはおれらとあっちで飲み直す。決まり決まり」

尻をペンペンと叩かれた。

悲鳴を上げ、もがいた。男の背中をバシバシと叩いた。空《くう》を蹴るように両足を振り乱した。

「こいつ暴れるなあ。おい、おまえらも手伝えって」

三人の男に腕、腰、足をそれぞれつかまれ、仰向けの状態で頭上高く持ち上げられた。

どこかの国の民族の儀式のようだった。萌花は生贄《いけにえ》だ。「わっしょい、わっしょい」と掛け声を発して萌花の身体を外に運んでいく。

デッキへ出た。

身体は動かせない。

かわりに泣き叫んだ。この夜空のどこかにいる神様に声が届くよう、萌花は力の限り泣き叫んだ。

神様、助けて――。

誰か、助けて――。

35

どこからか、女の悲鳴が聞こえた気がした。

ただ、空耳だろう。見渡す限り人どころか船の姿もなく、黒々とした海がどこまでも広がっているだけだ。何より自分たちの乗るジェットスキーのエンジン音がうるさくて人の声など聞こえるはずがない。

それより、本当に船などあるのだろうか。このままだと外国まで行ってしまいそうだ。

「おいっ。アレじゃねえか」後ろからジョンが叫んだ。

懐中電灯の光の先を見ると、遠くの海にたしかにポッンと蛍のような光が落ちている。そのままもう少し進むとその光がまちがいなく船から発せられているものであることがわかった。

船は白いクルーザーだった。ジョンにちゃんと確認させるために一旦《いったん》停まることにした。

「ビンゴだ。あそこから信号が発せられている。あのクルーザーに蘭子たちは乗ってんだ。よーし、ここからはなるだけスピードを落として近づけ。エンジン音が聞こえて逃げられたらマヌケだ。よし、行け」

「命令すんな。海に突き落とすぞ」

どうしてここまで人格が変わるのか。ジョンはどこまでも生意気で、憎たらしいことこの上ない。この一件が片付いたら改めてとっちめてやる。

距離にして百メートルほどまで近づいた。ジョンに懐中電灯を消させ、クルーザーが放つ光に向かって慎重に進んだ。

間近で見たらかなりでかいクルーザーだった。全長は二十メートル以上ありそうだ。それが高級なものであることは鉄平にもわかった。ただし、下劣なオオカミ共の乗る海賊船だ。

確認する限り、船外には人の姿は見当たらない。全員船内にいるのだろうか。だとするとありがたい。

きっとどこかに船に乗り移れる場所があるはずだ。旋回して船の尻の方に回ると、はたして足場はあった。きっとあそこから海に飛び込んだり、船に上がったりするのだろう。アクセルとハンドルを微妙な力加減で操作し、クルーザーの船体にジェットスキーを横付けした。

エンジンを切り、まずはジョンが、続いて鉄平が乗り移った。

デッキにはテーブルや椅子があり、そこにコップや皿などが置いてある。バーベキューコンロもあった。炭の匂いがする。

「いよいよここまで来たな。血がたぎるぜ」ジョンが首を鳴らした。「クリちゃんよォ、こっからどうすんべ」

「誰がクリちゃんや。殺すぞ」

胸ぐらをつかみ上げた。

「いいか、オレ様の考えた作戦はこうだ。まずはだな――」

「作戦なんていらん。全員ぶっ倒す」

「それにしたって作戦が必要だろうボケ。敵が何人いるかわからねえんだぞ。いっとくがオレ様を戦闘要員として数えるんじゃねえぞ。ケンカなんてしたことねーんだからな」

「偉そうにいうことか。ハナからおまえなんかに期待しとらんわ」

「オレ様は頭脳派なんだよ。おまえみたいな脳ミソ筋肉バカとは——あ、おい、おいっ」

ジョンが声を発して鉄平の後方を指差した。振り向いて、鉄平も「ああっ」と思わず声を上げた。

ジェットスキーが三十メートルほど先の海に浮かんでいたのだ。

「このウンコ野郎が。なんでロープとかで繋《つな》いでおかねえんだよ」

「ロープなんかどこにあるんや。出してみい」

「たとえだろうが。どうすんだよ。アロハのおっさんが泣くぞ。おお、おお、どんどん流されてくぞ」

本当だった。顔を歪めた。アロハ男の顔が思い浮かんだ。どうしよう——。

「あーあ。オレ様しーらない」

「テメェ、他人事《ひとごと》みたいに——」

そのときだった。船内から女の悲鳴が上がった。

弾かれたように鉄平は駆け出した。

「あ、オレ様を置いて行くんじゃねえ」

# 36

ようやく降ろされ、萌花はデッキに立った。いや、その場にへたり込んだ。悔しさで胸がいっぱいだった。女の非力をこれほど嘆いたことはない。もういっそのことこの暗い海に身を投げてやろうか——。

目の前に酒の入ったグラスが差し出される。液体が怪しく揺れていた。

萌花は涙をぬぐいながら、さりげなく辺りを見渡した。男は四人。

デッキの中央にはテーブル。そのテーブルの上に肉を切るために用意されていたナイフがあった。

「ほら、飲めよ。自分で飲まなかったら強制的に飲ませるからな」

目の前の男が目を見開いて言った。

「もう別にいいんじゃね？　飲ませなくても」と別の男。「萌花ちゃんさー。もうぶっちゃけるんだけど、一回やらせてよ。そうしたらもう酒も強要しないし、すぐに帰してあげるからさ」

「そうだな。もうこんなのいらねーかもな」

萌花は頭を小さく振った。「……意識があると嫌なので、これ、飲みます」

「あっそ」男が鼻で笑う。「じゃあすぐ飲めよ」

萌花は男の手からグラスを取り、立ち上がった。

一つ息を吐いて、口内いっぱいに液体を含んだ。男たちが目を細めてそれを見つめている。

萌花は鼻から息を吸い込んだ。そして目の前の男の顔面に向かって勢いよく液体を吐き出した。

「このアマッ」

そのスキにテーブルに走った。ナイフをつかんだ。

振り返り、切っ先を男たちに向けた。

男たちが笑う。「なんだよそれ。おれらを殺すつもりかよ」

「いよ！　殺人鬼萌花ちゃん」

「ちがいます。わたしが死ぬんです」

首筋に刃を当てた。男たちの表情が一変し、空気が張り詰めた。

「冗談だろ。よせよ、流行《はや》らねーぞ自殺なんて」男の顔は引き攣《つ》っていた。

「本気です。あなたたちの道具になるなら、わたしは死にます。離れてください」

冷静に静かにそう告げた。それが逆に切迫した感じを与えたようだった。実際に半分くらい本気でそう思っている。ただ、死ぬわけにはいかない。このケダモノたちに一泡吹かせるために自分の命を引き換えにするなんてバカげている。それに、梢枝と蘭子を救うのだ。

萌花は船内に向かってゆっくり歩き出した。その間もナイフの切っ先は自分に向かっている。

船内に入り、サロンのドアを開けた。蘭子と梢枝にそれぞれ覆いかぶさっていた男たちが同時に振り向いた。萌花の手の中にあるナイフを見て、ぎょっとした表情を作り、即座に後ろに距離を取った。

二人の着衣はまだ乱れていなかった。最悪ではない状況に少しだけほっとする。

「今すぐ部屋を出て行ってください」

やはり冷静に告げた。この段になると妙に頭もクリアだった。覚悟があるというのはこういうことなのかもしれない。

二人の男は部屋を出て行こうとしなかった。困惑していて動けない様子だ。

そうこうしているうちにデッキにいた男たちがドカドカとサロンに入ってきた。

萌花は改めて六人の男と向かい合い、対峙《たいじ》した。

「おれたちが悪かった。だからそのナイフはしまってくれ」

言ったのはマーシーだった。悄然《しょうぜん》とした顔を作っている。

臭い演技だと思った。こいつらはみんな大根役者だ。

「信用できません。今すぐ船を陸に戻してください」

「わかった。約束する。だから変なこと考えるなよ。ほら、それ、こっちに渡して」

「近寄らないでくださいっ」

男たちがにじり寄ってくる。オオカミが集団で獲物を狙うように萌花の四方を取り囲んだ。萌花は中央で自転を繰り返し、ナイフをそれぞれの男たちに向ける。

「来ないでっ」

「いいからそのナイフを寄越《よこ》せって」

「来るなっ」

男の一人が壁をドンッと拳《こぶし》で叩《たた》いた。その音の方に意識を取られた瞬間、背後から腕が伸び、手首をつかまれた。身体を羽交い締めにされる。

「オラッ、早く寄越せ」

「イヤーっ。放してーっ」

叫んだ。暴れた。

ナイフを奪われた。髪の毛をつかまれ、そのまま頭を壁に打ち付けられた。側頭部を強打し、意識が飛びそうになる。萌花はその場に頽《くずお》れた。

「このガキ、手間かけさせやがって。あー痛。爪で引っ掻《か》かれちまったよ」

「こいつとんだ暴れ馬だな」

「こういう女をやる方が燃えるだろ」

「サディスティックだねえ」

「誰からやる？」

「こいつはおれが最初にやるって話だったろ」

「もうみんなでやっちゃえばいいんじゃねえか」

男たちの手が、自分に向かって伸びてきた。

## 37

栗山鉄平の背中を追って船内に入ったところで、「ちょっと待て」と、うしろから服を引っ張った。びしょ濡《ぬ》れだが、それは自分も同じだ。

「なんや」栗山鉄平が鬼の形相で振り返る。

「何か武器を探す」とは言ったものの、通路にはめぼしいものは見当たらなかった。

「おい、早くしろ。手遅れになるぞ」

たしかにその通りだった。壁を挟んだ向こう側から切迫した声が聞こえる。

「ちょっと待ってって。ああ、クソ。どっかに手榴弾《しゅりゅうだん》でも転がってねえかな」

とりあえず、壁に収納があったので開けた。するとそこには消火器と、いくつものカバンが詰め込まれていた。

「おい、これ蘭子のカバンじゃねえか？　なんか見覚えがあるぞ」言いながらカバンの中に手を突っ込んだ。「やっぱりだ。ほれ、蘭子のスマホだ」

「今更そんなの必要ないやろっ。もういい。突入すんぞ」

栗山鉄平がドアノブに手を掛ける。ジョンはとりあえず、スマホと消火器を持ち出した。

# 38

「そこまでだっ。変態のチンカス野郎ども」

妙に甲高い声がサロンに響き、萌花は顔を上げた。

揺れる視界の中に映ったのは、タイガーマスクと、あの男だった。

栗山鉄平——。なぜだろう、顔がボコボコだった。ただ、まちがいなく栗山鉄平だった。

これは夢か。幻か。意識が朦朧《もうろう》としているからか。

「笑いを愛し、笑いに愛された正義の申し子、ジョン様の登場だっ。そしてこいつはペットのクリ坊。きさまら悪党どもを成敗しにきた」

「だーっ。どうしてテメェはそうやって毎回自己紹介をするんや。それに誰がペットやっ」

「正義のヒーローはここが見せ場だろ。水戸黄門だって名乗らなきゃただのジジィだろうが。おい、誰でもいい。カメラを回せ」

タイガーマスクがスマホを掲げて見せた。萌花と目が合い、「君が適任だ」とスマホが放られた。慌ててキャッチする。

「また余計なことを」栗山鉄平が舌打ちする。そして男たちをキッと睨《にら》みつけた。「とりあえずそういうことや。おまえらどこのボンボンどもか知らんけどな、こんな汚い真似おれだってやらんぞ。反吐《へど》が出るわ。一人残らずサメの餌にしたるからな。覚悟せえよ」

男たちは皆、石化したように固まっていた。この場の状況を理解できていない様子だ。萌花自身もそうだった。未《いま》だ目の前の光景を受け止めきれずにいる。

なぜこの場にタイガーマスク——蘭子のお兄ちゃんと栗山鉄平がいるのか。どうやってこのクルーザーに乗り込んできたのか。もう何が何だかさっぱりだった。

「おっと。おまえら動くんじゃねえぞ。この消火器が火を噴くぞ」

「消火器が火を噴いてどうすんねん」

タイガーマスクの手には赤い消火器がある。おそらく船の中にあったものだろう。

「おまえら何者だよ。いきなり人の船に乗り込んできてコント始めるんじゃねえよ」男の一人が言った。

「何者だと？　ふん。もう一度自己紹介が必要なようだな。オレ様は笑いを愛し、笑いに——」

「もうええっ」

栗山鉄平が男たちの群れに飛び込んだ。そこからはもうめちゃくちゃだった。大人数の男たちが揉《も》みくちゃになって大乱闘を始めたのだ。「痛い。おいちょっと待て。何でこれ噴射されねーんだ」「ドアホっ。ピンが抜かれてへんやんけ」「痛い、痛い。オレ様に触るなっ」「正義のヒーローなら根性見せろや」「クリ坊、ヘルプミーっ」

狂騒は加速していく。

39

右頬にパンチをもらった。ふん、効くかそんなもん。お返しに腹に膝蹴《ひざげ》りをお見舞いしてやった。

妙に爽快《そうかい》な気分だった。身体中にアドレナリンが巡っている。ただ、不思議と頭は冷静だった。

正義とは程遠い人生を歩んできた自分が、誰かのために戦っている。ただ、今この瞬間は、こういうのも悪くない、とガラにもないことを思っている。

後ろから羽交い締めにされた。首の反動を利用して後頭部を相手の顔面に叩きつける。振り返ると同時に回し蹴りを食らわせた。

さて、肝心の正義のヒーローは——。ああ。顔をしかめた。

40

「タイムっ。ピンを抜くからそれまでタイムっ」

目の前の男に向けて、手のひらを突きつけた。ただ相手が待つはずもなく、胸に前蹴りを食らった。後ろに弾《はじ》き飛ばされ、消火器が手から離れる。

「おいクリ坊、こっちだ。こっちをルック。まずはオレ様を助けろっ」上半身を起こし叫んだ。

「ふん。自分でなんとかせえや」

栗山鉄平は冷たくそう言い、男にパンチを見舞っている。

「ユーマストヘルプミー」

「英語わかりませーん」変な節をつけて肩をすくめている。

なんて性格の悪い野郎だ。ここにきてこれまでの復讐《ふくしゅう》をしようというのか。

蹴られた男に頭頂部をつかまれた。やばい、マスクを剝《は》ぎ取るつもりだ。必死で抵抗を示す。力任せに起き上がらされる。「アイタタタタタタタタ。放せっ」腕を振り乱した。髪の毛ごと鷲《わし》づかみにされているのだ。そのとき、「グアッ」相手の呻《うめ》き声と同時に頭が解放された。顔を上げると栗山鉄平が横に立っていた。どうやら助けに入ってくれたらしい。

「おまえ、ただの足手まといやないか」

「黙れ。オレ様はここからだ」

今しがた栗山鉄平に倒された男を蹴りつけた。「この野郎。よくもオレ様の毛髪を。ハゲたらヅラ代請求すんぞコラッ」何度も踏みつけてやった。

「おい蘭子フレンド。カメラっ」

片隅で小さくなっている蘭子の友人に向けて叫んだ。少女は首をかしげている。

「オレ様の勇姿をおさめるんだっ」

## 41

言われて、萌花は手元のスマホを見た。蘭子のものだが機種が同じなので使い方はわかる。なぜそんなことを、と思ったが、とりあえず従うことにした。

ただしスマホはロックされていた。パスワードは知らない。ダメもとで0を連打したらそれでロックが解けた。なんて横着者なのか。

なにはともあれカメラを向けたときには、タイガーマスクは男の一人から馬乗りになられており、すでに劣勢の状態にあった。

無意識に栗山鉄平にカメラを向けていた。栗山鉄平は鬼神のように強かった。素人目にもケンカ慣れをしているのがわかった。身体が大きいこともあるのだろう。逆に男たちは貧弱だった。その構図は暴れ狂うゴリラとキーキーうるさいだけのチンパンジーたちだ。もうすでに二人の男が倒され、起き上がってこない。

その栗山鉄平と男の一人が揉み合う中で、男の方が弾き飛ばされ、ちょうどソファに横たわる蘭子の上に落ちた。そして「邪魔だ」と蘭子の頭に肘《ひじ》を落とした。

直後、「うおおーっ」と叫んだのはタイガーマスクだった。馬乗りになられていた相手を吹っ飛ばし立ち上がった。「テメェらよくもオレ様の妹を殴りやがったな。はい、

「プッツン。もうプッツン」

タイガーマスクが落ちていた消火器を手に取った。ピンが抜かれ、消火剤が噴射された。一瞬でサロンの中が白煙に包まれる。「オラオラオラーっ。おまえら全員死にやがれーっ」タイガーマスクが辺り構わず四方に放射していく。「ゴホッゴホッ。ジョン、テメェ。こっちに向けるんじゃねえ」栗山鉄平の全身もすでに真っ白だ。

萌花は目を手で覆った。指の隙間から見えるのはホワイト一色で、濃霧の中にいるようだった。

どこか現実離れしている光景だった。

夢のようだった。

ただ、男たちの叫声だけが飛び交っている。

## 42

潮の香りが鼻先をくすぐった。陸地に戻ってきたのは真夜中だった。萌花は毛布を羽織り、制服を着た女性の警察官に付き添われている。数台のパトカーが放つ赤色灯の光がくるくると回って辺りを照らしていた。波の音が聞こえる。海風が萌花の前髪をふわっと持ち上げた。

警察官にもらった温かい缶コーヒーをすすった。ブラックだ。ふだんコーヒーなど飲まないけれど美味《おい》しかった。

　梢枝と蘭子は大丈夫だろうか。二人はつい先ほど救急車に乗せられ、病院へ運ばれて行った。ストレッチャーに乗せられた梢枝は「ごめんね。ごめんね」とずっとつぶやいていた。萌花は手を握り、「大丈夫だよ」と耳元でささやいた。

　両親はいつ頃ここへやって来るだろう。警察官がいうには今、東京から車でここに向かっているらしい。きっと叱り飛ばされるだろう。当たり前だ。きっとこれからは外出する際にどこで誰と何をするのか詳しく説明しないといけない。信用を取り戻すのは時間がかかりそうだ。

　水上警察がクルーザーに乗り込んできたのは乱闘が終盤を迎えた頃だった。あっという間にその場にいた男たち全員を捕らえ、連行して行った。栗山鉄平も、蘭子のお兄ちゃんも。

　ちょうどそこに蘭子のお兄ちゃんが二人の警察官に挟まれてやって来た。まだタイガーマスクを被《かぶ》っている。

「おいコラっ、放せ。オレ様を誰だと思ってんだ。ジョン様だぞっ。何で正義の味方が捕まんなきゃならねえんだ」

「いいから君はまずそのマスクを取りなさい」

「冤罪《えんざい》だ。これは冤罪事件だ。ユーチューブで吊《つ》るし上げてやるからな。次は国家権力との戦いだっ」

「うるさい。乗れ」

乱暴にパトカーに押し込められている。こちらも同様に警察官に挟まれている。髪の毛がおじいちゃんのように真っ白だった。きっと自分もそうだろう。

トクンと心臓が鳴った。それとほぼ同時に萌花は立ち上がっていた。そして駆け寄った。

気づいた栗山鉄平が立ち止まり、目の前の萌花を見る。

「白粉《おしろい》でも塗りたくったような顔しとるぞ」歯を見せて笑っている。

「あの、あのう……」

言葉が出てこない。代わりに涙が溢《あふ》れてきた。

「なんや？　なんで泣いてんねん」

「明日……ディズニーランド、行けないですよね」

栗山鉄平が吹き出した。「行けるかい。こんな状況で」

「です、よね」萌花は手の甲で涙をぬぐった。「でも、落ち着いたら、一緒に行ってくれますよね」

栗山鉄平は無表情で黙っている。

「わたし、チケット用意しておきますから」

「他の奴と行けや」

「え？」

「あんたはおれみたいのと関わらん方がええわ。あんたがおれにどんなイメージ持っとるのか知らんけどな、おれは悪い人やで」

「……悪い人が、どうして、助けてくれたんですか」

「気の迷いやろな。きっと」

「おい、行くぞ。君も離れて」

警察官が栗山鉄平を連れ去って行く。

遠く、萌花の手の届かない遠くへ、連れ去ってしまう。

背中を見つめた。広く、大きい背中。

冷たい海風が頬を撫《な》でた。持っていた缶コーヒーをすすった。

ほろ苦い。

やっぱり、コーヒーはまだ早い。

# エピローグ

一年ぶりくらいだろうか、久しぶりにユーチューブを視聴してみた。別に見ないと決めていたわけではないが自然と遠ざかっていた。

パソコン画面に映っているのは、一年前の自分と栗山鉄平。いや、自分ではなくジョンか。

ジョン。彼とはあれ以来会っていない。ずっと胸の中で眠ったままだ。

やがて画面が白煙で真っ白になった。喧騒だけがスピーカーから聞こえている。ほどなくしてそれも途絶えた。動画が終わったのだ。

マウスを操作し、画面をスクロールする。コメントが三千件も溜《た》まっていた。その内の百件ほどを斜め読みし、純は口元を緩めた。

頓珍漢《とんちんかん》な憶測が言いたい放題に連なっているのだ。ほんと世間は勝手だ。

もっともそうなる理由はわからないでもない。どうして対立していたはずのジョンと栗山鉄平が共闘しているのかが解せないのだろう。

『知り合いから聞いたけど、栗山鉄平はジョンに金で雇われた役者らしい。他の奴らも全員どっかの劇団員なんだって』

思わず吹き出した。

世間に対し、今更説明する気もないので、どうぞお好きに物語を作ってくれという感じだ。

両腕を上げて伸びをし、同時にあくびをした。肩の辺りが張っていて、キリリと痛みが走った。

連日のバイトが原因だった。どうして重い荷物ばかりが回ってくるのか。こちらの体型をよく見てから仕事を頼めよなと思う。先日、人が好《い》いだけのダメ社長から「社員にならないか」と恐ろしい申し出があった。冗談じゃないと思っているが、気分は悪くない。誰かに認められるというのはいいものだ。

時計に視線を転じ、腰を浮かせた。窓際に移動し、外を見る。

今日は朝から雨が降っていた。梅雨時なのだ。

ま、仕方ないか。口の中で言う。

身支度を整えて、部屋を出た。階段を降りている途中で、何か忘れ物をしているような気分になり、純は足を止めた。

しばし考える。ああ、あれか。

踵《きびす》を返し、部屋に戻る。

机の抽斗《ひきだし》に手を掛けた。

「雨、全然止まないねえ」

教室の窓から外を見ている梢枝がぼやいた。

放課後。萌花と梢枝は机を向かい合わせて教室で勉強をしている。来週から期末テストが始まるのだ。

二年生になって先生たちがハッパをかけてくるようになった。何かにつけて来年は受験生だぞと脅してくるのである。この時期から準備するかどうかが人生の分かれ道なのだと、そんなことを言われてもこちらは岐路に立っている自覚はない。

ただ、進学はしたいので勉強はそれなりに頑張っている。萌花は大学に入ったらニューヨークへ留学に行くという夢を持っている。英語を駆使し、世界中の人と会話をしてみたい。自分の知らない世界に触れてみたい。

「ところで、タケしゃんとはどうなの」机に頰杖《ほおづえ》をついている梢枝が言った。

「どうって、ふつうだよ」

「ふうん」目を細め、ニヤニヤしながら萌花の顔を探るように見ている。

タケしゃんとは二ヶ月前にできた萌花の初めての彼氏だ。ディズニー好きを公言する可愛い草食系男子で、年間パスポートも持っている。萌花とはディズニーの話で休み時間に盛り上がり、LINEでやり取りするようになって、やっぱりLINEで告白をされた。母親には「今時はそうなのねえ」と少しそれを小馬鹿にされた。タケしゃんのことは日に日に好きになっている。笑った顔がスティッチみたいで可愛いのだ。

正直に話すと、付き合いたての頃は恋愛感情を持てなかった。だけど、穏やかなタケしゃんといると安心する自分に最近になって気がついた。この人は自分のことを大切に思ってくれているというのがすごく伝わるのだ。

ただ、タケしゃんも男子だ。ちょっと前から手を繋《つな》ぐようになったが、今度はキスのチャンスも窺《うかが》っているのが空気でわかる。だけどやっぱり恥《は》ずかしいのか、いつもギリギリのところで二の足を踏んでいる。もう、と萌花の方が焦れているくらいだ。

「タケしゃん、勇気なさそうだもんねえ」

「いいの。その分優しいんだから」萌花は頰を膨らませて友人を睨んだ。

ちなみに梢枝はフリーだ。当分、男はいらないらしい。

「あー。もうムカつくー」

教室に蘭子が入ってきた。足を踏み鳴らしてこちらに歩み寄って来る。

「ねえ聞いて。また生徒指導のハゲ山に髪の毛を直してこいって注意された」

蘭子は最近、トレードマークだった金髪から銀髪へ、肌もこんがりとした焼き色へ変《へん》貌《ぼう》を遂げていた。目の周りは冗談のように真っ白だ。

「なんで金髪はよくて銀髪はダメなわけ？　意味わっかんない。あいつ自分がハゲてるからってあたしに嫌がらせしてるんだよ」

「あんた金髪のときも注意されてたじゃん」と梢枝。

「でも銀になったらもっと厳しくなった。あたし絶対直さないんだから。この頭で卒業式出るんだもん」

蘭子の見た目はどんどん派手になっている。ヤマンバギャルという絶滅危惧《きぐ》種をもう一度復興させたいらしい。トキだって保護されるなら自分も大切に扱われるべきだとわけのわからないことを言い、「その鳥ってうちらが生まれてすぐ絶滅しなかったっけ」と梢枝にツッコまれていた。

ただし、実のところ蘭子の成績はいい。勉強のできる順でいうと、梢枝、蘭子、萌花だ。ギャルなのに頭がいいというのがカッコイイのだという。

「話変わるんだけどさ、今度アルバイト代入ったら、幕張《まくはり》のアウトレット行かない？　夏の洋服をまとめ買いしたいんだよね」

「いいけど電車だと帰りがつらいなあ」と梢枝。「大量の荷物抱えて乗りたくないもん」

「じゃあうちの兄貴に車で送迎させようよ。あいつ、最近免許取ったからさ。ね、萌花も行こ」

蘭子のお兄ちゃん。ジョンというハンドルネームのユーチューバー。

ただし、それは一年前の話だ。あの一件以降、正確には萌花が撮影した動画の投稿を最後に、ジョンはインターネットの世界から姿を消した。

　なぜユーチューバーをやめたのかは誰も知らない。妹の蘭子ですら理由はわからないらしい。未だにファンの間では待望論があるようなので、根強い人気があったということなのだろう。

　ちなみに蘭子のお兄ちゃんがユーチューバーをやめた時期からほどなくして、別の人間がニュージョン、通称『NJ』と勝手に二代目を襲名して、今も毎日のように動画を上げている。とはいえ、本家を凌《しの》ぐほどの人気はなく、目に見えてその再生数は先細りしている。ホワイトタイガーマスクというのもなんか迫力がない。

　萌花もたまに動画を見ているが、単純に内容がおもしろくない。どれもこれも他のユーチューバーの二番煎《せん》じなのだ。ではなぜそんな動画を見ているのかというと、このNJという男が最初の頃に上げていた動画は、すべて栗山鉄平に関するものだったからだ。

　蘭子のお兄ちゃんを見つけるために栗山鉄平が作戦を立てたり、四苦八苦している様子がドキュメンタリー仕立てでユーチューブに上がっているのだ。場所は東京タワーだったり、銭湯だったり、ホテルだったり、飲食店だったりと様々だった。

　それもあって、ユーチューバー・ジョンvs悪徳業者・栗山鉄平の事件は世間では有名だ。インターネットで検索すれば、一連の流れを誰でも知ることができる。

　ただし、肝心な部分は誰もわかっていない。対立していたはずの二人が、タッグを組むことになった理由を知っている者はいないのだ。物語でいえば、起承転結の『転』の部分がすっぽり抜け落ちている状態なのである。

萌花自身も詳しいことはわからない。ただ、彼らが自分たちを救ってくれたことに変わりはない。

栗山鉄平の素性は、本当に悪い人だったようだ。十代前半の頃から何度も警察の厄介になっており、傷害の罪で逮捕されたこともあるのだという。萌花と知り合うちょっと前まで大阪で架空請求の仕事をしていたようなので、悪人にまちがいないはずだ。そう、悪人に違いない。

けれど――。

「じゃあ決まり。今週の日曜日、三人でアウトレット行こうね」

「あんたってほんといつも強引」

「梢枝にいわれたくないよ」

「あんたよりはマシ。っていうかあたしお腹空《す》いてきちゃった。集中力も途切れちゃったし。ねえ、サイゼ行こ」

「ほら、そうやって勝手に決める」

「じゃあ行かないの？」

「ううん。行くけど」

萌花はパスケースを取り、指で少し広げ、中に目を落とした。

ディズニーランドのチケットが二枚、三つ折りにたたまれて入っている。

タケしゃんと行くために買ったわけではない。きっとこのチケットは永遠に使われることはなく、いつか有効期限が切れ、ただの紙切れになるのだろう。

栗山鉄平は今、世間とは隔離された場所にいる。蘭子がお兄ちゃんに聞いた話によると、もうそろそろ出てくるらしい。架空請求の仕事で起訴されたわけではなく、タクシーの窓を蹴り壊したり、無銭飲食をしたり、無免許運転をしたりと、そういう小さな罪を重ねて捕まったようだ。「つまりは合わせ技一本ってところなんじゃない？」と梢枝がうまいことを言っていたが、そういうことなのかもしれない。

その栗山鉄平がもうすぐ出てくる――。

でも、きっと、会えないだろうな。

タケしゃんに悪いし。

「ほら、萌花。何してんの。行くよ」

梢枝に言われ、萌花は手早くカバンに荷物を詰め込んで、腰を上げた。ガタン、と椅子が鳴る。

教室を出て、下駄箱《げたばこ》で上履きからローファーに履き替えた。

傘を差し、三人横に並んで歩いた。

「なんかジメジメしてて気分が晴れませんなあ」

「ずっといいたかったんだけどさ、梢枝ってジジくさいよねえ」

「何よそれ。せめてババくさいにしてよ」

三人の笑い声がグレーの空に響いている。

どうやら空は自分の出所を祝ってくれていないらしい。

頭上にある透明なビニール傘の先はどんより曇っている。鉄平は初老の刑務官に付き添われて、五十メートルほど先にある門扉まで並んで歩いていた。

雨がタタタタと傘を叩いている。辺りは濡れたアスファルトの香りがした。空気は生ぬるい。

「おまえ、頼る先はあるのか」

「ないですけど、まあなんとかしますわ。心配いりません」

刑務官が鼻から息を漏らす。「もう二度とここには戻ってくるなよ」

「そういう台詞《せりふ》って、ほんまにいうんですね」

足元の水溜まりを避《よ》けながらそんな会話を交わす。この初老の刑務官には世話になった。いつも鉄平に温かく接してくれた。

刑務所の中は慣れてしまえば居心地は悪くなかった。早起きは三文の徳かどうか知らないが、規則正しい生活というのは案外気持ちのいいものだ。わざと再犯して刑務所に戻ろうとする奴がいるらしいが、今なら気持ちがわからないでもない。

シャバで人から相手にされず、仕事もなく、飯も食えず、そんな毎日なら誰だって社会がイヤになる。一方、この敷地の中にいれば少なくとも刑務官は相手にしてくれるし、臭い飯でも餓死することはない。

足の裏がぐっしょり湿ってきた。安物のスニーカーを履いているので早くも雨が浸水してきたのだ。

「おまえ、この一年で少し身長が伸びたんじゃないか」

「おれ二十二ですよ。伸びるわけないやないですか」

「わからんぞ。おれだって還暦を前にしてまだまだ成長し続けてるんだぞ」

「それ、老化ですよ」

「おれはそれを成長と呼ぶことにしている」

「立派ですね」

「おまえも見習え。人なんてのは気の持ちようでいくらでも変わ――」

そこで刑務官が言葉を切り、足を止めた。

鉄平が訝《いぶか》って振り返る。刑務官は白髪交じりの眉《まゆ》をひそめていた。

「栗山。あの、へんてこなのはおまえの知人か」

刑務官が鉄平の背後を指差した。

鉄平がまた振り返る。

――。

目を見開いた。

数十メートル離れた門扉の外に、タイガーマスクを被った男が立っていた。地蔵のようにそこにいた。

鉄平は思わず吹き出し、「はは」と小さく笑い声を上げた。

直後に、あっ、と思った。一年前に自分が吐いた台詞が脳裏《のうり》に蘇《よみがえ》ったのだ。

なったってもええで。友達に
いっぺんでもおれを笑わせられたらな。それが条件や

# あとがき

わたしは作家になる前、メディア絡みの仕事をしていました。そんな時代に某人気ユーチューバーの男性と仕事をする運びとなり、その人物の人となりを知るため、事前に動画をいくつか拝見したのですが……それはまあ過激かつ珍妙なものでした。異常なハイテンションと、マシンガントーク。

内心、こういうタイプの方はちょっと、そう思っていたのですが、実際に本人に会ってみてびっくり、なんともおとなしい青年だったのです。

ユーチューブの中では、カメラ目線でしゃべりまくっているのに、オフのときは人の目すらまともに見られない、まずこの落差に驚きました。

失礼を承知で、「まるで別人のようですね」と告げると、彼はこう言いました。

「自分でもちょっと怖いんです」と。

どうやら、カメラが回るとスイッチが入り、変身してしまうんだとか。撮影した動画を編集しているときは、(これ、本当におれか?)と思うこともしょっちゅうだそうです。

さて、もうおわかりですね。ジョンのモデルが。

今回の文庫化にあたり、久しぶりに本作を読み返してみたのですが、そこで感じたのは時代の流れの速さです。執筆していたのは二〇一七年、今から四年前になるのですが、それ以上の開きを感じました。大げさに言えば隔世の感です。

今や、ユーチューバーは立派な市民権を得て、当たり前の職業として世間に認知されています。かくいうわたしも、ゴルフの動画配信をしているユーチューバーの投稿を毎日楽しんで視聴しています。無料でレッスン動画を見られるのだから、いい時代になったものです。

ただユーチューブ全体を見渡せば、有象無象も多いのが実情です。中には、憶測で人を誹謗《ひぼう》中傷したり、故人の親族を偽りコメントを発したり……どうしてああいうことができてしまうのでしょう。どなたか教えてください。

自分を棚に上げて書かせていただきますが、マナーとモラルを大切にっ！

もっともこれは視聴する側も同じこと——あ、善男善女の読者さまには言わずもがなでしたね。どうぞこれからも楽しくユーチューブを視聴してくださいませ。

願わくば、合間に読書の時間も挟んでいただけたら。

追伸　いつかまた、純《じゅん》とジョンに会えますように。

二〇二一年　夏

染井　為人

本書は、二〇一八年七月に小社より刊行された単行本を加筆修正のうえ、文庫化したものです。

# 正義《せいぎ》の申《もう》し子《ご》

染井為人《そめいためひと》

令和3年 8月25日　初版発行
令和6年 8月10日　8版発行

発行者●山下直久

発行●株式会社KADOKAWA
〒102-8177　東京都千代田区富士見2-13-3
電話　0570-002-301（ナビダイヤル）

角川文庫 22776

印刷所●株式会社KADOKAWA
製本所●株式会社KADOKAWA

表紙画●和田三造




ISBN 978-4-04-111516-9　C0193

◆◇◇